सात लम्बी कहानियाँ

सात लम्बी कहानियाँ

राजी सेठ

वाणी प्रकाशन

वाणी प्रकाशन
4695, 21-ए, दरियागंज, नयी दिल्ली 110 002

शाखा
अशोक राजपथ, पटना 800 004

फ़ोन : +91 11 23273167 **फ़ैक्स** : +91 11 23275710

www.vaniprakashan.in
vaniprakashan@gmail.com

SAAT LAMBI KAHANIYAN
by Rajee Seth

ISBN : 978-93-5229-068-0
Collection of Stories

प्रथम संस्करण
मूल्य : ₹ 225

हर्ष प्रिंटर्स, दिल्ली-110 093 में मुद्रित

वाणी प्रकाशन का लोगो मक़बूल फ़िदा हुसेन की कूची से

अनुक्रम

गणित ज्ञान

मेरे लिए सब कुछ वहीं का वहीं खड़ा है।

इस टेबल से लगी खिड़की के पार का दृश्य वैसे का वैसा है। दीठ के विस्तार को बीच में कहीं से टोक देती शिवमन्दिर की गुम्बद और धूप के क्रोध से अवर्ण हो गयी उस पर फहराती पताका। मन्दिर की आड़ में वहीं बँगले। उन पर कुछ और आवेश में झूलती लतरें और बीच में काले अजगर-सी लेटी लम्बी सड़क। आगे चलकर दायें को एकदम नदी का रेतीला पाट आ जाता है इसलिए मैदान की मिट्टी भी चमकती चिलचिलाती रहती है।

सब कुछ वही है। वैसे का वैसा। किसी चौखटे में बँधे चित्र की तरह। एक मैं ही यहाँ नहीं था। कॉलेज हॉस्टल के गलियारों से चलता-चलता प्रतियोगिता परीक्षाओं की तैयारी के लिए इन सबके बीच आन बैठा हूँ।

फिर उसी तरह बैठा हूँ। पहली मंजिल पर उसी खिड़की से लगकर। उसी टेबल पर। उसी लैम्प के प्रकाशवृत्त के नीचे। लगता है काठ की कुरसी पर सीधा बैठा ऊँघता-जागता, पढ़ता-लिखता मैं वहीं चिपका रह गया हूँ।

पर वह? उसके लिए जीवन कैसे दौड़ता-फलाँगता तीन-तीन मंजिलें पार करता गया है। मेरे देखते-ही-देखते वह बच्ची से माँ बन गयी है और एक उगते हुए जीवन का संचालन उसके हाथ में आ गया है।

उसे कैसा लग रहा होगा? कल्पना करता हूँ। नहीं फलतीं। मातृत्व में साथ जैसे बड़प्पन की गन्ध है वह, उसकी छवि के साथ नहीं चिपकती। इस सारे होने कें क्या उसकी भी इच्छा शामिल होगी या यों ही बस।...शायद उसका बस चला होता तो वह अपने को इस दायित्व के हवाले कभी न करती।

रमण के संसर्ग में धधकते अपने पूरेपन की आभा को लम्बाये रखती। डेढ़ साल। होता ही कितना है डेढ़ साल! उसमें से भी नौ महीने...

"एक पत्र तुम भी उसे लिख देना," कहती हुई माँ अलमारी में से अपने कपड़े लेकर बाहर चली गयी हैं और मुझे एक और खूँटे से बाँध गयी हैं।

कागज लेकर बैठता हूँ पर हाथ ही नहीं चलते। क्या लिखना ठीक होगा।

यह कि मैं खुश हो रहा हूँ या मुझे बहुत ही अटपटा लग रहा है या कि हम सब, मेरा मतलब है, माँ-पापा बहुत ही खुश हैं। नहीं, नहीं, यह कहना ज्यादा ठीक होगा कि अब तो तुम सच में बड़ी हो गयी हो। तुम्हें बधाई देता हूँ। मन से।

शब्द खोखले लगते हैं। बजते हुए! उछाह और प्रवाह के बिना। यहाँ से कुछ चलेगा ही नहीं तो पहुँचेगा कैसे! यह व्यायाम व्यर्थ होगा! उसे आशा ही कहाँ होगी कि मेरा पत्र आयेगा! वह देना-पावना हमारे बीच बना ही कब था! उस पारस्परिकता ने जन्म ही कहाँ लिया जबकि उस काल में वही सबसे स्वाभाविक बात रही होती। कहने को तो हम दोनों एक ही कमरे में सोते थे, एक ही दरवाजे से घुसते-निकलते थे। एक ही दिनचर्या के अधीन रखे जाते थे। पर...एक तटस्थ-सा भाव उसके लिए मेरे मन में क्यों रहा, इसे मैं आज तक पूरी तरह समझ नहीं पाया। मौसी यानी माँ की चचेरी बहन की लड़की की तरह उसने अचानक इस घर में प्रवेश पाया था। मैं तब सातवें या शायद आठवें में था।

अपने उस एकान्त में एक साथी के पा जाने की मुझे कोई खास खुशी नहीं हुई थी। न स्वीकार। न नकार। शायद तब तक मेरे आसपास सब कुछ तय हो चुका था। मेरे खेल और मेरी रुचियाँ अपनी परिधि टटोलकर अपने मनचीते केन्द्रों में स्थित हो चुकी थीं। रुचियों का पुल उसके मेरे बीच नहीं बन पाया था।

× × ×

उसकी खाट मेरे कमरे में बिछा दी गयी थी। वह मेरे साथ स्कूल जाने लग गयी थी। मेरे साथ खाना खाने लग गयी थी। पता नहीं कहाँ से पा गये उत्साह से माँ मुझे उधर ठेलने लग गयी थी। मेरे लिए उस साहचर्य की जरूरत और सघनता को माँ ने स्वयं तय कर लिया था। उतनी ही ललक और उत्साह से मैं प्रस्तुत न हो पाऊँ तो माँ कुपित होने लग गयी थी। वह क्यों मेरे साथ बैडमिण्टन खेलने नहीं जा सकती। उसे तैरने ले जाने में मुझे क्या तकलीफ है जबकि पापा ने क्लब के कार्ड में उसका नाम बढ़वा लिया है...मैं क्यों उसकी रुचियों और रुझानों के विकास पर कोई ध्यान नहीं देता। जबकि मैं उससे बड़ा हूँ...।

याद करूँ तो मेरे आसपास जो संसार था, उसमें इस अचानक के प्रवेश का कोई स्थान नहीं था। कुछ भी मेरे मन में साफ नहीं था। न उस पर अधिकार के बारे में, न उसके प्रति अपने कर्तव्य को लेकर। माँ मुझे टोकतीं। ताड़ना देतीं। वंचित करतीं। अपना पुत्र होने की अतिरिक्तता को मुझसे छीन-झपट कर उसके हवाले कर देना चाहतीं। याद नहीं पड़ता—माँ ने उसे कभी खास डाँटा-फटकारा हो। मुझे तो ठीक से यह भी अनुमान नहीं था कि माँ की डाँट-फटकार के प्रति उसकी सहिष्णुता थी कितनी!

आज सोचता हूँ, माँ क्यों करती थीं ऐसा। बड़ी-छोटी उँगली को खींच-खाँचकर बराबर कर देना चाहती थीं। ऐसा होता है क्या? हो सकता है क्या? वह भी एकाएक बीच में। बिना किसी स्पष्ट कारण या तैयारी के।

आत्मगरिमा को पाने का, या अपनी ही न्यायप्रियता पर रीझने का माँ के पास शायद यही एक ढंग होगा। लगता होगा कैसे हँसते-हँसते वह किसी पराये को श्रेय दे देती हैं। अपने पर कठोर हो लेती हैं। ऐसा कितने लोग कर पाते हैं, करने की चेष्टा में फूहड़ हो जाते हैं, क्योंकि नैसर्गिक सम्बन्ध तो चुप रह सकता है, शिराओं में बजता है। ओढ़े हुए सम्बन्धों को जताना-प्रकटाना पड़ता है।

इन सब बातों ने भी उसके प्रति मेरी तटस्थता को धारदार ही बनाया होगा। माँ के दिये ममत्व को वह प्रकट प्रीति से भोगती थी। किशोरी से बच्ची बनने की कृत्रिमता को ओढ़ती है। इतराती थी और ध्यान खींचते-खींचते केन्द्र में सरकती चली आती थी जबकि मुझे 'अपनी उम्र से बड़ा' कहकर अपने पैरों के नीचे की जमीन से बेदखल कर दिया जाता। ऐसा करते समय भी असल में वे ऐसे परिपक्व बच्चे के जन्मदाता होने के उपलक्ष्य में अपना ही अभिषेक कर रहे होते। मैं एक उदाहरण! मैं एक अनूठा! "भई, बड़ा ही धीरज है इस लड़के में...न कोई अनुचित हठ।...न शरारत। की होती तो उन्हें आघात ही लगता।"

इन बातों का कुछ ख़ास बोझ पड़ता रहा हो, याद नहीं पड़ता। मुझे भी शायद यही अनुकूल पड़ता रहा होगा। दोस्तों के लम्बे झुण्ड मुझे उबाते हैं। यह ऊब निश्चय ही दोस्तों को भी मुझसे होती होगी, नहीं तो 'चूजी' कह-कहकर हर समय वे मेरा बहिष्कार करने की ताक में न रहते। इलाहाबाद में भास्कर और दिल्ली में बासू के सिवा अभी तक मेरा कोई अन्तरंग दोस्त नहीं है। अकेलापन मुझे उबाता नहीं, बल्कि बहुत दिनों तक उपलब्ध न हो तो क्षुब्ध करता है।

उसके आने के बाद भी मुझे अकेला ही कहा जाये तो ठीक ही होगा। इस स्थिति का कष्ट न उसके आने के पहले था, न बाद में। कष्ट कुछ था तो माँ के हाथ में पकड़ी लोहे की मापक छड़ का, जो हर चीज को एक ही सीध में मापना चाहती थी।

× × ×

अब वह इस घर में नहीं रहती। अपना कहे जाने वाले घर में रहती है।

एम.ए. और उसके बाद एल-एल.बी. करके जब मैं घर लौटा था तो वह मुझे एकाएक बड़ी जैसी लगी थी। गठन, उठान, उग्रता। माँ ने कहा था लड़कियाँ जल्दी सयानी हो जाती हैं—ब्याहने योग्य। उत्सुकता में मैंने उससे एक दिन पूछा था—"तुझे ठीक लगता है क्या, इतनी जल्दी शादी-वादी का किस्सा?" चूँकि मेरे

लिए यह बात अकल्पनीय थी। कोई भी हम-उम्र संगी-साथी, परिचित इस तैराकी के लिए तैयार नहीं था। प्राथमिक थी दशा की तलाश। कैसे कोई बिना सोचे ऐसे सागर में कूद जाये, जहाँ से कभी वापसी भी सम्भव नहीं।

मेरे प्रश्न से वह टँग-सी गयी—"कभी तो लगता है कि फालतू में बँध जायेंगे! फिर लगता है बड़ा अच्छा लगेगा। कोई बिलकुल अपना तो होगा।"

मैं जैसे सन्नाटे में। वह हम लोगों को गाली दे रही थी। विशेष तो माँ को, जो उसको माँ देने के उत्साह में अपनी देह के रोएँ भी फूँक दे रही थी। मेरी प्रतिक्रिया पर उसका ध्यान नहीं था। वह अपनी रौ में थी।

"कितना अजीब होता है न इतनी बड़ी दुनिया में कुछ भी अपना न होना... कितना हताश करता है..." उदासी का एक चिथड़ा उसके उजले गालों को फटकारता निकल गया। मेरे सामने बैठी इस समय वह मुझे ऐसी लगी थी जैसे कभी लगती नहीं थी—अन्तरंग, आर्द्र, उदास।

"क्यों, मौसी तो हैं न, वह..."

"ऊँह!" उसने मुझे अधबीच टोक दिया था, "तुम मेरी मम्मी की बात कर रहे हो न? मैं कुछ भी नहीं हूँ उनके लिए। जब जहाँ चाहा ठेल दिया। मेरी पढ़ाई-लिखाई की बात को प्रमुख बनाकर..."

"तुम गलत कहती हो! सुना तो यह है कि तुम्हारे कारण उन्होंने अपना दुःख-सुख नहीं देखा। जबकि चाहतीं तो फिर से अपना घर बसा सकती थीं।"

"उसमें अभी क्या कमी है। स्कूल की वह छोटी-छोटी छोकरियाँ उन्हें ज्यादा प्यारी लगती हैं, क्योंकि हर समय आसपास मँडराती रहती हैं। यह मुझसे नहीं होता। तुम्हें नहीं पता बड़ी काइयाँ हैं ये लड़कियाँ। खूब फुलाना-फुसलाना जानती हैं। दे नो हाउ टु फीड हर ईगो। टु गेट द बेस्ट आउट ऑफ हर। और मम्मी भी उनकी बातों में आ जाती हैं। तुम्हें एक बात बताऊँ..."

वह पलँग के परले सिरे से सरककर मेरे निकट आ गयी थी, जैसे कोई बड़े भेद की बात कहने जा रही हो—"सच तो यह है कि वह मुझे कभी अपनी माँ ही नहीं लगतीं। कुछ कहते रहो, कभी नहीं समझतीं! बस हर समय पट्टी-स्लेट लेकर बैठे रहो। छोकरियों से बतियाते रहो। मन से उनसे मेरी एक मिनट भी नहीं बनती। काश! मेरी भी तुम्हारे-जैसी माँ होती..."

"हैं तो सही। वह तुम्हारी भी तो माँ हैं।"—मैं द्रवित हो गया था।

"नहीं! "वह तुम्हारी माँ है, मेरी माँ नहीं। आण्टी तो आण्टी ही होती है।' गड्ड-मड्ड-सा उसका चेहरा एकाएक मुझे पिघला-सा लगा था। मैं अस्थिर हो गया था। अभी तक तो मैं अपनी ही दुखती रंगो को जानता था।

क्या विडम्बना थी, उसके कारण मेरी माँ भी छिनती है और मेरी माँ उसे अपनी माँ भी नहीं लगती...पर उस समय तो मैं उसकी संजीदगी से ही आन्दोलित था।

पता ही नहीं वह कैसे भूली-सी उस कगार पर आन लगी थी। वैसी अपनापे-भरी बात उसने मुझसे पहली बार कही थी—अन्तरंग तरीके से। ज्यादातर वह असहज और प्रतिक्रिया प्रधान मुद्रा में रहती है। रिश्तों के प्रति अनादर से भरी।

मैं सोच में पड़ गया था। क्षणिक ही सही, पर क्या चीज थी जो उसे अन्तरंगता के क्षण तक ला सकी थी। इस पुल को न बनने देने में क्या कहीं मैं भी दोषी था?

× × ×

ससुराल चली जरूर गयी थी फिर भी जैसे इसी घर में थी। कभी इस कारण तो कभी उस कारण से माँ की चिन्ताओं के घेरे में। जाने किस सजातीय साँकल से बँधी। जिन दिनों मैं एम.ए. के लिए इलाहाबाद चला गया था, उस दिनों उसका रिश्ता माँ से गहरा हुआ होगा। मैं वैसे भी सदा हाशिये पर ही बना रहता था। एक तो मैं उद्घोषित चुप्पा! फिर एक के बाद दूसरी परीक्षाओं का भार! कुछ अपनी ही स्थिति और स्वप्न के बीच के तनाव। मैं जैसे घर में होता ही नहीं था।

''अच्छा, तुम बताओ, जाना चाहिए न? अभी तो उसकी डिलीवरी से निपटकर आयी हूँ!'' माँ ने कमरे में घुसते ही अपनी दुविधा पसार दी।

''पर कहाँ?''

''अरे, ऑपरेशन हुआ है न उसका। रमण की चिट्ठी आयी है।''

''कैसा ऑपरेशन....किसका ऑपरेशन...?''

माँ को अपनी भूल पता लगती है। बात के सभी छोर अभी तो उसकी मुट्ठी में ही हैं। ''अब तुम्हें क्या बताऊँ, उसकी छाती में...मेरा मतलब है उसके ब्रेस्ट में गिल्टी पड़ गयी थी। मवाद भर गया था। काफी गहरा काटना पड़ा!''

''कैन्सर है क्या?'' मैं काँप जाता हूँ।

''ऊँह! कैन्सर कहाँ से!...हो जाता है, अकसर ऐसा, बच्चे को दूध नहीं पिलाया होगा। अब तू...''

माँ संकोच में हैं। इतना भी वह पता नहीं कैसे बोल गयीं। शायद चिन्ता का तार उनके मन में अभी टूटा नहीं है। पापा के आने पर यह बात स्पष्ट हो गयी है।

"यह अब नया चला है," पापा का नाश्ता रखते माँ बोलती जाती हैं। "तुम्हें मालूम है, ऐसा क्यों हुआ...बच्चों को दूध पिलाने से इनकी फिगर बिगड़ती है न... ।"

मेरे कान खड़े हो जाते हैं। ''अब जैसे नहीं बिगड़ेगी इस काटपीट से। फैशन के मारे मरी जाती हैं ये लड़कियाँ!''

कुछ-कुछ साफ होने लगता है मन में। कड़ियाँ जुड़ती हैं। वे ऐसी ही मिट्टी की बनी है। उमगायी ललसायी हुई। जीवन को चाँपकर रखने के चाव से भरी हुई। अपनी जरूरतों के प्रति एकदम चटक चौकन्नी। माँ को यह ललक डराती थी। उसकी परिस्थितियों के परिप्रेक्ष्य में आत्मनिर्भरता को जरूरी समझते हुए भी उसके हाथ पीले कर देना चाहती थी।

पढ़ने जैसे पराक्रम का उसे शौक नहीं था, और मैं था कि एक तरह की पुस्तकों से ऊबने पर दूसरी तरह की पुस्तकों में डूबता था। केवल सन्दर्भ और विषय बदल जाते। थुल-थुल रेत में खड़ी पाठ्यक्रम की नाव मेरे लिए सदा विविध प्रसंगोंवाली नदी में खुलती।

वह अकसर आँगन में तसला रखकर पैर भिगोये बैठी रहती। फिर उन्हें पोंछती! फिर क्रीम लगाती। मुँह रगड़ती। कपड़े सँभालती। बार-बार शीशा देखती। पलँग पर पसरकर छत देखती रहती। मेरी तरह नहीं कि बेचैन होकर एक पुस्तक से दूसरी, दूसरी से तीसरी! तीसरी से डायरी। फिर किताब, फिर कॉपी, फिर 'पजल', फिर स्टीरियो।...मक्खी की तरह मुझे इधर से उधर कूदते देख वह मेरी खिल्ली-सी उड़ाती। होठों में बन्द एक तरेर जैसी उसके चेहरे पर छप जाती है। पलँग पर पैर लटका कर, अपनी ठुड्ढी के नीचे दोनों हाथ टेककर बैठी वह अपनी आँखों को जिधर-जिधर मैं जाता, उधर घुमाती रहती।...ऐसा आमोद से भरा फर्सुती-सा उसका अन्दाज!

अकसर किसी कॉमिक्स या किताब को वह बेध्यान-सा होकर उठाती और पढ़ने लगती। पूरा डूब जाती, पर यह डूबना उसमें और अधिक डूबने का उत्साह पैदा कर दे, ऐसा बन नहीं पाता था। पुस्तक को ऐसे निवृत्त भाव से किनारे रखती जैसे किसी अटपटे काम को कर लेने के बाद आराम जरूरी हो।

क्यों उसमें वह बेचैनी पैदा नहीं होती थी, जो उसके समवयस्कों को हर समय पंजे पर खड़ा रख सकती थी।

वह अपने को खाली और खुला छोड़े रखती, ऐसे जैसे कहीं कुछ होने को है। कोई अचम्भा-जैसा घट जाने को है। यह व्याख्या भी मुझे आज सूझ रही है। तब तो उसे यूँ पड़े-पड़े छत ताकते या पैर हिलाते देख खीझ चढ़ जाती थी।

"इतनी किताबें लाकर देता हूँ लाइब्रेरी से...पढ़ती क्यों नहीं?"

ऐसे जवाब-तलब का उससे अकम्प उत्तर दिया था—"नहीं पढ़ती। तुम्हें क्या... नम्बर तो कम नहीं आते!"

"नम्बर तो सबक घोंटकर भी आ जाते हैं, पर उससे ज्यादा क्या कुछ जानना नहीं होता?"

उसका चेहरा वैसा ही—उद्धत, आत्मतृप्त। भर्त्सना की नोक को मेरी ओर घुमाता हुआ—"अच्छा बस! तुम्हें किताबें चाटनी हैं तो चाटो। मैं तो...अभी बासू आयेगा तो उसके साथ बैठकर शतरंज खेलूँगी।"

× × ×

उफ्फ! बासू...बासू।...बासू। मेरे लिए भी तो वही एक था। वही एक अकेला।

परिचितों की भीड़ को काटता, किसी सुभग घड़ी वह मुझ तक चलता चला आया था और मेरी बगल में खड़ा हो गया था। इस तलाश का श्रेय भी उसे ही था। मेरे लिए तो वह 'यह नहीं', 'यह भी नहीं' के दम्भी नकार को चकनाचूर कर देने वाला एक अनूठा चमत्कार था।

वह था तो बस था, जैसे हजारों विखण्डित चीजें इस ब्रह्माण्ड में घूमती हैं और अपने पूरेपन को पा लेने के लिए किसी परिचित परिक्रमा-पथ में घुस लेती हैं। हार्दिकता के सत्त्व को उकेर लेती हैं।

मैं खिंचता आया था या बासू, नहीं जानता। मित्र पा जाये, ऐसा आन्तरिक संकट उसके जैसे व्यक्ति को क्योंकर रहा होगा। वह अकेला रह सकता था। रह तो मैं भी सकता था पर उसके और मेरे अकेलेपन में फर्क था। मैं अनवरत अशान्त था। वह आत्म-सम्पन्न। मैं एक से दूसरी, दूसरी से तीसरी व्यस्तता में अपने को बींध कर पहले ही अपने को प्रतिबन्धित और सुरक्षित कर लेता था। वह बेपरवाह था—फक्कड़ और मुक्त। जहाँ बैठ गया, वहीं पर पूरा। वह सब कहीं जम सकता था। उसका सब कहीं प्रवेश था—हर किस्म की टोली में। बलियाटिक्स और बीटल्स, हिप्पी और हारे, अगुए और पिछुलगुए—सबके साथ। सबमें साथ। सबमें रहते हुए भी वह अपने स्वत्व को अछूता रख लेता था। कोई कच्चापन कहीं दीखता तभी न कोई उसे छेड़ता। उसके मन तक पहुँचने के लिए उसकी निहायत उत्कट और उदग्र दृष्टि के सामने से गुजरना पड़ता था। वह सामना किसी भी प्रकार के आश्वासन से खाली होता था, रूखा-सूखा, असान्त्वनीय। जो कोई इस खुरदरेपन को झेल सकता होगा, वही तो उसकी आन्तरिकता तक पहुँचेगा।

मैं जाने क्यों, उसी को लेकर बहक रहा हूँ। क्या वह मेरे भीतर इतना खुला हुआ, इतना विद्यमान है कि अपनी अनुपस्थिति को भी अपनी मनोमयता में तब्दील कर दे सकता है। उन दिनों के बाद मुझे उसका कोई अता-पता नहीं। पूरे दो वर्ष...।

पिछले सप्ताह 'एक्सप्रेस' के तीसरे पन्ने पर उसकी फोटो देखी थी। दिल्ली से कन्याकुमारी तक जाने वाली टोली के अगुवा के रूप में। अचम्भा हुआ था।

यह दल जरूर उसी ने तैयार किया होगा। इतनी ऊर्जा उसके भीतर है। बल्कि है इसीलिए इतनी आतंककारी उदग्रता उसमें है। उसे ऐसा कुछ करते देखकर लगता है कि ऊर्जा के इस अक्षय आवेग की खपत हो जाना अच्छा है। यह उसके हित में है। उसके सामान्य हो सकने के लिए जरूरी है।

चाहे यह बहस उसकी मेरी सदा-सदा रहा करती थी कि हम सब क्यों सदा साधारणता-सामान्यता के हक में बने रहते हैं। हर नये संयोजन के विरुद्ध अड़े रहते हैं। यह काम फिर जबरदस्ती कोई असाधारण व्यक्ति या परिस्थिति हमसे करवाती है।

"तुम्हें मालूम है विशाल, हम ऐसा क्यों करते हैं? असाधारणता हमें हमेशा आतंकित करती है क्योंकि तुलना में अपने को हलका और पुराना सिद्ध करके फेंक देती है।"

आश्चर्य जरूर है कि मैं उसके साथ ऐसी आतंककारी अनुभूति से क्यों कर बच गया था। मिलते ही मुझे लगा था कि वह मेरे ही अस्तित्व का एक जरूरी हिस्सा है, जिसे सामने रखकर मैं अपनी अब तक की तलब और तड़प के स्वभाव को जान पा सकता हूँ। बिना यत्न के स्वत्व तक पहुँच और पहुँचा रहा हूँ। उससे वह बातें होती थीं, जो लगता था सदियों से भीतर तन्द्रिल पड़ी हैं...पात्र को पाकर जागेंगी नहीं तो अव्यक्त रह जायेंगी, क्योंकि उन कोषों का कोई सिद्ध व्यावहारिक पक्ष तो नहीं होता।

आश्चर्य यह भी है कि हम दोनों अलग-अलग मिट्टी के बने थे। मैं यदि दुबला, कुछ-कुछ नाजुक, चिड़चिड़ा, अतिरिक्त संवेदनशील, अन्तर्मुखी और भावुक हूँ तो वह पुरुषों का भी पुरुष, मांसल मुक्त और आत्माश्वस्त। एकदम विपरीत। हमारा सम्बन्ध ऐसा, जैसे दो बाँसों के बीच बँधी रस्सी का साफ-सुथरा तनाव। एक-दूसरे का अकृत्रिम स्वीकार।

जोखिम ही हदों से टकराता साहस उसमें कहाँ से आता था, मैं जल्दी नहीं समझ सका। कभी माँ-बाप के प्रसंग के माध्यम से उसकी जड़ें टटोलने की कोशिश की तो उसने झटक दिया—बेरहमी से। यह जताते हुए कि वहाँ जाना बेकार है। वहाँ कोई दुराव नहीं है पर उस लगाव से उठा न जा सके, ऐसा भी कोई अटकाव नहीं। उसे बैसाखियाँ नहीं चाहिए। किसी की भी नहीं। न अपना इतिहास, न अपना परिवार, न अपने पिता का पद, न भाई के बढ़े-चढ़े बैरिस्टरपने की देशव्यापी गूँज। पैतृक पक्षधरता के बने-बनाये परोसे से वह बचना चाहता है। तो फिर? यह सब कहाँ से आया? अन्तर्भूत है क्या? स्वतः सम्भव है? अर्जित है? यह जानना कितना भी जरूरी हो, सम्भव नहीं था। हाथ थे कि अँधेरे में

घूम-फिर कर लौट आते थे।

वह पहला व्यक्ति था जिसे देखकर अपने द्वारा घूरे में फेंके 'स्पिरिचुअल' शब्द को उठा लाने की इच्छा हुई थी। उस अपूर्व आत्मबल का रहस्य कुछ-कुछ उसी चुम्बक से उठता नजर आया था। इसी दबाव के चलते मैं पहली बार 'धार्मिकता' और 'आध्यात्मिकता' के बीच के फर्क को समझ पाया था। नहीं तो बरसों से विज्ञान, राजनीति, अर्थशास्त्र, इतिहास पढ़ते-पढ़ते मैंने ऐसी सब चीजों को उठाकर ताक पर रख दिया था और ऐसा कर पाये होने के उद्धत अहंकार में भर गया था। यह भी नहीं था कि इन मुद्दों को खोटा-सिक्का जानकर मैं दरकिनार कर दूँ पर खोटा करार कर सकने में सिक्के को खनखना कर फेंकने का जो उत्तेजक आनन्द होता है उससे मैं अलग नहीं हो पाता था।

उसे देखकर लगा था कि कहीं कुछ है जो देखी-जानी स्थितियों के बीच रखकर सन्दर्भित नहीं होता। एक असाधारण अपराजेय-सी अतिशयता, जो भीतर से ताकत और बाहर से तरंग की तरह व्यक्त होती है। यह बाहरी नहीं, आन्तरिक है इसलिए एहसास की चीज है।

× × ×

आगे की बात अप्रासंगिक लग सकती है पर इस समय मनःस्मृति के प्रवाह में यह निष्प्रयास बहती चली आयी है। इसका उल्लंघन मैं नहीं करना चाहता। नहीं करूँगा।

इतिहास के पर्चे में चूँकि कुछ ज्यादा अंक लाये जा सकते हैं, इसलिए पापा ने मुझे एम.ए. में इतिहास दिलाया था। ज्यादा पढ़ने-लिखने का दबाव भी उनकी तरफ से ही आया करता था। प्रच्छन्न रूप से। सीख की-सी टोन को यथासम्भव बचाते हुए...हमारी पीढ़ी की अननुपाती प्रतिक्रिया को ध्यान में रखते हुए। वह भारतीय प्रशासकीय सेवा की प्रतियोगी परीक्षाओं में मेरे चुनाव को लेकर चिन्तित बने रहते थे। चिर-संचित स्वप्न की थरथराहट उनके चेहरे को कातर किये रहती।

उनका बस चलता तो अपनी सब की सब क्षमताओं का घोल बनाकर वह मेरे हलक में ढुलका देते और एक ही स्तर पर स्थिर-सी हो गयी लगती मेरी मेधा के द्रव में इजाफा करने का सुख पाते। इस बात में जितना वह पगे थे, उतना मुझे होना चाहिए था।

हमारे घर की ऐसी बातों पर वह एकदम चुप रहता था। ऐसे मनोयोग से खाना खाने लगता था जैसे वही संसार का सबसे आवश्यक और अनुपम काम हो। और कोई जाने या न जाने, मैं जानता था कि यह सब बहस से अपने को

बचा ले जाने की मुद्रा है। सांस्कारिक रूप से सुखी दिखते परिवार की चुप बहती नदी में कंकड़ डालने के संकट से बचाव।

माँ-पापा की दृष्टि में वह मेरा एकमात्र अभिन्न मित्र था। जो कुछ वह मेरी चिड़चिड़ी, खंडनीय सहनशीलता को नहीं कहना चाहते थे, उसको कह देते थे—माध्यम बनाकर।

एक शालीन सम्मानयुक्त भाव से वह इन सब बातों को सुनता रहता था और बिना किसी हस्तक्षेप या परिवर्तन के मुझ पर ढुरका देता था। लगभग उन्हीं-उन्हीं शब्दों में।

वह श्रम मुझे दीख जाता था, "पर तुम क्या कहते हो? क्या तुम्हें मेरे बारे में कुछ नहीं कहना होता?"

"उन बातों को रहने दो विशाल। अगर तुम्हारे अन्दर उतना अलग खड़ा रहने की ताकत नहीं है...मेरा मतलब है कि तुम्हें अगर लगला की तरह बढ़ना है तो तुम पेड़ से नाता क्यों तोड़ते हो? यू आर सच ए डार्लिंग ब्वाय टु देम...उनकी अपेक्षाओं का ठीक-ठीक जवाब! तुम समझो, मैं तुम्हारी आलोचना कर रहा हूँ तो यह मुझ पर अन्याय होगा। मैं जो कुछ भी करता हूँ, इसका यह मतलब नहीं कि मैं सबसे वही उम्मीद करता हूँ। अपुन अकेले हैं...जोखिम उठा सकते हैं...हैव प्रैक्टिकली नथिंग टू लूज एक्सेप्ट मायसेल्फ। हँस रहें हों?...हँसो, तुम्हें लगता होगा जिन्दगी के बारे में यह एक डेंजरस नतीजा है, पर हर्ज क्या है। इतने सारे लोग तो हैं न एक-दूसरे की तरह जीना चाहने वाले।...हालाँकि इसका मतलब यह नहीं कि मैं कोई बड़ा तीसमार खाँ होना चाहता हूँ पर एक बार जिन्दगी को खुलकर ललकारने की खनक तो सुनने को मिले।"

मेरे पूछने पर कि आखिर वह करना क्या चाहता है—"वही जो मन आये... इसीलिए तो मैं आसानी से किसी को अपने घेरे में आने नहीं देता। यह टैगिंग बाधा डालती है। सोचो जरा, ये चीजें—मेरा मतलब है प्यार, घर, कोमलता—कितना डरपोक और प्रोटेक्टिव बनाती हैं इंसान को। मैं अकसर सोचता हूँ कि यह घर बनाने और छत के नीचे दुबकने की वृत्ति तब इंसान में आयी होगी, जब उसने उस आदिम निडरता के रहते भी इन्हीं सब चीजों को छूने की इच्छा की होगी। ही माइट हैव वाण्टेड टु बिलाँग। यह सब चीजें किस हद तक कच्चा और कमजोर बनाती हैं।...फिल्मों ने इस कमजोरी को खूब निचोड़ा है। जब किसी को नपुंसक और लाचार दिखाना चाहते हैं तो उसकी माँ, बहिन, बेटी को पकड़ लाते हैं। छुरा लगाकर सौदा करते हैं, क्योंकि उन्हें लगता है, वहाँ हम टूट सकते हैं, बिक सकते हैं। जो कोई हमारे 'बीइंग' को प्रताड़ित करना चाहता है, हमारी औरतों

को रेप करता है। यह सब मर्यादित जीवन के अभिशाप हैं।...एक से एक दारुण। क्या ऐसा नहीं हो सकता कि आदमी उस गुडी-गुडी ब्रिटलनेस से बचा रहे। ऐसा चाहना भी तो अपने अन्दर किसी बेशकीमती जज्बे को ही बचाना हुआ न...जब तुम दूसरों के चंगुल में आने से बचे रहना चाहते हो...।"

यह सब कहते उसकी आँखें जलने-सी लगती थीं। उग्र, उत्तेजित, तपता-सा हिंसक चेहरा। यह हिंसा किसके विरुद्ध थी, मैं उस समय उसके सामने बैठ सोचा करता था, पर किसी खास जगह पर हाथ नहीं रख पाता था।

अब लगता है, मैं उसे 'हिंसक' कहता था क्योंकि मेरे पास इस तरह मनुष्य की सहजवृत्ति को लाँघना चाहते आवेग के लिए कोई दूसरे शब्द नहीं थे। उसकी बातें मन में टकराती रहती थीं; पर बातें तो फिर बातें ही थीं, कुम्हार के सामने पड़ी मिट्टी के लोंदे जैसी। उनको ऐसा ही रहना था, जब तक आँवें न चढ़ें।

× × ×

बात उस दिन डायनिंग टेबल पर खाना खाते-खाते चल रही थी। पापा इतिहास के पर्चे से बात शुरू करते-करते सच में इतिहास में आ जाते थे। बार-बार वही दरवाजे खोल कर दिखाते थे जो उनके भोग का हिस्सा था—देश-विभाजन का इतिहास। यह प्रसंग उन्हें बार-बार वहीं ले आता था जहाँ दर्द के इतने निकट न होने पर इतनी जल्दी पहुँचना नहीं हो सकता—"अब यह बात अलग है कि फफोलों के दाग मिट चले हैं पर इतिहास तो हमारा ही था।..."

जाने कैसे नये सिरे से पापा के फफोले रिसने लगते थे। वह एकाएक कातर जैसे दीखते थे। इतिहास की दारुणता में अपने लाचार हाथ बढ़ाते हुए...स्मृति में नये सिरे से उन्हें फुँकता देखते हुए...विस्थापन की ऐतिहासिक अवशता में लिसलिसाते हुए। इस आवेश का रुँधा हुआ क्षण बार-बार आ जाता था। ट्रिक-सा जाता था। कैसे हो पाता था वर्षों को लाँघकर इस तरह बार-बार लौटना। आखिर स्मृति की मंजूषा कितने मानसिक कालों तक भोक्ता के मन की दयनीयता को संचित रख सकती है।

तने हुए सन्नाटे की वह घड़ी थाली और डोंगों की अदला-बदली के ऊपर पीली आँधी की तरह ठहर जाती थी। सब गुम हो जाते थे—मैं, माँ, बासू और नीरा। तब केवल पापा ही बोलते थे। उस थमे हुए क्षण को मुक्ति देने का बोझ भी पापा पर ही आता था, चाहे जैसे भी करें। उस दिन भी उन्होंने ऐसे, अकारण ही बात शुरू की थी—

"एक बात कहता हूँ" वह पिघलन फिर रिसने लगी थी। "हम इस देश में धर्म का ठप्पा लगाकर लड़ते बलवाइयों को तो कभी माफ कर भी देंगे पर अंग्रेजों

को तो कभी नहीं। चाहे वह हमारे लिए कितने बड़े कल्चरल कैरियर हैं...कितने बड़े स्केल पर। ठीक है कि यह स्वर्ग उन्होंने ही यहाँ उतारा है...बिजली, पानी, रेल, टेलीफोन देकर, पर सिविलाइज्ड आदमी का वार भी सिविलाइज्ड होता है, एकदम बारीक; इसे भूल न जाओ। ऐतिहासिक गुलामी ले गये...दिमागी गुलामी छोड़ गये। मरो, खपो इस कीचड़ में कीड़ों की तरह। उस दलदल से ऊपर अपने मन में अपना कोई सपना होगा तभी न कोई उस कीच में से निकलेगा। पर सपना तो कहीं है नहीं। हरकत के नाम पर उसी कृतज्ञता का विस्तार करते रहना। अपने को बार-बार उन्हीं कल्चरल फ्रण्टियर्स तक ठेल ले जाना। जड़ों में कब तक गुलामी के परनालों का पानी चलता रहेगा, इसका कोई होश नहीं।''

''चलो बस भी करो, रोज-रोज बच्चों को हिलगा लेते हो,'' माँ थीं।

''हिलगा लेता हूँ?...अरे, मैं चाहता हूँ यह दर्द इनके रेशे-रेशे का हिस्सा बने। यह जिम्मा इनको ही लेना है। पर जिम्मा लेना तो दूर...कोई बात भी नहीं सुनता। इन्हें तो यह ठीक पड़ता है कि तुम बन्द रहो, हम अपने में मस्त रहेंगे। इन्हें देखकर कौन कह सकता है कि इनके सामने खड़ी पीढ़ी ही इतिहास के ऐसे हादसे का शिकार हुई थी...चलो, जान-माल को लगे जख्म छोड़ भी दो, उसे देश की आजादी के खाते में डाल दो पर यह जो बादलों के हट जाने के बाद भी दासता में बने रहने का अँधेरा है...वह? वह खोट क्यों नहीं दिखाई देता किसी को?...वही तो समझाने-बताने की बात है। मैं कहना चाहता हूँ, उससे लड़ो। कुछ करना चाहतो हो तो उस मनोवृत्ति से लड़ो...और मालूम है लड़ाई केसी होगी...। तब, जब वह चीजें हमारे बाहर खड़ी होंगी...विरोध में...। जब हम खुद उस लालच और कृतज्ञता में होने की इच्छा के शिकार नहीं होंगे। तब लड़ाई का पैंतरा अपने आप तय हो जायेगा। तब यह सारा खून-खराबा और जलियाँवाला बाग आसानी से नहीं भूल पायेगा।''

''पर पापा...।'' मेरे मन में एक ही प्रश्न फड़फड़ा रहा था कि ''हम जो विश्व-बन्धुत्व की कल्पनाएँ किया करते हैं, वह इन सब उद्गारों के रहते कितनी खोखली है, क्योंकि इतिहास में हुए ऐसे हादसे किसी देश या जाति की स्मृति को पीढ़ी-दर-पीढ़ी दूषित करते रहते हैं।''

पापा का पक्ष साफ था, ''मैं तो साफ कहता हूँ कि मैं इस अन्तर्राष्ट्रीयता की झोंक में राष्ट्रीयता को कमतर नहीं मानता। वह एक सैद्धान्तिक जैसी चीज है। हद से हद तुम उसे एक 'नोबल सेंटीमेंट' कह सकते हो...हाँ, यह जरूर है कि उस सेंटीमेंट की आड़ में तुम अपने देश के लिए, कुछ भी न करने के गुनाह से अपने को बरी भी कर लेते हो...क्यों बासू, तुम क्या कहते हो?''

बासू ने जो उत्तर दिया, वह क्या अपेक्षित था, खाने की टेबल पर दोनों हथेलियों के गुँथे टिकाव पर ठोड़ी रखे वह पापा के सामने बैठा था। वही बन्द-सा निर्भावच चेहरा और निष्कम्प आँखें।...

"देखिए अंकल...आपके...मेरा मतलब है आपकी पीढ़ी के मन में अँग्रेजों के प्रति नफरत है, और आप उस नफरत में से अपने देश के लिए कुछ कर सकने की ताकत उगाहना चाहते हैं तो आपकी मरजी। ऐसा करने के आपके जो कुछ भी कारण रहे हों मुझे उस पर कुछ नहीं कहना। पर मैं उस दुःख या विद्रोह को फिजूल समझता हूँ। हम...या हमारी पीढ़ी क्यों उस इतिहास की कैदी बनी रहे! हमारी स्मृति में वह नहीं है तो नहीं है। हमारे लिए तो संसार वहीं से शुरू होता है जहाँ से हम शुरू हुए थे।...अब यह बातें सुना-सुना कर जबरदस्ती हमारी अवेयरनेस में ठूँसी नहीं जा सकतीं। इस जुए को उठाये-उठाये चलना मुश्किल है। वैसे भी आप जो कहते हैं, उसे 'यह' कह सकता है," उसने मेरी ओर इशारा किया था..."इसकी बात दूसरी है।" पापा स्तब्ध रह गये थे। मुझे भी कुछ अच्छा नहीं लगा था। पापा ने जो कुछ भी कहा था, वह निरी भावुकता तो नहीं थी। वैसे भी विरासत क्या केवल व्यक्तिगत ही होती है। इतिहास का दंश भी तो व्यक्तियों के माध्यम से ही छन कर आता है। पहले का इतिहास ही हमारे इतिहास को बनाता है।

इसके अतिरिक्त इस सारे कथन में बासू ने अपने और मेरे बीच जिस आधार को लेकर भेद किया था, वह भी अखरा था। पिता की विरासत का जिम्मा लेकर मैं अपनी पीढ़ी के सुख-दुःख से मुक्त कैसे हो जाता हूँ।

× × ×

ऐसे बासू को उसने हथिया लिया था। मेरे देखते-देखते। शतरंज की मोहरों में हिलगा कर। पढ़ाई के लुढ़कते आते पत्थर के नीचे मुझे अकेला पिसता छोड़कर।

बासू की पढ़ाई का ढंग भी निराला था। वह आठ-आठ, दस-दस दिन किताबों को हाथ नहीं लगाता था, फिर पिल पड़ता था एकाएक तीन-तीन, चार-चार रातें एक साथ। "क्यों नींद?"—"अरे छोड़ो यार, यह दिन और रात का चक्कर। यह गुलामी हमसे नहीं होने की। रात को ठाठ रहते हैं। एक चिड़िया तक नहीं फटकती। अपनी दुनिया पसारने में आसानी रहती है।"

वह भूल जाता था कि दिनचर्या उसका दबाव नहीं है, क्योंकि वह हॉस्टल में रहता था। घर मेरा है। मैं घर की व्यवस्था का एक पुर्जा हूँ। वैसी मनमानी मैं नहीं कर सकता। करता भी तो...मेरी देह और मेरा मन खुद भी उस व्यवस्था के अभ्यस्त हो चुके थे।

उसने इतिहास में एम.ए. छोड़कर इलेक्ट्रॉनिक्स में दाखिला ले लिया था। वह भी आई.आई.टी. में। वह भी पात्रता-परीक्षा पास करके। दो-चार महीने में ही वहाँ ऐसा खप गया था जैसे इन्स्टीट्यूट से डिग्री लेकर दौड़ने वाले खिलाड़ियों की जमात में वह बरसों से शामिल है। यही इन्स्टीट्यूट के वार्षिक मेले के दौरान मेरी उससे पहली भेंट हुई थी। मेरे एक सहपाठी के माध्यम से अविलम्ब पहचान...जैसे वर्षों की क्षुधा अपना भविष्य ढूँढ़ लेती है और तृप्त भी होती है।

बासू के आते ही वह शतरंज पसारकर बैठ जाती। काम जो भी रहता—घर या कॉलेज का, उसे पटापट निपटाती। कुछ तो था कि उसके हाथों-पैरों का मिज़ाज बदल रहा था। बैठे-ठाले फुर्सतीपन में एक क्षिप्रता आ गयी थी। जीवन के बहुमुखी अर्थों की वह तड़प, जो मैं किताबों के माध्यम से उसमें जगाना चाहता था, अब जागी थी। फुर्तीले आवेश का यह ग्लेशियर पता नहीं कब से उसके भीतर जमा बैठा होगा, जिसे मैं अवाक् होकर अब बहता देख रहा था।

इस सबका उत्प्रेरक क्या था, मेरे लिए कह पाना कठिन था। फुटपाथ से चलकर बीच सड़क के आ जाने की स्थिति सुखद लग सकती है, किसी को भी। या कि यह बासू के साथ होने की दीप्ति है? पर वह ही होगी जो ओढ़ रही होगी, एकतरफा! बासू तो...। उसे क्या मालूम कि बासू के भीतर और कितने भीतर हैं। जिसके सामने होता है, उसी को हो गया दिखता है पर उसके भीतर का अमाप अक्षुण्ण पूरापन...कोई वहाँ तक पहुँचेगा तभी न उसको छू पायेगा। माँग का वनज भी माँगने वाले के अपने वजन के अनुसार ही होता है।

शुरू-शुरू में राहत हुई थी। उसे निस्संग छोड़ देने के अपराध की चुभती नोक तनिक पूरे घूम गयी थी। उसके भीतर का बेगानापन छितरता है तो छितरे। जो मैं नहीं कर पाता, उसे कोई कर पाता है तो जरूर करे। वैसे भी मेरे मन में बसी स्त्री की छवि को वह किसी भी अर्थ में आपूर्त नहीं करती थी, इसलिए मेरे लिए वहाँ होते हुए भी जैसे नहीं होती थी।

बासू पॉप म्युजिक का शौकीन था। रिकार्ड वह खरीद कर लाता, बजते मेरे स्टीरियो पर थे। ज्यादातर पापा की अनुपस्थिति में। उस संस्कारविहीन हुल्लड़ के प्रति उनके कोप से बचते हुए। माँ उपदेशों के पुलिन्दे को हाथ में देने में कुछ संयम से काम लेती थीं।

रवानी से भरी कोई भी लय बासू को भीतर से छेड़ देती थी। उसके सुप्त पड़े तन्तुओं में तरंग की तरह प्रवेश करती। पहले उसके पैर चलते फिर उँगलियों की पोरों में लय की चुटकियाँ जागतीं—फिर वह नॉर्थस्टार के रबर-सोल पर थिरकता हुआ खड़ा जो जाता। कभी अकेला, कभी कुर्सी पर जमकर बैठी मेरी उपस्थिति

में संक्रामक चैतन्य जगा कर। हम कमरा बन्द कर लेते थे और नाचते थे। तब तक...जब तक नये रिकॉर्ड फिर उतर जाता, थककर, हमारे दुराग्रहों की मार से प्रताड़ित होकर। नये रिकॉर्ड की बारी आ जाती।

झुटपुटा-सा था। बासू लपकता आया था, "जल्दी कर यार, फिर अंकल आ जायेंगे। एक बार बजाकर देख लेते हैं। तुम उनके आने पर पढ़ लेना।"

जब धुन शुरू हुई तो मैं कुरसी पर बैठा था। वह दीवार से लगी खड़ी थी, तलुवों को धीमे-धीमे धरती पर बजाती। बासू कभी एक पैर, कभी दूसरे पैर की थाप से लय के सम को छू पाने में तल्लीन।

उसका भी वहाँ होना कोई नयी बात नहीं थी। वह ज्यादातर वहीं बने रहना चाहती थी। पहली बार जब मैंने उसे नाचते देखा तो दंग रह गया था। यह सब उसने कब और कहाँ से सीखा? कहाँ से पायी ऐसी उत्सर्जित तन्मयता?

बासू ने जैसे ही वॉल्यूम बढ़ाया, दीवार से छिटककर वह 'कम-कम-बासू' कहती हुई कमरे के बीचोबीच हो ली, झूमती-लहराती! भंगिमा में लोच और लय को ऐसे साधती, जैसे उसके पंजे जमी हुई मोम के बने हों।

क्षण भर नहीं लगा था। छोटा-सा बन्द कमरा। कुरसी पर जमा बैठा मैं। धमाधम गूँजती थापें। दीवारों से टकराती प्रतिगूँजें। उत्ताल तरंगों के झरने में बहते, काँपते, थरथराते वह दोनों...वे दोनों...वे ही दोनों! हहराती लय का उद्गाम आरोहण मुझे अपने में ले लेने में असमर्थ हो गया था, बासू की कोहनियों के बार-बार मिलते टोहकों के बावजूद।

रिकार्ड खत्म हुआ तो वह धप्प से मेरी खाट पर बैठ गयी—हाँफती! भीतर बहती लय को साँसों की धौंकनी से विसर्जित करती। भीगी हुई, श्रान्त।

बासू, एकदम वहीं दीवार से लगा हाँफते-हाँफते उसकी ओर ताकता हँस रहा था। तर-बतर। एक साँझा-सा आर्द्र आप्लावन इस सिरे से उस सिरे के बीच बह रहा था और मुझे मेरी ही दृष्टि में फालतू कर गया था।

"पानी लेकर आता हूँ"—कहकर मैं धड़ाके से बाहर निकल गया था।

× × ×

अब तो वह और भी उत्सुक रहने लगी थी। अपने से बाहर बहने लगी थी। मैं इस होने का एक अकेला साक्षी था। भाग्य या अभाग्य, हम दोनों एक ही कमरे के कैदी थे।...छोटी-सी चारदीवारी में आमने-सामने...जहाँ पंख फड़फड़ा रहे हों तो दीवारें भी जाग जाती हैं। एक त्रासद फँसाव...। अपने-अपने एकान्त के अधिकार से रीता।

उसका एकान्त...? यह विचार अब भी आता, बासू से बँधा आता और

चिन्ता में लसेड़ देता। क्या वह बासू को पूरा जानती है? जीवन को लेकर उसकी नयी-न्यारी मान्यताओं के परिणाम को पहचान सकती है? उसके जैसी वृन्त से वियुक्त लड़की!...

मैं उसे यह सब समझाना चाहता था अधिकार से। न बन पड़े तो दो-चार झापड़ भी...पर वह अधिकार, वह अक्लिष्ट भ्रातृ-भाव! कहाँ था वह? क्या मैं कभी इसे कमा पाया था? अब तक तो मैंने उसकी अवहेलना ही की थी। बहने दिया था उसे प्रवाह पर पत्ते की तरह अकेला और अनाथ।

यह पुल कैसे बन सकता है? क्या कोई भी यत्न अब सार्थक होगा? मैं इस प्रयास के लिए तैयार था।

बहुत सोचता रहकर मैं बाजार गया था। मेरे पास एक ही विकल्प था—किताबें। उसी माध्यम से मैंने अपने को भीतर-बाहर फैलाया है। उससे हटकर कुछ करूँगा तो झूठा कहलाऊँगा। 'लायर' 'चीटर' यह उसके ही दिये हुए विशेषण थे।

मैंने खरीदे थे ढेर से कॉमिक्स, थ्रिलर्स, बेस्टसेलर्स! उन्हें खरीदते मैं खुद ही उत्तेजित हो गया था। वहीं, बाजार में खड़े-खड़े मैं उसकी उत्फुल्लता की कल्पना से आत्ममुग्ध हुआ था। 'कॉमिक्स, थ्रिलर्स' और तुम। वह मुझे एक छलकते अचम्भे में सरोबार दिखी थी। मैंने यहाँ तक सोच डाला था कि यह किताबें मैं उसे हर नये दिन एक-एक नयी निकाल कर दूँगा।

बस का इन्तजार करने का धीरज मेरे भीतर नहीं था। मैं ऑटोरिक्शा लेकर घर आ गया था। वह कॉलेज से आ चुकी थी और कमरे में बैठी थी। मैं झिझका था, हाथ में उस पैकेट के रहते। जादूगरी के इस पिटारे को ऐसे नहीं खुलना था। अपनी ही देह कर आड़ में दायें हाथ में पैकेट को थामे मैंने उसे सामने से गुजर जाने का यत्न किया था। यह यत्न मुझे महँगा पड़ा। पैकेट टेबल की नोक से टकरा कर नीचे जा गिरा था। मुझे धक्क-फक्क छोड़कर। पर यह कातरता अर्थहीन थी। वह पैरों के नाखून काट रही थी। नेल-कटर किनारे रख कर, पलँग से तनिक झुककर उसने पैकेट उठाया और मुझे थमाने का उपक्रम किया, बिना किसी जिज्ञासा के, और उसी काम में लग गयी।

वह ठण्डा आत्मतोष...यह ठिठुरन मुझे इतना अवसन्न कर गयी थी कि आत्मदया के बर्फीले पहाड़ पर मैंने खुद ही सम्पन्नता बनकर बरस जाना चाहा था।

"देखो...देखो तो नीरा...यह सब तुम्हारे लिए है...सारी की सारी तुम्हारी...।" एक-एक पुस्तक, रोज देने की बात उस समय मेरे दिमाग से भाप गयी थी। एक कातर उतावलेपन में मैं पैकेट की रस्सियाँ नोचने लग गया था। रस्सी की मजबूती ने बाधा दी तो मैंने टेबल पर पड़े ब्लेड का इस्तेमाल किया, अपनी उँगली की

पोर को घायल करते।

भूरे कागज की कैद से मुक्त किताबें पसर गयी थीं उसके सामने रंग-रचित मोहकता की आखेटक उदारता।

बहुत भीगी, बहुत उत्फुल्ल-सी किलक मैंने उसके मुँह से सुननी चाही थी, पर वह मेरे अपने मुँह से निकली थी। वह तो वैसी ही निरुद्वेग बैठी थी...किताबों पर पसरे स्पर्श के बावजूद अनुत्सुक।

"थैंक्यू स्सो मच," उसका चेहरा ठण्डा और निर्भाव था। "पर तुम तो जानते हो मुझे किताबों का शौक नहीं है, आय लाइक ह्यूमन बीइंग्स!"

× × ×

चिन्ता और कुढ़न ने मेरे भीतर रहने से इनकार कर दिया था।

"क्या तुम्हें नहीं मालूम, माँ को यह सब अच्छा नहीं लगेगा," कमरे में घुसते ही मैंने कहा था। उस आक्रान्त हवा के हवाले हो जाने से पहले ही मैं बोल देना चाहता था जो फेफड़ों में भरती थी तो आवाज के तन्तुओं को पहले रौंद देती थी।

"मेरी जिन्दगी मेरी है...वह किसी की भी माँ..." आवेश की उग्रता को पीसने के यत्न में उसका चेहरा तमतमा गया था।

मैंने शाम को बासू को पकड़ा था। दरवाजे से कमरे तक आते आँगन में रोक कर।

"यह नहीं चल सकता," मैं काँप रहा था।

"क्या नहीं चल सकता?" मेरी मुट्ठी में बुरी तरह भिंची अपनी आस्तीन उसने छुड़ा ली थी और मुझे घूरने लगा था। अपलक! यह दृष्टि मुझे स्वच्छ-सी लगी थी।

मैं कच्चा-सा हो गया था। मेरा हाथ फिर से उसके कन्धे पर जा पड़ा था। जितना छीला था उसको साधते।

"तुम्हें तो ठीक से क्या पता होगा...उसकी जिन्दगी में पहले से ही कितने काँटे हैं...वैसे भी वह इतनी छोटी और नासमझ है कि..."

"छोटी?" बासू के अक्खड़-से दिखते चेहरे पर एक विद्रूप खेल गया। "वह कहीं से भी छोटी और नासमझ नहीं है।" उसने निर्णायक भाव से कहा।

उसका यह निर्णायक-सा आधिकारिक भाव! मैं जाने क्यों काँप गया, "क्यों, क्या अठारह-उन्नीस साल की लड़की को तुम नासमझ नहीं कहोगे?"

उसे इसी बात की तो तकलीफ है..."कि उसे नासमझ कहकर किनारे कर दिया जाता है...इम्पोर्टेंस नहीं दी जाती।"

"मुमकिन है, हो!" मैं परास्त-सा हो गया था। भीतर से थक गया था। इससे आगे देखना मेरी चिन्तातुर अभिभावकता के बूते नहीं था। मैं जो कर सकता था, कर आया था। चाहे पलटकर देखते लगा था कि मैं जड़ छूने जाकर पेड़ को झिंझोड़ कर आ गया हूँ और पेड़ है कि मेरे हटते ही थम गया है—यथावत्!

× × ×

आगे के दिन...अमूर्त अव्यक्त कुछ तो था जो उस हवा में साँस ले रहा था और मुझ जैसे मनोन्मुख आलसी आदमी को चौकन्ना कर गया था। क्या मैं बासू से अपने संसर्ग के बदलते माप-तौल से उद्विग्न था?

पहले जब वह आता था तो मुझे पढ़ता देखकर लौट जाता था या मेरी खाट पर जमा किताब पढ़ता रहता था। खाली होकर हम फिल्में देखते, रिकॉर्ड बजाते, बहस करते...अनगिनत बातों पर—परीक्षाएँ और प्रयोग, संस्कार या समाधान, इतिहास की जकड़ीली जड़ता, जेनरेशन गैप और पतनोन्मुख पीढ़ियों का दर्द, समाजवाद और उसकी कार्य-साधकता—दूर-दराज के आरों-छोरों के बीच बहस की सुई डोलती रहती। यह सब बातें होती थीं अपने-अपने विश्वास की छलनी से छनकर। अतिक्रान्त हुए बिना। आपसी प्रभाव को परिप्रेक्ष्य की तरह स्वीकारते हुए। यह तो तय ही था कि मैं और वह एक नहीं हो सकते थे पर दूरी परेशान नहीं करती थी चिन्तन के केन्द्रों की। वह बहुत दृढ़ किस्म की उत्तेजना में भीगकर बात करता था पर साथ ही एक अनुपम श्रोता भी था। सुनता था, सोचता था, धारण करता था। मन में, जीवन में, दिनचर्या में, उसने इतनी जगह बना ली थी कि कोई एकाएक उसकी बाँह पकड़कर उठा ले जाये तो वह जगह खाली-खाली हो गयी लगती थी, घूरती थी।

क्या सच में वह उसे उठा ले गयी थी?...साधारणतः कहीं और उसका लगाव हुआ होता तो मैं बासू के पक्ष में होता। अपनी सारी लगामें ढीली करके मैं उसकी बगल में जा खड़ा होता उसके मन को अपनी आँखों में उँड़ेलकर देखता...उसके चाहने को चाहता, पर अब...

क्या वह मेरे संस्कार थे जो बासू की मित्रता से बड़े हो गये थे, या मेरा ज्ञान कि बासू अलोच अड़ूब है...परम्परा-विरोधी। बन्धन काट सकता है, ओढ़ नहीं सकता। उसका फक्कड़पन किसी दूसरे के दिये अर्थ का मोहताज नहीं और ख्वाहमखाह शहीद हो जाये, ऐसा उसका स्वभाव नहीं, फिर क्यों उसके रास्ते में अड़ना।

और नीरा? मेरी पहुँच से पूरी तरह परे। एक छोटी-सी पहल मैंने की थी पर फली नहीं थी। मैंने उस पर ज्यादा ध्यान देना शुरू किया था, स्नेह के उलार को महीन तरीके से उस तक पहुँचाते। और कोई समय होता तो वह उस पुल का

स्वागत करती। अब ऊबती थी। बँटी रहती थी। बात सुनती थी जैसे दहलीज पर खड़े-खड़े। अपने मनोनीत प्रदेशों की ओर मुँह करके।

जो कुछ भी मैं करता था वह मुझे ही ज्यादा उखाड़ता था।

× × ×

माँ भी सूँघ रही थी, जैसे मैं। चाहे मेरे जितना नहीं। चिन्तित हो गयी थी। स्नेहिलता ठिठक गयी थी। हम दोनों को बराबरी में काट देने वाला जो भाव था, वह एकदम नदारद। नीरा को फुर्सत में देखा नहीं कि सिलाई-बुनाई, चूल्हे-कढ़ाही की ओर ठेलने लगी...दबी-दबी चौकसी के साथ। यह चौकसी माँ को ही व्यस्त से व्यस्ततर करती थी। वह अछूती बनी रहती थी, ढीठ की ढीठ। लुकाछिपी चलती रहती। माँ उसको और वह माँ को काम में उलझा कर स्वयं निवृत्त हो सकने की ताक में रहती।

मैं जानता था। बस मैं ही जानता था। चूँकि मैं ही जानता था। ऊपर-ऊपर सब शान्त है। भीतर सब अलग-अलग अशान्त हैं। माँ खाना बनाती हैं पर चौकसी करती हैं। वह खाट पर पसरी रहती है पर राह देखती रहती है। मैं किताब सामने रख लेता हूँ पर कुढ़ना सूँघता रहता हूँ। एक वह ही होगा जो निश्शंक निवृत्त होगा। दुविधाएँ उसे नहीं डसतीं। उसके सुख-चैन को घायल नहीं करतीं। पर कम-से-कम उसे सोचना तो चाहिए। इस घर के हित को ध्यान में रखना तो चाहिए था...।

इस घर का हित क्या है? वैसे देखा जाये तो नीरा को चाहने या उसकी चाहत को झेल लेने से क्या भूकम्प आ जाने वाला था? यह क्या कोई संसार की असम्भव अनूठी बात थी? पर मेरी चिन्ताएँ...किन्हीं दूसरे छोरों से आती थीं...बासू की जीवन-पद्धति और जीवन-दर्शन से लग कर।

ऐसा हो सकता था मैं हमेशा की तरह बासू के पक्ष में रहता, पर ऐसा नहीं था। मैं माँ के, घर के पक्ष में था। सुरक्षा के पक्ष में था। उतने पुरानेपन से सोच रहा था इसका कारण नीरा का पैतृक इतिहास भी हो सकता था और बासू की जीवन-प्रणाली भी। दोनों बातें संघट होकर मेरे रास्ते में अड़ गयी थी। मैं मित्र से अधिक अभिभावक हुआ जा रहा था, पर यह बात मैं नीरा को समझा नहीं पा रहा था। उसके-मेरे बीच अविश्वास के अथाह में विश्वास की नन्ही-सी डोंगी कागज की बनी लगती थी।

वह जरा-सा भी उन्मुख होती तो उसे जरूर कुछ कहता। प्यार से, दुलार से, भाई की मनुहार से उसके टेढ़े-बाँके कोनों को सहलाता। वह नहीं जानती थी, वह कौन-सी भट्ठी में हाथ डाल रही थी। जितना वह बाहर से दिखता है...

दोस्त-यार, आत्मीय, अपना-जैसा...उतना भर वह नहीं है।...वह निस्संग, निर्मम, दुराग्रही भी उतना ही है...।

× × ×

'चीं ऽऽ...चीं ऽऽ...।' नीरा ने करवट बदली है। मैं जानता हूँ वह यों ही पीठ करके लेटी है। सो नहीं रही है, जैसे मैं टेबल-लैम्प के प्रकाशवृत्त में अपने सामने किताब रखे बैठा हूँ और पढ़ नहीं रहा हूँ।

मैं जानता हूँ वह जाग रही है। छिप रही है। छिपती रहती है। यह उसका इधर का रवैया है।

क्षण-भर में ही दीवार पर उसके हिलने-डुलने की परछाईं अंकित होती देखी। मेरी साँस गुम रही। वह पलँग से उतरकर स्टूल तक आयी। थर्मस से पानी उँड़ेलकर गटगट पिया और सावधान चुपकेपन से गिलास वापिस रखकर पलँग तक लौटने लगी।

"क्या रोशनी बुरी लग रही है?...बन्द कर दूँ?"

"नहीं! मुझे फर्क नहीं पड़ता।"

"नींद न आ रही हो तो बैठो," मैंने फुर्ती से घूमकर उसके और उसके पलँग के बीच दूसरी कुरसी खिसका दी।

"नींद आ रही है।" वह मेरे बिछाये आग्रह के पाँवड़ों पर चलने से इनकार कर रही थी।

मैं एकाएक अधीर, फूहड़ और डायरेक्ट हो जाता हूँ। "ब्याह-शादी के बारे में बासू के क्या विचार हैं, जानती हो।"

"जानती हूँ।" एक आलस-पगी उबासी उसने तानने की कोशिश की।

"फिर?"

"फिर कुछ नहीं। वह मुझे अच्छा लगता है। अपना लगता है। इतना अच्छा मुझे अब तक कोई नहीं मिला।"

"ऐसा ही सही...पर कुछ आगे-पीछे भी तो देखो। देयर इज नो फ्यूचर फॉर यू...।"

वह शान्त बैठी थी, पैर हिलाने लगी, कुछ-कुछ ढिठाई से। मुझे सिर उठाकर उसका चेहरा देखना पड़ा था। चेहरा बोल रहा था। होठों के तरेतरे हुए कोने... तपिश आँखों में। मैं उस विद्रूप से लदी इबारत को पहचानता था।...आगे-पीछे, लाभ-हानि, वर्तमान-भविष्य उसे नहीं सोचना है। जो हो रहा है उसे होने देना है। उस होने में शामिल होना है।

पर वह चुप रही तो मुझे शह मिल गयी। "उसकी जिन्दगी बिलकुल दूसरी

तरह की है। उसे किसी भी तरह से घरेलू नहीं कहा जा सकता?"

"जानती हूँ।"

"उसकी संगत वैसी ही हिम्मत या हौसले के बिना तुम्हें महँगी पड़ेगी, फिर तुम अपनी परिस्थितियाँ भी तो देखो। पहले ही...।"

"वह बात तुम मत करो।" वह ऐसे चटकीले आक्रोश से बोली कि मैं सन्न रह गया, "उसी बात को लेकर मेरी मिट्टी-पलीद नहीं होती रही अब तक...जिसने जिधर चाहा, ढकेल दिया...।"

एक गाढ़ी-सी बोलती हुई चुप्पी, जैसे आँधी के आने से पहले धूल घोट देती है आकाश को।..."परिस्थितियों की बात करते हो तो बासू की और मेरी परिस्थितियों में कोई फर्क नहीं है। मैं भी उसी की तरह हूँ। मेरा भी कोई घर नहीं है।"

"उसका घर है," मैंने काट दिया था। इस सेतुबन्ध के लिए बटोरे पत्थरों की टोकरी को ढुलका दिया था। वैसी हिंसा मेरे भीतर लपलपायी थी। "तुम क्या समझती हो, उसका माँ-बाप से कोई झगड़ा है? उसने खुद ही लोहा ले रखा है जिन्दगी से। पता नहीं किस...किस झोंक में...क्या एक्सपेरिमेंट करना चाहता है...क्या नतीजे निकालना चाहता है? उसकी बात और है। सब उसकी तरह फौलाद के बने नहीं होते।"

"कोई किस चीज का बना होता है, यह ऐसे देखने से क्या पता लगता है?" वह अनुत्तेजित थी। भीतर से पक्की और कठोर।

उसने फिर से अपनी ही व्याख्या की थी, अपने को बासू के समकक्ष बिठाकर। उसकी और अपनी मिट्टी के स्वभाव में रिश्ता गाँठ कर। मैं क्षुब्ध हो गया।

"यह समझ लो, उसके साथ एक आवारा किस्म की जिन्दगी गुजारने की छूट तुम्हें माँ, मौसी या पापा से नहीं मिल सकती...सो पहले ही क्यों नहीं सोच लेतीं?"

"अभी तक तो वे सब मेरे बिना चला रहे थे, अब भी चला लेंगे।"

"व्हाय यू आर सो अनकाइण्ड टु एवरीवन?"

"व्हाय ऐवरीवन इज सो अनकाइण्ड टु मी?"

"तुम्हारे दिमाग में गलत बातें बैठी हैं।"

"तुम्हें अपनी तरह सोचने का हक है। उसमें मैं क्या कर सकती हूँ।...मैं बेवकूफ थी जो तुम्हें बासू की तरफ समझती थी।"

वितृष्णा से विकृत उसके चेहरे ने मुझे उसकी बात से भी ज्यादा आहत किया था। "बासू मेरा दोस्त है...सिर्फ दोस्त! मेरा पूरा घर नहीं, पूरा संसार नहीं। और

भी बातें होती हैं इसके अलावा—जिनमें बाहर वालों का कोई दखल नहीं होता। वैसे भी ऐसा बेघर घर की बातें क्या समझेगा...क्या तुम जानती नहीं कि तुम्हारी शादी में पहले ही दिक्कत पड़..."

"तभी तो...तभी तो..." दाँत भींचकर दोनों हथेलियाँ मेरे सामने खोलकर वह चिल्लायी। अगले क्षण उसका तपता चेहरा एकदम डबडबा गया था।

काँपती-कातर आकृति। हिलती, डबडबाती। मुझे देखते देखकर उसने अपना चेहरा दोनों हथेलियों से ढँक लिया और धड़ाके से उठकर बाथरूम में चली गयी।

क्या वह यह कहना चाहती थी कि उसकी शादी में दिक्कत है 'तभी तो' वह बासू को इस तरह भुनाकर अपनी जेब के हवाले कर लेना चाहती है।

माँ कितनी पागल थीं, उसे एक घर देने की कोशिश कर रही थी।

× × ×

"तुम आगे से अपने दोस्तों से घर के बाहर मिला करो।" माँ आयीं और बिना किसी भूमिका के इस आदेश को मेरे सामने पटक गयीं।

"कोशिश करूँगा," यह बात मैंने अपने से कही, माँ से नहीं। कोशिश इसलिए कि यह अब तक के चलते आये दस्तूर के विरुद्ध था। ऐसा निर्णय माँ ने भी काफी मन्थन के बाद लिया होगा। ऐसा करते वह भी अपने बनाये नियमों का उल्लंघन कर रही थीं। अभी तक वह जम कर मेरे दोस्तों का स्वागत किया करती थीं। छोटा था तो इसे माँ की अपने से बाहर बहती वत्सलता समझता था। बाद में सूझने लगा कि इसमें मुझे इकलौते के प्रति, मेरी संगत-कुसंगत के प्रति एक सूक्ष्म निगरानी का भाव है। इस तरह माँ को मैं और मेरी संगत घर बैठे दिखाई दे जाती है।

और अब यह कहना...मुझे ही घर के बाहर धकेलना...रोक लगाने की क्रिया को उजागर करना...यानी कि माँ चिन्तित हैं। अप्रसन्न! सोच में।

"मौसी को क्यों नहीं लिख देतीं?" मैंने उनसे तीन-चार दिन पहले कहा था।

"मौसी क्या करेगी...उसके बस में होता तो यहाँ क्यों भेजती?"

"यह सब बातें तुम मुझे कभी नहीं बतातीं!" संसार के विकारों से मुझे परे रखने का माँ का रक्षाभाव मेरे लिए कोई नयी बात नहीं थी।

"बताने को क्या है? नहीं रखा जा सकता था इसे ऐसे कस्बों में। कैरियर देना है तो ढंग से पढ़ाना-लिखाना ही पड़ेगा। और किसी बात का सहारा भी नहीं है पीछे से...।"

"तभी मुझे ठीक से पता लगा था, हाथरस जैसे कस्बे में मौसी के इस तरह अकेले रहे होने के बारे में। मेरी लम्बी-चौड़ी जिज्ञासा के बावजूद माँ ने मुझे कम-से-कम शब्दों में यह सब बताया था।" जिस गर्भवती स्त्री का लम्पट-दुराचारी पति उसका धन-जेवर लेकर बाहर से कुण्डी लगाकर रातोंरात भाग जाता है और पास-पड़ोस उसका उद्धार करता है, इसकी तुम कल्पना कर लो...। लम्बी बातों से क्या फायदा...पिछले चार-छः साल से बेचारी कहीं उस जूनियर स्कूल की हेडमिस्ट्रेस बन पायी है...भला हो प्रताप का!" वह मामा का जिक्र कर रही थीं।

तभी समझा था उसे क्यों डाह थी उन छोटी-छोटी छोकरियों से, जो मैडम के भीतर के भीतर वाले हिस्से को अपने अकूत श्रद्धाभाव से नाप लेती थीं और बदले में संरक्षक दुलार की कमाई कर लेती थीं।

"यह तो अच्छा ही है," माँ ने कहा था। "हारी-बीमारी में वे ही तो काम आयेंगी बेचारी के। अब अपने बच्चों को अच्छा लगे, न लगे। खुद तो कुछ करेंगे नहीं और मिलना सब कुछ चाहिए। खूब तनाव चलता था माँ-बेटी में...वैसे देखो, यह भी प्यार की भूखी, वह भी पर...नहीं बनती। यह जो चाहती है उसे वह नहीं चाहतीं।"

मेरे मन की खिड़कियाँ खुलती जाती हैं। मुझे आश्चर्य होता है, क्यों मेरे मन में यह जिज्ञासाएँ स्थगित रहती आयी हैं। सोचने बैठता हूँ तो सब कुछ उसी उदासीनता के खाते में डालता हूँ जो मेरे मन में उसके प्रति खूब थी। मैंने उसे कभी अपने भीतर पसरने नहीं दिया, उसके जीवन का दर्शक और आलोचक ही बना रहता था।

"चलो ठीक है, तू इतना उदास क्यों हो गया।" मेरे सोचते-से चेहरे को देख माँ शायद अधीर हो गयी थीं, "जैसे बच्चे होते हैं, वैसे हल निकलते हैं। मैं तो उसके लिए कोई अच्छा कैरियर सोचती थी। कैरियर से कुछ अपनी भी हैसियत हो जाती है, पिछला भूल जाता है। सामने वाले को भी फर्क पड़ता है, पर देखती हूँ यह तो ब्याह के लिए भी उतनी ही उतावली है।"

× × ×

"कोशिश करूँगा," माँ से मैंने कह तो दिया था निहायत अनुत्तेजित भाव से पर मन में कुछ और था। टाल-मटोल करने से फायदा! अच्छा है बात हो जाये खुल्लम-खुल्ला। दुखता-टीसता जितना जिसे है, साफ हो। अभी तो मामला यहीं तक है। पापा तक पहुँचा नहीं कि दूसरा रूप ले लेगा। वह दो-टूक बात करते हैं। यह मसला उनके सामने रख दिया जाये तो कहेंगे, एक बार सख्ती से समझा दो...अमल करना है तो करना है। ऐसी जोर-जबर्दस्ती कैसे, वाला तर्क उनके सामने नहीं चलता। उनके लिए शुद्ध अपना जैसा कुछ नहीं होता। घर की नैतिकता

चारों छोरों को कस कर बनती है। वहाँ सब हैं, एक अकेला कोई नहीं।

यह तय है कि उस दिन के बाद बासू को उन्होंने निकम्मा मान लिया होगा। वार्तालाप या संवाद में फिर कभी हम दोनों को सम्बोधित नहीं किया। जो कुछ था मेरे लिए था—एक अकेले उनके सपूत के लिए....।

क्लास के लिए बासू निकले, इससे पहले ही मैं हॉस्टल पहुँचकर उसे पकड़ लेना चाहता था। इस तरह असमय मुझे देखकर वह अवर्ण हो गया था। उखड़े-से कुछ क्षणों में से वह मेरे देखते-देखते गुजरा था, मुँह धोने का या ऐश-ट्रे ढूँढ़ने का बहाना करके।

मैं सन्नद्ध-सा आया था, अछूता खड़ा रहा। मुझे सब कुछ साफ कर लेना था बिना किसी भूमिका के। वह आया तो तौलिया अभी भी उसके हाथ में ही था, जिससे वह यों ही अपने चेहरे को थपथपा रहा था...शायद इस अटपटेपन से बचने के लिए। हमारे बीच यह एक नयी किस्म की असुविधा थी।

उफ्! क्या विडम्बना थी। हमारे बीच यह भी होना था कि मैं बासू की बगल में न बैठ कर उसके सामने बैठूँ, जवाब तलब करने।

उस कुछ की, चाहे मैं व्याख्या न भी कर पाऊँ फिर भी कुछ हुआ था कि इस विचार मात्र से मेरे मन में चढ़ते तनाव में महीन-सी सेंध लग गयी।

"क्लास कितने बजे हैं?" मैंने सहज होकर ही पूछा।

"क्लास की कोई बात नहीं...बंक कर देंगे...ऐसी कोई जरूरी नहीं है।"

बात फिर भी ठहरी ही रही थी, इधर-उधर के पार्श्वों में भटकती रही थी। यह अटपटापन उसके-मेरे बीच सरकी आ रही कृत्रिमता को भी उजागर कर रहा था। अब क्या पहले की तरह जमकर बातें नहीं हो सकेंगी। मैं बिछल गया था। मैंने मन से सारे कांड को किसी दूसरे अनुकूल अवसर तक स्थगित कर दिया था। राहत हुई थी।

"अभी तो चलता हूँ...कल आऊँगा। छह बजे की क्लास के बाद," "मैंने प्रिपरेटरी क्लास ज्वायन कर रखी थी।...

इसका अर्थ था वह मेरे घर आने का उपक्रम न करे, यहीं रहकर मेरी प्रतीक्षा करे।

उसने इस मनाही को देख लिया था साफ-साफ। मैं संकोच में पड़ गया था। "माँ-पापा को कुछ बातें नागवार गुजरती हैं, तुमसे क्या छिपाना," मैं झट अदृश्य माँ के सिर पर सब कुछ थोपकर उसकी बगल में आ खड़ा हुआ था, पुराने अन्दाज में।

कौन-सा भाव उसके चेहरे पर अंकित हुआ होगा, इसे देखने का साहस मेरे

भीतर नहीं था। दरवाजे की कुंडी पर नाखूनों द्वारा बजायी जाती नन्ही-नन्ही टक-टक मैं सुन रहा था।

"मैं जानता हूँ...समझता हूँ...बुरा भी लगता है," उसकी मुलायम संजीदा आवाज ने मुझे एकदम उबार लिया।

"मुझे गलत मत समझना," मैंने भूमिका तैयार करनी चाही पर उसे मेरी बात में कोई दिलचस्पी नहीं थी। बोझ उसके मन पर था, उसे हल्का करना था।

"देखो विशाल, नीरा बहुत दिलेर है...यह दिलेरी ही उसके दुर्भाग्य का कारण बन सकती है, इस बात से डरता हूँ...वह इतना कुछ चाहती है...शी वाण्ट्स कान्सटेंट लिस्सनिंग...कान्स्टेंट पैटिंग...जैसे वह कोई एक इंसान न होकर जख्मी पोटली हो।"

"गलत है," मैं तप गया था, "अपनी असली परिस्थितियों की मार तो उसे कभी सहनी ही नहीं पड़ी। हमेशा बचा कर रखा गया, बल्कि उसके कारण..."

"यह सब बातें उसे बनावटी लगती हैं," बासू शायद पहली बार सुनने के धीरज में नहीं था। "वह किसी का विश्वास नहीं करती! बचाव की पैमायश खुद करना चाहती है...खुद सब कुछ आजमाना चाहती है, और जानते हो, वहीं कहीं वह मुझे शामिल कर लेती है। मुझे पा लेना चाहती है समूचा...बॉडी ऐण्ड सोल। बल्कि एक दिन तो..."

मेरे कान खड़े हो गये थे पर उसके वाक्य ने अधबीच इरादा बदल लिया था। सिर झटकारते बोला, "पा सकने को महसूस करने के लिए वह किसी भी हद तक जाना चाहती है...मेरा मतलब है जा सकती है। मैं खुद उसके दुस्साहस से डरता हूँ। अपने लिए नहीं, तुम सबके लिए...मेरे लिए वही असली लगाम है...। बुलाती है तो जाना पड़ता है। न जाओ तो...नीचे से ऊपर तक धोकर रख देती है। कितनी आग और कितना विष है उसके भीतर...तुम थोड़ा अलग होकर सोचो न...मेरी ओर से! थोड़ी देर के लिए भूल जाओ कि वह तुम्हारी बहन है।"

"तुम ही उससे शादी क्यों नहीं कर लेते?" कितनी-कितनी तरह के तनाव में छटपटाते मेरे मुँह से निकल गया था।

"शादी कर लूँ?...मैं?...उस बच्ची से? उसमें अपने बराबर की औरत ढूँढ़ने बैठूँ?...मैं तो वैसे भी...मेरे इरादे और नतीजे तुम बखूबी जानते हो। यह तो संयोग की बात है कि मैं उसे अपने सामने खड़ा मिल गया...यह रवैया वह किसी और के प्रति भी रख सकती थी। वैसी हताशा उसमें है बाँधने-जकड़ने की, पर वह तो दो दिन में ही बड़ी हो जाना चाहती है।"

"तो...फिर," इतनी सूचनाओं से मेरा सिर चकरा गया था।

"जूझने दो थोड़ा। खुद लड़कर पार पायेगी तो शायद उबर भी जायेगी...।"

"पर..."

बासू ने पूछने के संकट से खुद ही मुझे उबार लिया, "मैं कौन-सा चैन में हूँ। इस गोरखधन्धे से मैं खुद निकलना चाहता हूँ। मेरी अस्वीकृति उसे किस जगह पर कम-से-कम आहत करेगी, इसे जाँच रहा हूँ। मेरा तो अपना भी हिसाब-किताब गलत हुआ जा रहा है जिन्दगी से।"

× × ×

आग के निकट पानी बने रहने का संयम...यह दीक्षा कितनी दुरूह है, इसे शायद बासू नहीं जानता था। जताना होता तो...

मैं आश्वस्त बैठा था। उससे हुए वार्तालाप की सुनहली मंजूषा को अपनी पालथी के नीचे दाब कर। माँ के मन में उठती संशय की नोकों को अपनी उग्रता से पीसता। धूप में बाल न सुखाये होने और नाजुक उम्र के आवेश की चर्चाओं को मैले पानी की तरह बाहर फेंकता। बात विचार को वहन करती है जिन्दगी को नहीं, जैसे सत्य की अवहेलना करता।

"तुम सच में उसे नहीं जानती माँ!" एक लौह पुरुष की छवि मैंने माँ के सामने अड़ा दी थी।

मैं खुद ही सोचने बैठा होता तो जान जाता कि ऐसा होता है क्या कि लपट में घी की धार पानी का स्वभाव लेकर गिरे अतः जो होना है वही हो रहा था। घी घी की तरह जल रहा था—तड़तड़ा कर। आग आग की तरह दहक रही थी—दोहरी प्रज्वलित होकर।

बासू आता था। यथासम्भव बना रहता था। नीरू की उपस्थिति के घेरे में भिनभिनाता। माँ की आग्नेय आँखों की अवहेलना करता। उसकी आँखें, नाक, कान, सब बोलने लग गये थे। उत्तर माँगने लग गये थे। उत्तर मिलता था...असन्दिग्ध, अचूक। मुझे लाँघ कर। मेरी जरूरत उन्हें थी भी तो बाहरी रूप से एक आड़ की तरह। वैसे भी विवाह की बात चलाकर मैं अपनी इच्छा और अनुमति को पहले ही उसके हाथ थमा आया था। वह अनुमति, लगता था, उन दोनों के बीच रद्द नहीं मानी गयी थी।

मैं उद्विग्न था। ठगा-सा। दुचिता। बासू को हक है कि वह अपने बारे में कुछ भी करे, बासू को हक नहीं भी है कि हमारे परिवार में कुछ भी करता रहे।

यह सब समझते हुए भी मैं क्यों उन सब बातों का खुलासा नहीं करता। होस्टल के कमरे में बैठकर हुई उस दिन की बातों का हवाला क्यों नहीं देता। क्या था जो इस औचित्य के प्रति मेरे साहस को सोख रहा था।

असल में बासू के भीतर जो एक नया अन्तरंग संसार जाग्रत हुआ था उसमें अपना प्रवेश नहीं था। उस पर अपने अधिकार की वह निधड़क हार्दिकता अपने ही भीतर कही निःसत्त्व होती जा रही थी। एक नयी-सी झिझक मेरे पैरों को प्रतिबिम्बित करती, जैसे कि वह दोनों यदि कमरे में होते तो मैं चप्पल फटकारता हुआ भीतर घुसता। यह क्या था जो मैं देखने से डरता था या जिसके होने को मैं पहले ही मन में धर लेता था।

पिक्चर में, पिकनिक में, नाटक में हम तीनों साथ होते तो सिगरेट पीने के लिए पहले की तरह निश्शंक होकर उसे खींचकर मैं अपने साथ नहीं ला पाता था। मुझे लगता था, उन दोनों के मन में मेरे जाने का इन्तजार धधक रहा है। मेरी अनुपस्थिति के छोटे से छोटे क्षण को भी वे साँझे परितोष में परिणत कर लेने को उतावले हैं।

एक अनदेखा तनाव घर में साँस लेने लग गया था। माँ थी कि मेरी सामर्थ्य को कुछ ज्यादा करके जाँच रही थी। मैं होने दे रहा हूँ यह सब...आँखों के सामने।

वह नहीं जान सकती थी मेरे पैर कहाँ और क्यों रुकते थे, मुझे क्यों बेगाना कर देते थे। मेरे पहुँचते ही उन दोनों के बीच पसरी बातों के प्रसंग बदल जाते हालाँकि मन में छूटी बातों की सिहरन चेहरे पर हिरती-फिरती। सामने के दृश्य-पटल में लौट आने का नकार उन दोनों के चेहरों को एक अटपटे अवरोध से बाँट देता। मुख कुछ और बोलता, आँखें कुछ और कहतीं। बासू का यह रूप मेरे लिए नितान्त नया था—नरमाया-सा, हार्दिक, कच्ची धूप की तरुणाई में अपने को पसार देने के लिए व्याकुल। क्या वह उतना विनीत, उतना पालतू हो सकता है, जितना किसी स्त्री की कल्पना का पुरुष होता है।

× × ×

माँ उस दिन बहुत-बहुत तनाव में थीं। घर में घुसते ही एक लिस्ट थमा दीं, "ऊपर वाली दवा ज्यादा जरूरी है, बाकी की चीजें तो बाद में भी आ सकती हैं।"

यह आदेश लाइब्रेरी से सारे दिन के बाद घर आने के तुरन्त बाद मिला था। खाने-पीने-पसरने की चिन्ता को लाँघ कर यह रवैया माँ की ओर से नया है।

उत्तर में मुझे घड़ी देखते देखा तो बरबस बरस पड़ी, "वह आज नहीं आयेगा... जाओ तुम अकेले।"

मेरी "क्यों" के उत्तर में माँ का चेहरा तमतमा गया। बोलना चाहने और न चाहने की दुविधा चेहरे को कम्पित जैसा कर गयी।

"क्या कुछ कह गया था?"

"कह कर क्या जाता...अब एक दिन में कितनी बार मुँह काला करवाने

आयेगा,'' वह दरवाजे तक जाती-जाती पलट आयीं, ''मालूम है, मैं चार बजे आयी तो वह यहीं था...दोनों थे अकेले। मरी को सुबह साथ चलने को कहा था तो पढ़ाई का बहाना मार गयी...''

कुछ भी सोचने की छूट थी, अतः किसी भी बात की चिन्ता की जा सकती थी। अनुपस्थिति के उस खेप को किसी की दुःशंका से भरा जा सकता था।

''तुम इतना उलटा-सीधा सोचती हो तो बासू से ही उसकी शादी क्यों नहीं कर देतीं?...पापा से इस बारे में बात क्यों नहीं करतीं?''

''यह तू कह रहा है?...अभी तक तो सौ-सौ बातों पर तू ही इसके विरुद्ध था।''

''अभी आता हूँ।'' कहकर तीर की तरह मैं घर से बाहर निकल गया और उसके होस्टल पहुँच कर ही दम लिया।

''आओ,'' उसने खिलकर मेरी अभ्यर्थना की थी। मैंने नहीं ली थी।

झिझक, आपसदारी, मुरव्वत कुछ भी मुझे दबोचे, उससे पहले ही मैं, ''लुक, दे डोण्ट वाण्ट यू देयर माय पेरेंट्स। यह उनका घर है...उनका। मेरा नहीं...नीरा का भी नहीं। इन व्हाट अदर वे आय हैव टु टेल यू दिस...''

''मुझे भी मालूम है, यह उनका घर है...उनका रुख भी जानता हूँ...बुरा भी लगता है। अन्धा नहीं हूँ पर मैं अकेला क्या कर सकता हूँ।''

''कर सकते हो...इनकार कर सकते हो। बुलाती है न...मत जाओ। जाना है तो कोई और ठिकाना ढूँढ़ो...यू काण्ट दिस टु मी...टु देम...मैं बेवकूफ था, तुम्हारी बातों से निश्चिन्त हो गया था...तुम्हारा विश्वास कर लिया था।''

''मैं जानता था, तुम उसी बात का हवाला दोगे,'' मेरे इतने तैश के बाद भी वह उसी तरह निश्चल निरुद्वेग बैठा रहा...पलँग की पाटी पर टिका-सा।

''हाँ! दूँगा, क्योंकि तब तुम इतने स्वार्थी नहीं हुए थे।''

अब वह असल में तिलमिलाया, ''तुम्हें गाली देना है तो दो, पर समझो तो... कुछ तो समझो। कितनी-कितनी ऐग्रेसिव है वह...धोकर रख देती है और मैं एक इंसान हूँ...एक पुरुष...नपुंसक तो मैं भी नहीं हूँ। कोई कहाँ तक बच सकता है। तुम समझते हो, मैं छीन रहा हूँ...उसने खड़े होकर मेरे दोनों कन्धे थाम लिए थे। आँखों में आँखें डालकर मेरा सामना करते बोला, ''यह क्यों नहीं समझते कि मैं अपने को बचा नहीं पा रहा हूँ। मैं भी भूल जाता हूँ कि वह तुम्हारी बहन है और तुम लोग यह सब नहीं चाहते।''

''तो तुम शादी क्यों नहीं कर लेते?''

''शादी?...क्या वह करेगी शादी?...तुम नहीं समझ पाओगे। शादी अभी

उसे विश्वास लायक चीज नहीं लगती। जब लगेगी तब लगेगी। अभी तो ऐसे छिटकती है...''

अब चौंकने की मेरी बारी थी अबूझे अदृश्य की खोह में लुढ़कने की...

''तुमने पूछा है कभी?''

''हाँ, पूछा है,'' उसके ललाट पर बूँदें चमक आयी थीं।

हवा हाँफती-सी कमरे में ठहर गयी थी। चुप्पी को ठेलता मैं उठा था और चला आया था।

× × ×

उसके बाद बासू कई दिनों तक नहीं आया था। उसके न आने का क्षोभ मेरी शान्ति पर लदता गया था, नीरा को देखते, वह व्याकुल दिखती थी। बड़बोले अधीरज में।

उसे फड़फड़ाते देख मन में आया था कि कह दूँ, मैं उसे मनाकर आया हूँ पर इस कहने को उस तक लाने की जो दुरूहता थी, उसे तो मैं ही जानता था। लगता था कितने ही छोर मुट्ठी में भींच कर बैठा हूँ। मुट्ठी खुली नहीं कि...

''तुम्हें ठीक लगे या न लगे, आज मैं बासू के हॉस्टल जाऊँगी...'' उसने मुझे उठते ही सूचना दी थी।

''बासू यहाँ नहीं है...बाहर गया है।''

''तुम झूठ बोल रहे हो...कल मैंने उसे रास्ते में देखा था।''

''आ गया होगा। आ गया है तो आयेगा ही। कोई नयी बात तो नहीं है न?''

''नयी बातें तो बहुत-सी हो सकती हैं पर...'' बाकी का वाक्य वह चबा गयी थी। जाने क्या कहने को थी।

मैं इस बीच स्थिति की नजाकत को भाँपते हुए बासू को फोन कर आया था आने के लिए। आवा-जाही के उस नये चलन को जड़ से काटने की मंशा से। वह हॉस्टल आती उससे तो यही ठीक था।

शाम को, स्कूटर पर मैंने किक लगाया ही था कि बासू आया। मैं और नीरा क्लब में बैडमिण्टन खेलने जाने के उपक्रम में थे। वह पीछे की सीट पर उचककर बैठने को ही थी कि उसे देखते ही उतर गयी।

''हलो विशाल, हलो नीरा।''

''यू हार्टलेस बूट,'' नीरा ने दाँत पीस दिये।

इस बात के उत्तर में बासू उसकी ओर नहीं, मेरी ओर उन्मुख हुआ था। उस लदी हुई, 'हाथ कंगन को आरसी क्या' वाली दृष्टि की नोक से मुझे बींधता।

इस दृष्टि ने मुझे समझदार और अस्थिर भी बनाया।

"चलो, तुम भी चलो, हम बैडमिण्टन खेलने जा रहे हैं।"

"कोई जरूरी भी नहीं है जाना," वह तुरन्त बोली।

मुझे लगा वह जाँचना चाहती है, कहाँ बने रहना ठीक होगा, अधिक तुष्टिकारक। फिर एक निगाह उसने अपने परिधान पर दौड़ायी और बासू को घूरने लगी।

आसपास को भूल जाने वाली वैसी ही नुकीली उत्कट दृष्टि बासू के चेहरे पर बिछ गयी। प्रत्युत्तर में। लगा इतने दिनों में जितना सँभल कर आया था, उखाड़ दिया गया है। घूर-घूर कर...आँखों की राह उसके समूचेपन में प्रविष्ट होकर। उसे आमूल उद्वेलित करके।

बासू लाचार और उद्वेलित एक साथ दोनों आवेगों की गड्डमड्ड में झूलता हुआ...आत्मविस्मृत।

यह दृश्य यदि अपने सामने न देखा होता तो कभी समझ ही न पाता कि कितनी नन्ही-सी चितवन भी कितने गहरे आवेश का कारण बन सकती है। एक नन्ही-सी टेर आत्मसत्ता के अतल में बैठी इतनी सब ध्वनियों को जब निमिष में जगा लेती है तो उद्गम के बारे में सोचना पड़ता है। इस हार्दिकता तक आने के इतिहास को खखोलना पड़ता है।

"चलें क्या?" मैंने उस टकटकी को तोड़ा था।

वह लटक गया "हाँ" और "न" के बीच टँग गया। धीरे से बोला, "इससे पूछो।"

"मुझसे क्यों पूछो?" वह चटक कर बोली, "तुम्हारा अपना दिमाग नहीं है?"

"वह तो तुमने खराब कर रखा है," मैं था।

"तुम बीच में मत बोलो," उसने मुझे झिड़क दिया।

बासू कुछ कहने को हुआ था, पर चुप रह गया, सम्भवतः मेरे कारण। मुझे लगा, वह दोनों मिलकर इस बात को तय करना चाहते थे कि क्या फायदेमन्द होगा...घर या क्लब। कहाँ अपना-सा समय गुजारा जा सकता है, और यह बातें अपनी चौखट में उसे खुद तय करनी चाहिए थीं, जिसका बोझ वह बासू पर डाल रही थी।

तनिक-सा टहल आने को मैंने पैर बढ़ाये ही थे कि बासू ने मेरी बाँह थाम ली, "तुम कहाँ जा रहे हो...चलो, सब क्लब चलते हैं।" उसके इस फैसले में कितना कुछ शामिल था, कितना बचाव, सधाव, कितनी शृंखलाबद्ध बातें...।

किसी भी बात में अब मेरा चित्त नहीं था। मुझ पर एक ही बात हावी थी—बासू तब आक्रान्त नहीं था। अब है। तब ऐसी लाचारी नहीं थी, अब है।

× × ×

आगे जो कुछ भी हुआ था, वह भी होता चला गया था—लगभग अप्रत्याशित।

बात चावला दम्पति की ओर से आयी थी चल कर। उनकी पहल से। उन लोगों ने नीरा को देखा था क्लब में और उन्होंने प्रस्ताव भी रखा था, लड़के वाला होने की पारम्परिक लीक लाँघकर। आधुनिक और प्रगतिशील होने की आत्ममुग्धता को अपने विवरणों में पसारते हुए।

समाज के सेवानुमा काम श्रीमती चावला पर अनेक थे। वह कई-कई संगठनों की कार्यकर्त्री और अध्यक्ष थीं। श्रीयुत चावला उन वर्षों में विदेश रहे थे, जब सात समुन्दर पार जाने और आत्मीयों से वियुक्त हो जाने का भय वास्तविक माना जाता था। उस लोभ को असम्भव सिद्ध करके वह स्वदेश लौटे थे, स्वदेश की आलोचना के लिए एक तुलनात्मक परिप्रेक्ष्य कमा कर। दिसम्बर की लम्बी छुट्टियों में छोटी जगहों के सुप्तप्राय हो जाने से ऊबकर दिल्ली-बम्बई के रंगारंग बने रहने का आकर्षण उन्हें यहाँ दौड़ाया करता है यह बात श्रीयुत चावला ने अपनी नफरत-पसन्दगी के हक में बयान की थी। उस समय भी इसी प्रसंग में वह अपने राजधानीप्रिय बहन-बहनोई के पास आये हुए थे—वह, उनकी पत्नी और उनका इकलौता रमण। उनका एक अकेला उत्तराधिकारी।

फिलहाल तो चावला इण्डस्ट्रीज कई तरह की मशीनों के छोटे पुर्जे बनाती थी, पर सात-आठ एकड़ जमीन के परिसर में कितनी ही ऐसी योजनाएँ सोयी थीं, जिन्हें पिता-पुत्र को उर्वर कर देना था। सब कुछ था उनके पास। उन्हें अब चाहिए थी एक पढ़ी-लिखी, सुन्दर-लम्बी लिबरेटेड लड़की, जो उनके घर के ग्लोबल वातावरण में पनपी महत्वाकांक्षाओं के तेज को सोख सके...चौंधियाये नहीं। जिसकी अपनी सत्ता मुलायम और चोखी दोनों हो।

ये बातें नीरा में कैसे मापी गयी थीं, मैं एकदम नहीं जानता। कल्पना भी नहीं कर पाता। 'न्यू ईअर ईव' पर अपनी सुध-बुध भूलकर उन्होंने बासू के साथ उसे नाचते देखा था।

बासू और नीरा तथा एक और नवयुग्म। ये दो ही जोड़े थे जो अन्त तक फ्लोर पर बने रहे थे। बाकी सब बारह की टंकार के बाद के सघन और उन्मत्त आवेग से चूर होकर बैठ गये थे।

"बहुत ही ग्रेस है भई इस लड़की में," श्रीमती चावला की टिप्पणी थी। पास ही खड़े पाइप पीते चावला भी मुग्धा रहे थे, प्रीतप्राण हुए जा रहे थे। "साथ में

यह लड़का कौन है?" उन्होंने पापा से पूछा था।

"मेरे बेटे का दोस्त है।"

"क्या कुछ तय है, इन दोनों का आपस में?"

"ऐसा कुछ नहीं है," माँ ने उत्तर देने की जल्दी की थी।

माँ उमगा गयी थी। न किसी इतिहास की पूछताछ, न जात-पाँत का भूगोल, एकदम दूसरी तरह के गुणों पर ध्यान, जिन्हें माँ कुछ विशेष नहीं समझती थीं। उन सब बातों के घालमेल को वह सब 'पर्सनैलिटी' और 'सॉफिस्टिकेशन' का नाम देते थे।

"ऐसे होते हैं खानदानी, गुदड़ी में से हीरे को ढूँढ़ लेने वाले," माँ ने खुलासा किया था।

मैं चिढ़ गया था, 'हीरा और गुदड़ी' यह माँ को क्या हो गया था। तुला के दोनों ही पलड़े वह किस विधान और किस ज्ञान से तोल रही थी, पर यह सब कुछ शायद माँ की खुशी का अतिरेक था, जो अपने आपको खारिज करते भी आहत नहीं हो रहा था।

पहले नीरा की फाइनल परीक्षाएँ...बाद में विवाह का उपक्रम। यह दलील पापा ने ही दी थी जो सख्ती से नामंजूर कर दी गयी थी। उनके तर्क अनेक थे। घर भरा-पूरा है। कौन-सी नौकरी करवानी है, जो बसों में धक्के खाती फिरे। ढेरों नौकर-चाकर हैं, कौन पकाना-राँधना है, जो वहाँ पढ़ाई न हो सके। बल्कि अच्छी हो सकेगी। रमण भी देखता-समझता रहेगा। दोनों का संग-साहचर्य भी मिलेगा।

माँ-बाप लाख आधुनिक हों, संग-साथ तो बराबरी का ही चाहिए होता है, नहीं तो ऐसे में टेढ़ी-मेढ़ी लत...चावला साहब खुद ही दलील को मोड़ ले गये थे। साथ ही जल्दी शादी हो इस एक शर्त के अलावा किसी और शर्त के न होने के आत्म-गौरव को इस लालची मूल्य-रिक्त युग के परिप्रेक्ष्य में बखानते भी रहे थे।

"इसकी माँ से तो बात कर लें?" माँ ने डरते-डरते पूछा था।

"करिए...जरूर करिए...बुला भी लीजिए। हम भी मिल लेंगे," और पटाक्षेप। इस मामले से जुड़े सभी पक्षों का निराकरण केवल एक ही अनिवार्यता में होता था—कन्यारत्न को घर ले जाने की अविलम्ब आकुलता।

× × ×

हमारी चिन्ताएँ एकदम अलग और सघन। निवृत्ति के पहले ही क्षण, माँ ने मुझे अलग बुलाकर कहा था, "अब यह तुम्हारी जिम्मेवारी है। मैं जानती हूँ वह बासू को लेकर हठ करेगी पर उसे समझाना। जिन्दगी और चीज है, प्रेम-व्रेम और

चीज। फिर ऐसा और कौन मिलेगा जो किसी और बात को न देख कर बस उसे ही देखेगा।''

माँ सच कह रही थीं, मैं भी जाँच-भाँप रहा था पर इस भारी-भरकम भूमिका में अपने टिकाव के किसी अविकल्प बिन्दु को खोज नहीं पा रहा था। वह सब मेरे सामने धूमिल था।

माँ को क्या पता कि मुझे तो उनकी प्रगाढ़ता भी कुछ और बोलती लग रही थी। दिनोंदिन पेचीदा होती जा रही थी। दो दिन पहले ही कॉलेज के समय मैंने उसे होस्टल के सामने वाले बस स्टैण्ड पर खड़े देखा था, बासू की प्रतीक्षा कर रही होगी, कौंधा था। मैं घिर गया था—यह चोरी का मिलना-जुलना...किसी तरह की प्रगाढ़ता के लिए? माँ-पापा के लिए अब कौन से अभिशाप की परछाईं...

अब, अचानक माँ मुझसे जो चाह रही है, क्या वह सम्भव है? उन दोनों की अभिन्न आत्मीयता और मेरी विपन्न विश्वसनीयता। मेरे और नीरा के बीच की पारस्परिकता हमेशा ही हथौड़े के नीचे रही है और बासू के सन्दर्भ में तो और भी धज्जी-धज्जी होती गयी है। मान लो, बातें जो कहनी हैं, कह ली गयीं, ढुरका भी दी गयीं पर उससे क्या सधेगा! विश्वास के बिना निःसम्बन्ध परती का बंजर कैसे भेदा जायेगा।

संकट यह भी कि इस करने को करना ही है।...माँ करेंगी पर माँ तो माँ की तरह करेंगी। सीधे-सादे आदेश-निर्देश देकर फल की कामना करने लगेंगी...माँ को पता क्या है कि यह काम कितना कठिन है...नीरा की युद्धोद्यत मानसिकता के रहते। जब मुझे ही इस व्यूह में घुसना इतना श्रमसाध्य लग रहा है तो माँ...

कमरे में घुसी थी तो क्लान्त-सी लग रही थी।...मेरे मन में कीड़ा बैठा था पर मैंने सहज होने की ठानी थी।

''आज देर नहीं हो गयी तुम्हें?''

''क्या मतलब?'' सैण्डिल खोलना छोड़कर वह तुनक कर मेरी ओर देखने लग गयी।

''कुछ नहीं...मैं ही शायद जल्दी आ गया हूँ।'' मैं एकदम चौकन्ना हो गया था। हवा के रुख को साधना जरूरी था।

मुँह धोने के बाद वह बाहर गयी थी और प्लेट में चिउड़ा लेकर वापिस आयी थी। ''खाओगे?'' उसने मेरी ओर अपनी प्लेट बढ़ायी थी, जिसमें दो चम्मच रखे थे। अभी-अभी खाकर चुका हूँ, ऐसा मैंने उसे कहना नहीं चाहा और चम्मच हाथ में लेकर खाना शुरू कर दिया। प्लेट तक मेरा भी हाथ पहुँच सके अतः वह निकट ही बैठ गयी थी। मैंने सरसरी साधारण बात का सहारा लिया था।

"वह लोग कल शाम आ रहे हैं। पता है न?"

"पता है।"

"तुम्हारा क्लास तो कल खत्म हो जायेगा न?" मैंने बात बढ़ाने की गरज से पूछा था।

"तुम्हें जैसे मालूम नहीं...तुम बड़े ड्रामेबाज हो।"

"इसमें ड्रामे की क्या बात है...आजकल एक्स्ट्रा क्लासेज नहीं चलतीं क्या तुम्हारी?"

"जनवरी में?"

"मुझे क्या पता...मैं क्या तुम्हारे कॉलेज में बैठा रहता हूँ।"

"कोशिश तो पूरी करते हो," कहकर वह झटके से उठ गयी थी, पर प्लेट को मेरे सामने ही रखती गयी थी।

"खा लो तुम...मैं तो खा चुका हूँ।"

"फिर क्यों खा रहे थे?...मैं कहती थी न... तुम बड़े ड्रामेबाज हो..."

"तुम्हारे साथ की वजह से खा रहा था।"

"तुम?...मेरे साथ की वजह से?...कोई और बहाना सोचते।"

"यू आर ए लिमिट," मैं हार गया था। वह चुप हो गयी थी। घड़ी टल गयी थी। किसी दूसरे अनुकूल अवसर की प्रतीक्षा में स्थगित हो गयी थी। मैंने हाथ में पकड़े छोर को खुद ही नीचे धर दिया था। विरोध-प्रतिरोध करेगी तो देखा जायेगा, तब यह कहना सुगम बन पायेगा।

पर उसने ऐसा कुछ भी नहीं किया था। मुझे लगा था वह विरोध करेगी। अपने और बासू के सम्बन्ध की गम्भीरता और माँ की उतावली में झलकते अविश्वास का गिला करेगी पर वह मुझे आत्मलीन लगी—सोचती-सी। अगली शाम उन लोगों के आने तक एकदम सँभली-सी और संयत। संकोचरहित पर सावधान। जूनियर चावला को भरी-भरी तौलती-सी दृष्टि से देखती। उसके माता-पिता की सविनय अभ्यर्थना करती। साथ आये बुआ-फूफा को अपनी अतिरिक्तता से प्रभावित करती। उसके हाथों की फुर्ती देखते बनती थी।

माँ खुश थीं। मैंने पता नहीं कौन से जादू से काम लिया था। रातोंरात वामन के पैर की तरह इतनी-इतनी असम्भाव्यता को माप लिया था।

पापा पिघले पड़ रहे थे। वह ऐसी आश्वस्त दीखी थी जैसे इस सारे वृत्तान्त में विजित और स्वीकृत हो जाने का एकान्त अधिकार उसका ही है।

मैं कुछ-कुछ दंग रह गया था। कहीं गहरा गड़ा था। किसी अनदेखी दाह ने मुझे ठेल कर बासू की बगल में खड़ा कर दिया था।

× × ×

लायब्रेरी से लौटते मैं बाजार निकल गया था, घर आने की इच्छा नहीं हुई थी। आया तो देखा वह सज-धज रही है। मेरी टेबल पर जूतों की क्रीम की शीशी रखकर अपनी सैण्डिल की पतली सफेद पट्टियों पर दनादन मल रही है। मग्न गुनगुनाती हुई। उस शाम के सामूहिक मिलन का यह दूसरा या तीसरा दिन रहा होगा...

''कहाँ की तैयारी है?''

''क्यों, क्या तुम्हें नहीं मालूम?''

''मुझे कैसे मालूम!''

''तुम कितना बनते हो, खैर...रोमी इज टेकिंग मी आउट।''

''रोमी कौन?''—अब तो मैं सच में बन रहा था। इस बीच ऐसे चीनी पानी हो जाने की शीघ्रता पर उसे शर्मिन्दा करने पर तुला था।

''रोमी...यस,'' वह अपनी एड़ी पर घूम गयी, ''मतलब है, मिस्टर रमण चावला, फुलफ्लैजेड मेकैनिकल इंजीनियर।''

''वह लोग तो कल इन्दौर चले जाने वाले थे।''

''चले गये...रोमी यहीं है...अपनी बुआ के पास।''...मैं अपने पलँग पर धसक गया था।

उसने सैण्डिल पहन लिए थे और बायीं ओर अपना सिर झुकाकर दायें हाथ से अपने बायें को झूलते बालों पर वेग से ब्रुश करने लग गयी थी। ऐसा करने से उसका दायाँ गाल अनावृत हो गया था। गुलाबी तपा हुआ चेहरा। शिशुवत् स्वस्थ कोमल त्वचा...और ललछौंही मुलायम कानों की लौ।

मैंने उसे पहली बार इस दृष्टि से देखा था—बाहरी दृष्टि से। रोमी की... बासू की...किसी भी पुरुष की दृष्टि से। अपने भाईपन को क्षण भर के लिए परे ठेलते हुए।

मुझे लगा था वह सुन्दर है। आकर्षक। वैसा सलोना लावण्य से भरा आकर्षण नहीं, जो धीरे-धीरे भीतर उतरता है, आदीप्त करता है, पर वैसा, जो उद्बोधक है। सम्बोधित करता है, चुनौती देता है और पुरुष में बैठे पुरुषत्व को घड़ी भर में ही एड़ियों पर खड़ा कर दे सकता है।

खूब-खूब सुगम लगा था उस समय बासू को देख पाना। आमने-सामने खड़े उसकी खंडनीयता समझ पाना। उसकी लाचारी इस समय एकदम पारदर्शी होकर दीखी थी।

''कब तक आओगी?''

''मैं कैसे बता सकती हूँ।''

“बासू आया तो...?” शायद मन उसे कोचना चाहा।

अपने रँगे नाखूनों से दाँतों को किटकिटाती वह थोड़ी देर सोचती रही फिर बोली, “टाल देना...या फिर तुम्हीं बता देना...”

“क्या...?”

“यही, जो कुछ हो रहा है।”

“सोच कर कहलवा रही हो न?”

“किस बारे में?”

“अपने और रोमी के बारे में...अभी तक तो तुम बासू से....” मैं बीच में कहीं लड़खड़ा गया था।

“यह सब बातें तुम बासू से ही क्यों नहीं पूछ लेते। हमेशा ऐसे ही बिहेव करता रहता है जैसे मैं ही उस पर लदी जा रही हूँ...तिकड़मी, ब्रुट।”

चेहरे पर इन सद्वचनों से जो तरेर आयी, दूसरे क्षण बैठ गयीं अब वह रैक्सीन के बने बैग की जिप खोलकर उसमें से कुछ टटोल रही थी। दूसरे ही क्षण इत्र की छोटी-सी शीशी उसके हाथ में थी।

इत्र की कुछ बूँदें अपनी उँगलियों पर छलका कर उसने पहले कान के पीछे मलीं। फिर उसी दहकी हुई खुशबू की एक टीप अपनी पोर पर डालकर जीभ की नोक पर रख ली। इस क्रिया में निहित भाव को लक्ष्य करना, मुझे विमूढ़ कर गया। पलँग पर बैठा मैं उसका सजना-सँवरना देखता रहा। मेरी उपस्थिति से वह अलिप्त बनी रही।

कॉलबेल की आवाज...और वह एकदम त्वरा में आ गयी, “लो, रोमी आ भी गया। उसने आठ बजे कहा था...और अभी तो पौने आठ ही बजे हैं...तुम प्लीज बाहर चले जाओ...थोड़ी देर उसके पास जाकर बैठो।”

मैं जैसा रीता-सा बैठा था, बैठा रहा। रागहीन। शिथिल। उठने की चेष्टा मेरे भीतर नहीं जन्मी।

“मैं जानती हूँ, तुम नहीं जाओगे, तुम मुझसे जलते हो। सब मुझसे जलते हैं, बट आय डोण्ट केयर...”

“वह तो देख ही रहा हूँ।”

बाहर माँ रमण की अभ्यर्थना कर रही होगी। निहायत ओतप्रोत अन्दाज में। रमण की आड़ में वह कितनी-कितनी चीजों का बचाव बटोर रही होगी, बेचारी मेरी माँ...

बाल झुलाती, सैंडिल बजाती वह बाहर गयी थी और दस ही मिनट के बाद पलट आयी थी।

"सुनो तुम अपना स्कूटर दे सकते हो क्या हम लोगों को...इन केस..."

बिना किसी उज्र के मैंने उसे चाबी थमा दी। "थैंक्यू" प्रकट उत्फुल्लता से लपक कर उसने मेरी हथेली दबा दी।

मेरे "सुनो" कहने पर वह ठहर गयी। "एक बात कहूँ..." जाने किस छोर से मैं उस चिन्ता तक पहुँचा था, "कुछ तय करने जा रही हो तो मौसी को आ लेने देना। आखिर वह तुम्हारी माँ है।"

क्षण भर पहले की नरमी उसके चेहरे से भाप हो गयी। वह तन आयी, "इस बारे में तुम्हें कुछ कहना ही है तो रात में कहना...अभी मुझे जाना है..." और वह लपक कर बाहर निकल गयी।

× × ×

खुशबू के दहकते हुए झोंके की तरह वह कमरे में घुसी। पौने बारह बजे थे। मैं जाग रहा था सिरहाने के टेबललैम्प के सहारे पढ़ रहा था। घड़ी मैंने बहुत सरसरे से लगते अन्दाज से देखी, फिर भी उसने मुझे घड़ी देखते देख लिया था।

"बहुत देर हो गयी," वह सैण्डिल खोल रही थी।

"दरवाजा किसने खोला?"

"शिब्बो ने...बड़ा होशियार है, स्कूटर की आवाज सुनकर खुद ही खोल दिया जैसे दरवाजे से लगा बैठा हो।"

"नहीं, वैसे तो माँ भी जाग रही होगी...रमण कहाँ ठहरा है?"

"बुआ के घर...अरे हाँ, तुम्हारा स्कूटर ले गया है, सुबह-सुबह दे जायेगा... तुम से पहले मिल भी लेगा।" पिछले तीन शब्द उसने फुसफुसाते-से कहे थे, जैसे अपने से।

"कोई बात नहीं।"

खूँटी से अपना गाउन उतार बाथरूम में घुसते-घुसते उसने अपनी नारंगी रंग की साड़ी हाथ बढ़ाकर पलँग पर फेंक दी।

बाहर आयी तो धोयी-धुली-सी लगती...भीतर से छलकती हुई। अपनी उसी अभ्यस्त मुद्रा में पैर लटकाकर पलँग पर बैठती हुई। बोले बिना भी बोलती हुई। उसका आदीप्त उत्सुक-सा चेहरा, संवाद में खुल पड़ने को तत्पर।

"कहाँ गये थे तुम लोग?"

"अशोका होटल।"

"तुम शायद वहाँ पहली बार गयी होगी?"

"हाँ। किसी भी फाइव स्टार में पहली बार। मनु की शादी में जा सकती थी पर तुम लोग मुझे छोड़कर चले गये थे।"

"तब तुम बीमार थीं न...खसरे का शक था।"

"शक ही तो था।"

"कोई खास बात हुई रमण से?"

"तुम हमेशा इतने भोले जैसे क्यों बनते हो...कुछ बात न होती तो मैं क्यों जाती?"

"जरूरी तो नहीं हमेशा बात होने पर ही जाया जाये।"

वह अवर्ण हो गयी उसी जगह पहुँच गयी जहाँ मेरे भीतर लपलपाती टीस ने उसे पहुँचाना चाहा था। मैं उसे शायद ऐसा अछूता, ऐसा ओत-प्रोत देखने को तैयार नहीं था।

उसे जाने क्या हुआ था। वह लपककर उठी थी और कमरे में टहलने लग गयी थी। कमरे की छोटी-सी लम्बाई में उसका तेज-तेज टहलना। टहलना थमा तो वह धम्म से पलँग पर बैठ गयी और नाखून कुतरने लगी। मुझे अपने पर आँख गड़ाये देखा तो उठकर खिड़की से जा लगी। बाहर देखने लगी।

क्या था बाहर जो वह देखने को प्रस्तुत हुई थी। ऐसा अँधेरा जो हर आकार-प्रकार, नाम-रूप को निगल लेता है। निस्संग छोड़ देता है।

खिड़की के चौखट से वह हटी तो बेहद उदास-सी लगी। चौखट जाने कैसे उस छलकन को निगल गयी थी, जो वह अभी-अभी साथ लेकर आयी थी। वही क्लान्त बेध्यानी और उसका अचानक पूछना।

"तुम सुबह कुछ कह रहे थे न...माँ के बारे में..."

"कह रहा था कि उनके बिना कोई फैसला हो गया तो मौसी को चोट लगेगी।"

"हँ ऽऽऽ, नहीं लगेगी। तुम्हें क्या पता उन्होंने मुझे कितना त्याग रखा है... मनहूस जान कर। दूसरों के हवाले कर रखा है।"

शायद एकाध बार ही वह मुझसे ऐसे बोली होगी। प्रतिक्रिया के दोष के बिना।

"ऐसा भी कितनों से हो सकता है कि वह दूसरों पर इतना भरोसा रखे।"

"यह कोई गुण थोड़े ही है। दूसरों पर भरोसा न रखें तो कौन उनके बच्चे पालेगा। देख लेना, इस बारे में वह कोई खास राय नहीं देंगी। कोई सहारा नहीं देंगी। लाचार बनी रहेंगी। मैं उनको खूब जानती हूँ। सब कुछ मुझे खुद करना पड़ेगा। तुम्हारी तरह थोड़े...कि बैठे हैं छत्रछाया में..."

लगा था इतनी छोटी वय में वह कितनी ही ऐसी बातें समझती हैं जिन पर दूसरों का ध्यान भी नहीं जाता। यह सूझ उसे कहाँ से आयी होगी। किस तरह

के दर्द ने ये बातें उसे समझायी होंगी।

"तुम्हें ही सोचना है तो तुमने कुछ तो सोचा होगा?"

"अभी मुझे कुछ पता नहीं।" वह एकदम तड़फड़ा कर उठी थी और कमरे में फिर से चहलकदमी करने लग गयी थी।

इस तड़फड़ाहट में कुछ तो ऐसा था कि मन में आया—पूछूँ कि क्या वह बासू से मिलना चाहती है? कोई भी राय कायम करने के लिए उसके मित्र भाव का आश्रय लेना चाहती है? पर मेरे लिए भी सारे छोर अबूझ थे...अधूरी जानकारी से भरे।

"क्या वह आज आया था?" उसने बासू का नाम नहीं लिया था।

"आया था।"

"तुमने उससे कुछ कहा था कि मैं कहाँ गयी हूँ?"

"नहीं।"

"जब तुम उससे पूछने जा सकते हो कि मेरे मन में क्या है तो उसे बता नहीं सकते कि मेरे मन में क्या है?"

तो क्या बासू को समझाने के लिए वह मेरी आड़ चाह रही थी? मैं सकपका गया था। "पहले मुझे तो पता हो कि तुम्हारे मन में क्या है?"

आवेग एकाएक बुझ गया था। वह चुप हो रही। मैं प्रतीक्षा करता रहा पर वह नहीं बोली तो नहीं बोली। अकारण ही अन्त आ गया था संवाद का।

"क्या तुम अभी पढ़ना चाहते हो?"

"नहीं, शायद तुम सोना चाहती हो।" मैंने लैम्प बुझा दिया था। पसर गया था। पसर वह भी गयी थी। भारी साँसों का एक गूँगा सिलसिला, मुझे लगा उस कमरे में जाग रहा हूँ...अँधेरे की ओट में आँखें खोले। ओझल। असमाप्त।

पता नहीं, वह कब सोयी, मैं कब सोया, पर उसकी हड़बड़ी से जागा। दूसरे की नींद से बेखबर उसकी धर-पटक। वह हड़बड़ायी हुई थी।

"उफ्फ। उठने में कितनी दूर हो गयी। रोमी आने वाला होगा, स्कूटर वापिस करने। मैं तो सच में उसकी ऐसी समय की पाबन्दी से तंग हूँ...इट्स डिस्टरेसिंग..."

"इतना कब से जानती हो उसे?"—मैंने जुमला कसा था।

"पता नहीं लग जाता इंसान को एक-दो बार में," वह दादी जैसे भाव से बोली थी, "अच्छा इस समय बात करके तुम मुझे हिलगाओ मत...और प्लीज अभी अपना तौलिया भी रख दो। मुझे पहले नहाना है। यू हैव आल द टाइम इन लाइफ...नॉट मी।"

मैं कुर्सी पर बैठा हूँ...देखता जा रहा हूँ। समझ रहा हूँ...समझता जा रहा हूँ।

दुखी होऊँ या सुखी, इस दुविधा में घुटता।

बासू जैसे व्यक्ति से उसके जैसी लड़की के भविष्य को मुक्ति। यही तो था, जो चाहा जा रहा था इतने दिनों। इतना उद्यम करके। अब वह सब हो रहा था अपने आप! फिर क्यों...क्यों ऐसी अविश्रान्त दुखन। इस एकाएक के दल-बदल रवैये को जब मैं ही सह नहीं पा रहा था तो बासू?

× × ×

''आजकल क्या हो रहा है घर में?'' प्रश्न यह था जो बासू ने हॉस्टल पहुँचते ही मुझसे तुरन्त पूछा था। यही बात उसके मन में सर्वोपरि रही होगी।

जिस त्वरा से उसने पूछा था, उसी त्वरा में मैं उत्तर नहीं दे पाया था। उत्तर जो मुँह से निकला, वह भी सहम-सहम कर निकला। ''बातचीत चल रही है कहीं...नीरा की...इन्दौर के किसी रमण चावला से...इंजीनियर है...किसी बिग शॉट का बेटा।''

''उन दोनों की आपस में रजामन्दी हो गयी तो शादी जल्दी हो जायेगी। बहुत ही जल्दी। गर्मी की छुट्टियों से भी पहले।'' यह कथन जोड़ना तो मुझे बहुत ही आवश्यक लगा था।

''लग रहा था मुझे।''

''उसने बताया नहीं तुम्हें?''

''नहीं।'' वह तो ऐसे देखती है जैसे पहचानती ही नहीं। इस बीच वह उसे इतना, ऐसा कहाँ मिली, मैंने नहीं पूछा।

उसका सिगरेट हुआ खाली-सा चेहरा। यह दृश्य मेरे लिए नया था—अरुचिकर, असह्य।

उसने उतरा जला ली और सामने दीवार की ओर देखता कश खींचता रहा। मैं चाह रहा था, वह बोले। दूसरे तक पहुँचने का कोई और रास्ता है भी तो नहीं, पर वह उस उन्मुखता से खाली था। दूसरी दिशाओं में टहल आया जाये, यह तो और भी असम्भव था।

''जब तुम खुद तैयार नहीं थे, तो कभी न कभी तो उस होने को होना ही था।''

''मैं तैयार नहीं था? हाँ...शुरू में...पर अब तो वह तैयार नहीं थी, उसे अभी यह सब नहीं करना था शादी-वादी...बच्चे-कच्चे। अब यह इंजीनियर...बाबू क्या 'अभी' में नहीं आते? मैं ही रह गया था, ध्वस्त करने को।''

अपने दोनों के बीच घटती इस आपसीपन की बात वह पता नहीं किस पीड़ा में मुझसे कह गया था।

'ध्वस्त' शब्द भी मुझे सच नहीं, प्रतिक्रिया की कठोरता का सूचक अधिक लगा था। ध्वस्त करेगी नीरा?...ऐसी चपल! असुरक्षित, आत्मरत, छोटे-छोटे पंजों पर उचककर ऊँची डाल को जकड़ लेने के उतावलेपन में बौरायी एक लड़की...।

और ध्वस्त होगा बासू? माता-पिता को, घर को, संस्कार को, इतिहास को चुनौती देता, ललकारता, आत्मसत्ता-सम्पन्न बासू...पर प्रतिक्रिया की कठोरता मुझे बासू के भीतर लपलपाते घाव का पता दे गयी।

वह नहीं सोच पाया होगा, मैं क्या सोच रहा हूँ। सोच के गलियारों से गुजरती मेरी खामोशी उसे उस समय अखरी होगी, "मैं जानता हूँ, तुम चुप क्यों हो...क्या सोच रहे हो, यही न कि जब उससे शादी नहीं करनी थी तो मैं वहाँ क्यों खड़ा रहा ...कमजोर था?...खिलवाड़ कर रहा था? पूछो न। इतने दिनों से इतनी बातें पूछ रहे हो, यह क्यों नहीं?"

"प्लीज, प्लीज, बासू..."

भीतर से छिड़ा हुआ था वह..."बेवकूफ था मैं। लगता था, आय कैन अफोर्ड टू लूज...नॉट शी। मैं गँवा दे सकता हूँ...अपने सिद्धान्त...विचार...मैं खुद।... रद्दोबदल कर सकता हूँ।...लाचार नहीं हूँ मैं जैसी वह। कितना जूझ-झगड़ रही है जिन्दगी से। किस-किस के कर्मों का भुगतान कर रही है। अब समझा हूँ वह कभी कुछ गँवा नहीं सकती।"

"जानते तो हो कि वह बहुत रिएक्ट करती है।" मैंने उसे और खखोलना चाहा था, "कुछ कहा-सुनी हुई होगी न तुम लोगों में? कौन जाने वह तुम्हें अँगूठा दिखाने के लिए ही ऐसा कुछ कर रही हैं।"

"कहा-सुनी? हाँ वह हो जाती तो ढाढस रहता। सबके लिए अच्छा रहता... पर तब वह ऐसा गिनीपिग कहाँ से पाती। पुचकारने-ललकारने से कोई आ जाता है या नहीं, यह पता तो होना चाहिए...। उस दम-खम को आजमाने के लिए मैं उसे जरूरी लगा होऊँगा पर दम-खम का अनुवाद...इतनी जल्दी? अभी तो मैं जिन-जिन कन्विक्शंस को मार आया था, उनकी लाशें भी नहीं उठीं। अँगूठा दिखाने की कोई बात नहीं है...उस श्रीमान को वह सच में मुझसे अच्छा समझती होगी।"

झुँझलाकर उसने अपने पसरेपन को समेटा, अधजला सिगरेट ऐशट्रे में पीसा और घुटनों पर दोनों कोहनियाँ टिकाकर हाथों के सम्पुट में अपना चेहरा ले लिया। आँखें बन्द कर लीं। किये रहा।

ऐसा करके उसने मुझे अपने से बाहर कर दिया। फालतू। न मैं जा सकता था, न बैठा रह सकता था। "चलो न, घर चलते हैं, वहीं जाकर चाय पीते हैं।"

उसकी आँखें खुलीं, एकाएक चमकीं फिर अगले क्षण बुझ गयीं, "नहीं, वहाँ क्या करने जायेंगे। बैठे हैं यहीं, चाय चाहिए तो मँगवा देता हूँ।"

"चलो, कहीं बाहर पीकर आते हैं।"

उसने झड़प से घड़ी देखी और तुरन्त इनकार कर दिया। शायद नीरा का इन्तजार मन में टहल आया होगा। उसके बाद तो फिर अटपटाया-सा रहा। मुझसे असम्पृक्त। बँटा हुआ। लगा था, यह बेचैनी भी एक भाषा है। एक अदेखी खिड़की। मैं स्वयं दुचित्त हो गया था। जाँचने के लिए मैंने जाने की तत्परता दिखाई। उसने रुकने का आग्रह नहीं किया।

"अच्छा फिर..." मेरे लिए यही एक भेंट का अन्तिम वाक्य बन गया।

× × ×

घर पहुँचते साढ़े पाँच बज गये थे। पूरा विश्वास था, वह इस समय घर में नही होगी। घड़ी की टंकार-जैसी बासू की बेचैनी के प्रत्युत्तर में बासू से मिलने निकली होगी पर वह वहीं थी। सजी-धजी। अभी-अभी रमण से मिलकर आयी थी। घर जैसे किसी चँदोवे के नीचे चहक रहा था।

मितव्ययी स्वभाव के पापा प्रफुल्लित...माँ प्रमुदित।

"मैं व्यर्थ डर रही थी। रमण नीरा को आपस में ठीक लगा है। अब तुम सब कुछ तय ही समझो। तुम मौसी को एक तार भी दे आना। मैं चिट्ठी तो लिख रही हूँ। दामाद को देखेगी तो फूली नहीं समाएगी," कल्पना के अछोर फैलाव में माँ खुद ही मौसी हो गयी थीं और छलछला रही थीं।

मैं हूँ कि ताराघर नहीं, बासू के पास पलटकर जाना चाहता हूँ। वह आग हो सकता है तो मैं पानी बन जाना चाहता हूँ। वह पानी होता तो मैं रेत की प्यास की तरह उसे सोख लेता। ऐसा अपारदर्शी दुख...रेशे-रेशे में...हम सब कितने निर्मम अन्यायी हैं।...मैं, पापा, माँ, नीरा और रमण सबके सब एक ओर डट गये हैं और उसे अकेला पटक दिया है।

मैं सच में तारघर नहीं, होस्टल गया था। बासू नहीं था। कमरा बन्द था। थोड़ी देर इधर-उधर टहलता पलट आया था। डिनर के बाद मैं फिर वहाँ गया था। माँ की अप्रसन्नता का बोझ लादकर। वह नहीं था। मैं पस्त-सा हो गया था।

नीरा बच रही थी। बन्द-बन्द थी। पर केवल मेरे सामने। बहुत बहकते चहकते उसने अपने हाथ से खीर बनायी थी और माँ को एक कुर्सी पर बिठाकर आग्रह कर-करके खिला रही थी। मैं बरामदे तक आया था और इस दृश्य को देखकर कुढ़ता चला गया था।

बिस्तर बिछाने वह अन्दर आयी तो मुझे लगा था कि वह मुझे भी वह सब

बताएगी, जो माँ-पापा की इतनी उत्फुल्लता का कारण बना है। मैं भी तो उसका भाई हूँ, शत्रु तो नहीं।

वह आयी थी और दोनों पलँगों पर चादरें बिछाकर पलट गयी थी। बेडकवर तहाकर अलमारी तक में नहीं रखे।

उसके निःशब्द लौट जाने से मैं भीतर तक तप गया था पर रोम-रोम में प्रवाहित क्षोभ दिशाभिमुख हो गया था। वह मेरे साथ कुछ भी करती है करे। वह बातें पुरानी और ऐतिहासिक हैं पर बासू...क्यों उसके प्रति ऐसी निष्करुण अवहेलना! ऐसी परम पारस्परिकता के बदले क्या इतनी भर पात्रता बासू की है? वह क्यों ऐसी है जैसी कि वह...आत्मरत स्वार्थी...

मैंने उससे बात करने की ठानी थी। रत्ती-रत्ती, रोयाँ-रोयाँ उघाड़ देने की। जो होना है वह तो होगा ही...पर पैरों के पीछे छोड़ी कीच कितनी है, यह भी तो उसे पता हो।

इस बार वह निवृत्त होकर आयी थी। खीर की कटोरी उसके हाथ में थी, "लो, अपना हिस्सा..."

"मुझे नहीं खाना है," मैं लगभग चिल्लाया था।

"न, न, चलो खा भी लो" उसने बड़े नये-नीके से स्नेह से भरकर कहा था, "अब कितने दिन माय टाइम इज़ अप हियर..."

मैं एकाएक उस नरमाई की पकड़ में आ गया था। सदा के उस उद्धत अहंकारी उद्गम से बहती अलभ्य आर्द्रता से द्रवित हो गया था। तनाव का कुप्पा होता गुब्बारा नेह की नन्ही नोक से निरस्त कर दिया गया था।

उस आवेश से भावावेश तक आते मैं खुद ही हिल गया था। आत्मरहित हो गया था।

× × ×

कुछ भी हो, बासू को मिलने की प्यास वैसी की वैसी भड़की हुई है। मन के भीतर जो मेरा दूसरा मन है, वह बासू से बिंधा है। एक ही दृश्य है जो मन को बाँधे है। नीरा देख रही है और बासू विचलित है। लग रहा है नियम और सिद्धान्त सब झूठे दावे हैं। सच वह है, जो उस दिन हो रहा था। नीरा देख रही थी, बासू विचलित हो रहा था। ऐसा न होता तो बासू इतना लस्त-पस्त, इतना ध्वस्त-सा क्यों मिलता। नीरा के लिए उत्सर्ग...ऐसा है तो फिर उसे इतना हताश क्यों होना चाहिए? क्या यह मैं हूँ...बासू का अभिन्न विशाल, जो बासू को पराजित पराभूत नहीं देखना चाहता और ध्वंस भी ऐसे हाथों से जिन्हें आज तक कोई महत्त्व नहीं दिया। सामर्थ्य का धनी टूटेगा भी तो फुसफुसाकर तो नहीं बैठेगा।

मैं पहुँचा था तो इतने दिन चढ़े भी वह पलँग पर पसरा था। सिगरेट फूँकता। पास रखी ऐश-ट्रे सिगरेट के टुकड़ों से पूरमपूर। आँखें ऐसी कड़वी-कोरी जैसे रात भर पलक तक न झपकी हो।

मुझ पर नजर पड़ते ही पहला काम जो उसने किया, लपककर ऐशट्रे उठायी और कूड़े की बाल्टी में पलट दी और तेजी से कमरे से बाहर निकल गया। छिपने की उसकी इतनी छोटी-सी चेष्टा भी मुझे चिथड़ा-चिथड़ा कर गयी थी। आया तो मुँह-हाथ धोकर आया था—स्वस्थ, निवृत्त-सा होकर।

"कल रात मैं दो बार इधर आया था...कहाँ गये थे?"

"बस, ऐसे ही...इधर-उधर" एक स्मित-सा उसने अपने भीतर से उगाहने की चेष्टा की जो फली नहीं थी। उनींदे सूखे मुख पर होठों का खिंचाव बनकर रह गयी थी।

"आज गये नहीं?"

"नहीं।"

"देरे से उठे हो?"

"हाँ।"

"अभी चाय नहीं पी?"

"पी।"

मुझे लगा था मैं अभी अँधेरे की उसी सुरंग में खिंचता चला जा रहा हूँ जिसमें से उसे बचाने आया हूँ। उसके दुख में ध्वनि नहीं है पर ऐसी निर्मोह निर्दमन खींच कि अतल में सदियों से सुन्न हुए पत्थरों पर पटककर ही दम लेगी।

हाड़-माँस की इतनी बड़ी काया निर्धूम जलती। ऐसी लाचारी के सामने मैंने अड़ जाना चाहा।

"पैण्ट पहन लो...चलो न, चलते हैं, नाश्ता करके आते हैं," मैंने सहज से सहजतर होते उसकी बाँह खींची थी, "अगर तुम चाहो तो घर भी चल सकते हैं।" लगा था शायद उसे नीरा को देखना अच्छा लगे। उसके चुप बने रहने से मुझे बल मिला।

"मैं हूँ न साथ, तुम तो मेरे साथ मेरे घर चल रहे हो न? मैंने 'मेरे' शब्द पर बल दिया था।

"यू वाण्ट टु एस्कोर्ट मी?" वह जैसे जाग गया हो।

"नो, आय वाण्ट टू प्रोटेक्ट यू", मेरे मुँह से निष्प्रयास फिसल गया था।

"बट व्हाय?...प्लीज! प्लीज! विशाल!" वह लगभग चिल्लाया था, "मुझे

नहीं चाहिए किसी का प्रोटेक्शन। प्लीज स्टे आउट! नहीं चाहिए कुछ...एकदम नहीं।'' वह हाँफ रहा था।

मैं कच्चा-कच्चा-सा हो गया था। रास्ता फिर गुम हो गया था। हवा विमूढ़, लिसी-लिसी श्रान्ति से बोझल।

''क्या तुम्हें पता है कि तुम्हारा टूटना जिन्दगी के प्रति मेरी आस्था को कितना हिलाता है?'' यह बात मैंने उसकी आत्म-गरिमा के भाव को उकसाने के लिए कही थी पर वह चिढ़ गया था।

''इसका मतलब है, मैं ईंट-पत्थर का बना रहूँ...तुम सबके लिए!''

''कैसी बातें कर रहे हो बासू!'' मैंने कोमल होने की कोशिश में उसके कन्धे पर हाथ रख लिया था। मेरी हथेली के नीचे से उसने झटककर, अपना कन्धा मुक्त कर लिया था और चुप हो गया था।

मुझे क्रोध आ गया था। इस अनूठे असाधारण शौर्यभाव को ओढ़े रहने का मतलब! हर कोई जानता है, हार्दिकता का रास्ता दोस्तों की वीथियों तक जाता है। फिर अवरोध कोई था भी। तो बाहरी था, उतना भी अब नहीं है।

''मुझ पर लानत है कि मेरे रहते तुम मन भी हलका न कर पाओ। यह तक न बता पाओ कि तुम्हारे भीतर...''

''क्यों सुनना चाहते हो तुम...क्या सुनना चाहते हो कि मैं ठगा गया....गलत सिद्ध हुआ? मूर्ख निकला? अच्छा लगेगा तुम्हें, क्योंकि कब से टोक रहे थे तुम मुझे! अच्छा लगेगा क्योंकि मूर्ख आदमी वैसे भी अच्छे लगते हैं लोगों को। उन्हें देखकर अपने समझदार होने का अभिमान हाथ लगता है...क्या जानना है तुम्हें कि मैं कितने फुट की ऊँचाई से गिरा हूँ...कितना कटा-फटा हूँ? ताकि तुम मुझे सहज सँभाल सको!''

''मैं क्या इसलिए आया हूँ तुम्हारे पास?'' तुम कितना गलत...'' मैं आहत हुआ था।

''और नहीं तो किस लिए...इधर तो तुम हमेशा इसीलिए आये हो...इसी बात को बीच में रखकर जवाबदेही करने...अब तो सब साफ है न उस तरफ से तो वही सही-साबुत है। तुरत-फुरत फैसला करने के काबिल। थप्पड़ मारें तो किसी को कानोंकान आवाज तक नहीं होगी। बच गयी है न अब तो...अब क्या है?''

क्या कहना चाहा होगा मैंने, क्या कहा? याद नहीं पड़ता। कुर्सी के अगले भाग पर टिकी-सी उठुँग बासू की आकृति और नुकीली घुर्री से जमी बर्फ के गर्भ को छेदती बासू की आवाज। सख्त, कँटीली।

''और क्या जानना है तुम्हें?...अपनी आस्था के आधार के बारे में? जो

मुझमें आ बैठी है बेमतलब...खामख्वाह। वह नजारा तुम्हें अधीर कर रहा है न? मुझे भी करेगा...करता रहेगा...हाण्ट करेगा। कहाँ गया वह 'अपना आप' जिसे बचाकर रखना था मुझे...क्या थी वह कमाई जिसे एक छोटी-सी लड़की छेंक गयी। व्हेहर इज़ वेट मी?...सही साबुत मी।...इसका उत्तर मेरे पास नही है। मैं अभी कुछ नहीं जानता...इतना पता है कि इससे बड़ा उत्सव नहीं हो सकता मेरी दरिद्रता के उद्घाटन का।'' उदास आवाज जैसे शब्दों से टपटप पानी टपकता हो।

''एक बात और बताऊँ...फाइनल। असली। सच कहता हूँ, मैंने बहुत चाहा कि वह समर्थ हो सके, लड़े, बहादुर बने। ऐसी बन गयी है तो मुझे खुश होना चाहिए था न, पर मैं खुश नहीं हूँ, तनिका-सा भी नहीं। निरानन्द हूँ ध्वस्त।''

उठुँग बैठा था कुर्सी पर, पीछे होकर बैठ गया, जैसे बिन तहाये गजों लम्बे कपड़े की ढीली-ढाली ढेरी।

''अब भी कोशिश करके देख सकता हूँ...फैसला बदलवाने का'' कौन कराह रहा था मेरे भीतर।

''तुम क्या यह अर्थ समझे हो मेरी बात का?''

उसके अपनी कोरी-सी आँखें मुझ पर गाड़ दीं, जिनमें न तेज था, न ताप, ''एक छोटी-सी लड़की की प्राप्ति?...बस इतना?...यू आर सिम्पलीफाइंग थिंग्ज! इस बारे में अब मुझे कुछ नहीं कहना...सच में कुछ नहीं कहना, तुम जाना चाहो तो...जा...''

अच्छा हुआ वह आगे कुछ नहीं बोला। सन्न बैठा रहा मैं। सन्न बैठा रहा वह।

मनहूस-सी मंशा बीच कहीं साँस लेती हुई।

वह उठा था और मेरी कुर्सी के निकट आ गया था। उसकी हथेली मेरी कलाई को कसती-सी ''विशाल! अब तुम जाओ। प्लीज़ गो! आय बैडली नीड मायसेल्फ!''

प्रतिरोध करना भी चाहता तो सम्भव न होता, मेरी पीठ को पार कर दायें कन्धे को छूते उसके हाथ में एक अजीब-सा आग्रह था, धकेलता हुआ।

आपे से रहित मैं दरवाजे की ओर चलने लग गया था, ''थैंक्स विशाल... गुडबाय'' मैंने सुना था। तब नहीं जानता था, यह उससे मेरी आखिरी भेंट है।

उस साल वह ड्रॉप करके चला गया था। इन दो सालों में पिछले सप्ताह 'इंडियन एक्सप्रेस' में मैंने उसकी फोटो देखी थी! भोपाल से कन्याकुमारी साइकिल पर जाने वाले अगुआ के रूप में।

× × ×

किस मनःस्थिति में घर आया था। भार उसका भी, भार अपना भी, भार स्थितियों की जड़ता का भी। आया था तो लगा था, अपने को लादकर ला रहा हूँ...अपनी पीठ पर...अपने पैर पर भी पर चलते नहीं दीखते। ऐसे गतिक्षत पाँव।

"क्या हुआ है तुझे?" माँ चकरायी थी, "तबीयत तो ठीक है?"

"कुछ नहीं, बस ऐसे ही...सिर चकरा रहा है, ठीक हो जायेगा।" मैं दीवार की ओर मुँह करके लेट गया।

सब भरम सकते थे, वह नहीं भरम सकती। वह दो-तीन बार भीतर आयी है, आहट से जानता हूँ। अन्ततः अधीर होकर आहट उसने शोर की तरह बजायी थी पर मैंने सुननी नहीं चाही थी।

हार गयी होगी तो उसने पुकारा, "सुनो जरा..."

"हूँ" पीठ घुमाये बिना ही मैंने हुंकारा भरा था।

"ऐसा भी क्या...मुँह तो घुमाओ पहले।"

"क्या है?"

"वह मिला था?"

"कौन?" मेरे मन में उसे कोंचने की हिंसा लपलपा रही थी।

"बासू...वहाँ ही तो गये थे तुम!"

"मिला था।"

"कुछ कहता था?"

"हाँ। कहता था...कहता था, तुम क्रूर हो...स्वार्थी हो...चालाक हो, तुमने उसे ठगा है...यूज किया है...तबाह किया है।"

दरवाजे की दोनों चौखटों को दोनों हाथों से थामे पल भर वह खड़ी रही।" मूर्तिवत्।

"भूल जायेगा। जैसे मैं भूलती जा रही हूँ...तेजी से" कहकर वह बाहर चली गयी।

मैं उठकर बैठ गया। लगा था वही बड़ी है...वही दृष्टिवान...उद्गारों उसे भरे हम दो मूर्ख मित्रों से अधिक परिपक्व...इस संसार के गणित-ज्ञान में पूर्ण पारंगत।

इतनी कि भविष्य के अदेखे में अपनी आँखें गाड़कर ऐसी घोषणाएँ कर सकती है।

मेरे लिए नहीं

जयराम साक्षात खड़ा था सामने।

इस समय तो वह भास्करन के लिए सन्देश लेकर आया था, "प्रीति ने तुम्हें बुलाया है...आज ही...अभी।"

क्यों बुलाया? क्यों?...और क्यों जायेगा वह...कैसे भूल जायेगा—राह चलते सिर पर ढुलका दी गयी थी अपमान की टोकरी। किस अधिकार से? किस गुमान में? ...क्या अन्धेर हो गया था अगर वह ज़रा सा उसकी खाट पर बैठ लिया। न बैठता तो करता भी क्या...कौन कोई कुर्सी ख़ाली पड़ी थी वहाँ। दोनों कुर्सियों पर डटे बैठे थे वे दोनों, और पलंग पर पसरी पड़ी थी वह ख़ुद...वहाँ न बैठता तो क्या खड़ा रहता दीवार से लगकर उसके अटेंडेंट की तरह।

"मैं चलूँ...तुम आ रहे हो न?"

"नहीं, बैठो यार..." उसने कह तो दिया, पर ध्यान था कि वहीं मुँह मारता रहा।

कैसे किसी की समझ में आ सकता है उसकी तरफ़ से वैसा कोई परहेज़... उस तरह का कोई संकोच...वैसी कोई सीमा। आधी-आधी रात उसके साथ बैठे गपियाओ। क्लब में नाचो...धुआँ उड़ाओ...गिलास बजाओ। वक़्त-बेवक़्त बिस्तर से उठाकर जीप में धांस दिये जाओ और उसकी स्पीड की साँस रोक, बेतहाशा खिलवाड़ का गवाह बना दिये जाओ।

जब रुकने का समय मिले—आँख के सामने से वह टल गयी हो तो—सोचो और सोचो—वह क्या है...कौन सा अजूबा? कैसा अचम्भा? तुलना करने को छटपटाओ। अतीत की पिटारी में बार-बार, बार-बार हाथ डालो। सविता को याद करो, तरु को, मंगला को, कीर्ति को, फिर माँ को, मौसी को, नानी, आंटी, चाची को। कहीं जोड़ नहीं बैठेगा। कुछ हाथ नहीं लगेगा। कोई बात नहीं बनेगी। किसी को जानकर उसे जाना नहीं जा सकेगा। किसी को समझकर उसके बारे में समझ आगे नहीं बढ़ पायेगी।

तब फिर ध्यान भटकेगा—इधर-उधर, आगे-पीछे। अपनी आदत से मजबूर—

किसी एक चीज़ को किसी दूसरी चीज़ की तरह कुछ न कुछ तो होना ही चाहिए...कोई समानता हाथ आ सकनी चाहिए...पर यहाँ तो कुछ भी पकड़ में नहीं आ रहा।

हारकर ध्यान 'वीमेन-लिब' के हवा में डोलते नारों पर जायेगा। वह तोड़-फोड़ देने का बड़बोला तेवर। वह हवा में उठी हुई मुट्ठियाँ। वह पुरुषों के प्रति पिच्च सी घृणा। वह प्रदर्शन की मानसिकता...नहीं, नहीं, सब कुछ अधबीच ढह जायेगा। न कोई नारा, न कोई शिकायत, न कोई वैसी उठा-पटक। वह–न कोई वर्ग है न जाति–है एक पूरा, समूचा, बेजोड़, अपना-आप।

कैसे जान लेगा कोई कि वह क्या चाहती है। कल क्लब में धुत्त नाच रही थी तो आज पं. रविशंकर की कंसर्ट में आँखें बन्द किये सिर ढके तल्लीन बैठी है। कल कबाड़ी बाज़ार से अंगड़-खंगड़ ख़रीद रही थी और आज बच्चों के पीछे भाग रही है। कौन सी स्थिति को कोई सच समझेगा? कौन से छोर से उसे पकड़ेगा।

तभी तो वह अघटित घट गया था। अघटित भी क्यों...क्या उसे नहीं सूझता, क्या हो रहा था उस समय उसके मन में...कैसा-कैसा लग रहा था–परदेश... बीमार...गेस्ट हाउस...अकेलापन। करुणा ही करुणा...सौहार्द ही सौहार्द रह गया था भीतर...कैसे न होता? सामने दीख रही थी–उसकी तपती हुई कनपटियाँ... पनीली आँखें और बुख़ार से एकदम तमतमाया हुआ चेहरा...।

दवाई का कप उसे पकड़ाते-पकड़ाते वह उसी के पलंग पर धम्म से बैठ गया था–निश्चिन्त होकर, बिना किसी अपराध भाव या हिचक के...हिचक का उसके साथ काम ही क्या था।

दवा मुँह में उंड़ेलते ही खटाक से उसने कप टेबल पर रख दिया था और भड़क उठी थी, "हिम्मत कैसे हुई तुम्हारी मेरे बिस्तर पर बैठने की? आय कांट स्टैंड इट।"

तभी समझ में आ गया था कप की इतनी तेज़ खटाक, क्यों हुई थी।

घड़ों पानी पड़ गया था उस पर। ऐसा मुखर अपमान, वह भी जयराम और सक्सेना के सामने। लगभग अनधिकार...बेमतलब...आख़िर कौन से पैमाने से लगाया गया था यह सारा हिसाब-किताब।

नीयत पर सन्देह? उसके इतने मुक्त रवैये को देखकर ऐसा कुछ किया तो जा सकता था उस पर, उससे पाया नहीं जा सकता था। ऐसे वहम वही पैदा कर सकती थी, दूसरा कोई नहीं।

अपने आपको समझती क्या है...अपनी नीयत अडोल रख सकती है, तो कोई

भी रख सकता है...आई.ए.एस. का ठप्पा यहाँ कुछ काम नहीं आता...न उसके, न किसी और के...। और उस तरह भी सोचने बैठो तो चार अंगुल सीनियर ही बैठता है वह उससे...नॉनसेंस।

होम करते हाथ जलते होने की तिलमिलाहट उसे भीतर तक फूँक गयी। 'भाड़ में जाओ,' एक तेज़ चमकती हुई धार उसके भीतर लपलपायी थी और वह गेस्ट हाउस का दरवाज़ा झनझनाता हुआ छोड़कर एकदम बाहर निकल आया था।

उस दिन के बाद वह वहाँ नहीं गया था।

और आज तीसरे दिन जयराम आया था। सामने साक्षात खड़ा था, सन्देशा लेकर, "तुम्हें बुलाया है...आज ही...अभी...।"

"...।"

"तुम्हें मालूम है, वह एकदम निढाल पड़ी है। असल में वह कोई मामूली सीज़नल बुख़ार नहीं है, चेचक है। तुमने तो बस ऐसी आँख फेरी...वैसे तुम्हारा क़सूर नहीं है...उसी की ग़लती है, पर बड़ा पछता रही थी...बाद में उसे फ़ील हुआ...बुख़ार में शायद बहुत घबराई हुई थी उस दिन।"

ऐसे किसी भी संवाद में वह उलझना नहीं चाहता था... क्यों भीतर खिंची हुई आग की लकीर को वह उलट-पलटकर देखे।

"जाने दो," उसने टालने के लिए कहा, "आज ब्रिज कहाँ जमेगा?"

"अरे कहाँ! ब्रिज क्या जमेगा...तुम्हें बुलाया है। आज शाम ही वह तुम्हारे घर पर शिफ़्ट करना चाहती है। कहती है, तुम्हारा घर रेगुलर घर है...ड्राइंगरूम, बेडरूम वाला... हम लोग तो वैसे भी... ख़ैर, हम गेस्ट हाउस में न भी रहते होते तो भी वह तुम्हारे ही घर जाती।"

इस विपर्यय पर बड़ा क्षुब्ध हुआ वह। झाड़ भी खाये वह। रोग की पोटली भी उसी के घर बन्धकर आये। लोगों की आलोचना वही सहे और मित्रों की ईर्ष्या भी उसे ही परोसी जाये।

आख़िर क्यों? मुझसे पूछा तो होता...यह कृपा मुझ पर क्यों थोपी जा रही है...?

पर यह सारी उधेड़बुन उसके भीतर की ही थी...जाने क्या था, कौन था जो उसे खींचकर ले गया था वहाँ, शाम को।

उसे आया देखकर वह चहक...वह अरोक खिल उठना—जैसे इस बीच कुछ हुआ ही न हो...वह सब कुछ जैसे एक वहम हो...उस दिन की झाड़...उसके बाद इन दो दिनों की अनुपस्थिति एकदम अनस्तित्व हो। चेहरा ऐसा कि मन में गड़ती फाँस का कहना मानकर उस पर कोई आरोप चिपका भी दिया जाये या

मान-अपमान, गिले-शिकवे के सवाल को बीच में खड़ा भी कर दिया जाये तो सब कुछ एकदम बेबुनियाद सिद्ध हो और बावेला खड़ा करने का दोष भी अपने सिर पड़े। बुख़ार में उसका तमतमाया हुआ करुण निरीह चेहरा एकदम बेदाग़ बच जायेगा...इसमें कोई सन्देह नहीं।

उसकी चहक देखकर एक कील सी उगने को कसमसाने लगी कहीं भीतर, पर बाँह से खींचकर पास बिठा लिए जाने की अनौपचारिकता ने दाब दिया था क्षोभ।

''जानते हो, यहाँ दम घुट रहा है'' उसने प्रतीक्षा नहीं की, ''यहाँ तकलीफ़ हो रही है...बैरे बात नहीं सुनते हैं...अकेला लगता है...समय नहीं कटता...यही ठीक है। तुम्हारे घर शिफ़्ट करना है (जैसे वह तो इस फ़ैसले में कुछ है ही नहीं) आज ही...।''

''घर से क्यों नहीं बुला लेतीं किसी को?'' भाव-अभाव की मिलावट में डोलते हुए भास्करन बोला।

''क्यों बुला लूँ...मैं कह चुकी हूँ उनसे कि मैं अपनी देखभाल ख़ुद कर सकती हूँ। सुख में, दुख में, बीमारी में, आराम में अपना आगा-पीछा देख सकती हूँ। पूरा शहर सँभालती हूँ, अपने को नहीं सँभाल सकती?''

''सँभाल सकती हैं तो अपने को यों मुझ पर थोप क्यों रही हैं? मुझसे पूछा तो होता,'' परन्तु ऐसा कुछ उसके मन में ही लहराता रहा। उल्टे उसने अपने को उसका सामान सहेजते पाया।

''प्लीज़, यह तौलिया भी उसी बास्केट में डाल लो...और वह नीचे के ख़ाने वाले कपड़े भी रख देना...यह, इधर...यह स्लीपर भी बैग के नीचे ठूँस देना...होप यू डोंट माइंड।''

घर आते ही वह एक आज्ञाकारिणी बच्ची में तब्दील हो गयी थी। अफ़सरी का वह भारी-भरकम लबादा...रात के समय सुनसान सड़कों पर जीप दौड़ाते होने की लकदक दिलेरी...मुँह से निकले धुएँ के छल्लों के साथ खेलते होने की शौक़िया मस्ती, और पी लेने पर भी सहज बने होने का अभ्यस्त आभिजात्य। वह सब कुछ पता नहीं कहाँ डूब गया था। बेहद शान्त, गले तक चादर में लिपटी, पानी भी माँगा तो बेहद नम्रता से माँगा। बात-बात पर मुस्कुरा देने का क्षीण श्रम, जैसे कम से कम इतना मुआवज़ा तो उसके घर पर छुट्टी लेकर बैठने के कारण दिया जाना ज़रूरी हो। चेहरे पर ऐसी तरल कृश कोमलता कि उस वाली दबंग कलक्टरनी की पहचान न मिल पाने का आश्चर्य घंटों भीतर करवटें लेता रहे।

× × ×

रात बैठ गयी थी सब तरफ़। सवाल खड़ा था सामने, छुट्टी की अर्ज़ी दे चुके होने से भी विकट, शहर वालों की आलोचना-आशंका से भी पेचीदा कि रात को कहाँ सोया जाये। रोगी के कमरे में—आवश्यकता के तहत या दूसरे कमरे में औपचारिकता के अधीन?

ऐसा उद्विग्न अनिर्णय...। इतना बड़ा फ़ैसला करते उसे तो पलक भी झपकनी नहीं पड़ी थी। पुड़िया में लपेटकर सन्देशे की तरह भिजवा दिया था अपना निर्णय जयराम के हाथ और बोरिया-बिस्तर बाँधकर अधिकार जताकर आ गयी थी उसके घर।

और यहाँ? सुबह से मन में काँटे की नोक की तरह सतत गड़ती इस दुविधा को वह अभी तक साध नहीं पाया। अच्छा है, पूछ डाला जाये।

"कहाँ सोना ठीक रहेगा मेरा?"

सोचा अपनी ज़रूरत, औचित्य, औपचारिकता वह ख़ुद ही बताए। वह क्यों पड़ने लगा बीच में। भूल तो नहीं गया, उस दिन पलंग छूते ही झिड़के जाने की नामुराद याद। कौन सी बात उसके लिए सीमा का अतिक्रमण हो जाती है...वही जाने।

"तुम यहीं, इसी कमरे में सोओ...मेरे लिए तो यही अच्छा है," एकदम निर्द्वन्द्व, सहज, सुलझी हुई आवाज़।

नहीं, कोई धोखा नहीं था। उसने आँखें गड़ाकर देखा और देखता ही रह गया।

यह स्थिति कि कहाँ सोना उचित है, उसके जैसे व्यक्ति को सुबह से उलझाए हुए है।

पहली बार उसे लगा कि इस अकुंठ निर्द्वन्द्वता के मूल को उसने अपने सामने अचानक देख लिया है। वह समझ गया है, उस तनावहीन निर्दोष बालसुलभ चेहरे का रहस्य।

वह चेहरा टुकड़ों में बँटा हुआ चेहरा नहीं है। भीतर की किसी न किसी हलचल को साथ लिए घूमते, छिपाते, सँभालते होने का कौशल उस चेहरे को नहीं चाहिए। नहीं ज़रूरी है उसे वैसे सन्तुलन का श्रम। भीतर-बाहर से एकमत, एकरस कोई हो तो व्यक्तित्व को अपने आप मिल जाती है उतनी स्वतन्त्रता, सहजता, निर्द्वन्द्वता...।

"ठीक न लगता हो तो अपने कमरे में ही सो जाओ...ज़रूरत होगी तो तुम्हें पुकार लूँगी...यहाँ कोई घंटी तो नहीं है न?"

उसे जताया गया था कि वह सोच में पड़ा है और कितना संकुचित कर

देने वाला है इस सवाल पर सोच में पड़े हुए दीखना जैसे खोट अपने ही मन में हो।

"नहीं, ग़लत क्यों लगेगा?" वह दौड़कर अपनी चादर-तकिया उठा लाया और वहीं सोफ़े पर पसर गया।

बात उसने ही शुरू की थी—अकादमी की, ट्रेनिंग के अनुभवों की, कॉमन स्टाफ़ की। वह दोनों एक ही प्रशासकीय अकादमी से दीक्षित होकर आये थे। वह चार साल सीनियर था—ज़िला विकास अधिकारी के पद पर, और वह असिस्टेंट कलेक्टर होकर आयी थी उसी शहर में।

बात उसने चलाई थी तो उत्तर देते रहना ज़रूरी था, समझते हुए भी कि बोलते रहने, सजग रहने का रोगी को ख़ासा श्रम पड़ रहा है। पिछली बात का सिरा चुक जाने पर जान-बूझकर नयी बात नहीं चलाई थी भास्करन ने। ज़रा सी देर में ही आवाज़ थम गयी थी उधर से। ऐसे मुआवज़ों, ऐसी दिलजोई की ज़रूरत क्या थी!

× × ×

आने की ज़िद भी उसी ने की थी और जाने की भी वही कर रही थी—फ़फ़ोलों का रंग फिरते और बुख़ार उतरते ही गेस्ट हाउस में वापस जाने की ज़िद।

"नहीं, अब तुम अपना काम देखो...। अब मुझे अपने को ख़ुद सँभालना चाहिए। बैरे तो हैं...कोई दिक़्क़त नहीं होगी?"

"ऐसी ही कोई दिक़्क़त बताकर तुम यहाँ...मेरे घर आयी थीं न?" छेड़ देने का जी चाहा।

"नहीं, नहीं बिल्कुल नहीं...मुझे तुम्हारी ही ज़रूरत थी इसमें ज़रा भी सन्देह नहीं" एक उजली सी आभा उसके चेहरे को छूती हुई निकल गयी।

इस अचानक के दुलार से वह संकुचित अधिक हुआ।

"अच्छा बदला दिया है तुम्हें," बैग में स्लीपर ठूँसते हुए वह बोली, "सारा घर डिसइंफ़ेक्टेंट कराना पड़ेगा तुम्हें...।"

"तुम्हारी ही दी हुई दाह में जलना लिखा है, किसी न किसी बहाने," मुँह में उस समय कुलबुलाता वाक्य वह निगल गया और हँसता रहा।

शाम की चाय और दिनों की अपेक्षा धीरे-धीरे, गर्म-ठंडे का ऐतराज़ करते हुए कई बार बनाकर पी गयी। एक कमज़ोर सा प्रतिवाद भी किया गया कि जैसे छह दिन, वैसे आठ दिन, शहर की अफ़वाह-आलोचना की क्या परवाह करना।

"उसकी परवाह वैसे भी कौन करता है?"

"तो फिर?"

"तो फिर कुछ नहीं... जाना है।"

वह समझ गया, उसे जाना है।

अलस भाव। कुछ कृश काया। क्षीण काँपती हुई आवाज़ पर जाने को सन्नद्ध तैयार।

"कोई और मुझे इस तरह सह नहीं सकता था...नन एल्स...," हाथ उसके हाथ में था, उष्ण दबाव पड़ रहा था—अचूक।

आवाज़ के खनकते खरेपन ने भीतर से कहीं छू दिया। क्षणांश में ही विह्वल कर देने वाले आवेश को छिपाने के लिए ही उसने कहा, "कुछ दिन के लिए घर क्यों नहीं चली जातीं?"

"घर मैं कभी ऐसे नहीं जाती हेल्पलेस होकर...मैं कह चुकी हूँ उन लोगों से...मैं अपनी देखभाल ख़ुद कर सकती हूँ...और फिर यह सब तो रेसीप्रोकल होता है। मैं जब उनकी बात नहीं मानती तो वे भी क्यों मानने लगे?"

तब यह सोच पाना आसान कहाँ था कि उस कहने और न मानने का मुख्य मुद्दा है—उनकी ओर से शादी का इसरार और इसका मुँहफट इंकार।

जान पाया होता तो...।

"तुम मुझे गेस्ट हाउस छोड़ने न भी चलो...मैं अकेली भी जा सकती हूँ," गहरे डूबने को फिर उसी ने तोड़ा।

"नहीं, नहीं...," वह व्यस्त हो आया।

गेस्ट हाउस में पहुँचकर, उस कमरे में दो चक्कर लगाकर वह धम्म से कुर्सी पर बैठ गयी।

"यहाँ कितना अजीब लग रहा है न...? नहीं?"

हाँ, ऐसा उसी ने कहा था। इस संयत संजीदा आवाज़ के उद्गम को भास्करन ने, खिड़की खोलना छोड़कर, झट पलटकर देखा।

वह कहीं दूर देख रही थी, दरवाज़े की जाली के भी पार। यह थकान थी, उदासी या उसके घर में मिले सुख की सराहना?

कुछ भी सतह पर नहीं था। वह भी अडोल, दूर...परे थी लगभग पहुँच से परे।

तय कर लिया था उसने मन ही मन, कि रात का खाना वह यहीं, उसके साथ, गेस्ट हाउस में खाकर ही जायेगा। साँझ ढले तो हर किसी को अपना घर भी बेगाना लगने लगता है।

× × ×

कुछ बदल गया था उसके बाद से...कोई दूसरा सा नाम। कुछ और तरह का स्वाद।

स्वाद स्वाद होता है, संज्ञा नहीं होती...नाम नहीं होता। घुल जाता है बताशे की तरह मुँह में। अनुपस्थिति जितनी सी भी होती है, शहतीर सी छाती में गड़ती है और अपनी पीड़क एकाग्रता में मन ही मन उपस्थिति का विधान कर लेती है। घिरा रहता है मन। जब स्मरण मात्र लहर की त्वरा की तरह उद्विग्न कर जाता है तो प्राप्ति-उपलब्धि का क्या कहना। प्राप्ति कोई सीमा नहीं जानती...स्वाद कोई नाम नहीं जानता। घुलना...असीम घुलना...अन्त तक घुलना, सीमाओं के काठीले शहतीरों को उठाकर बाहर दे पटकना...डूबना, फिर उबरना, फिर डूबना...।

वीकएंड्स पर आबू, जयपुर, उदयपुर, आगरा घूम आये थे वे दोनों। ब्रिज की टोली अपने आप छितर गयी थी। उन्होंने तो कुछ भी नहीं कहा था जयराम या सक्सेना को, वे अपने आप किनारा कर गये थे। कोई नहीं कह सकता था, दो-चार महीने पहले इन चार अफ़सरों की चौकड़ी अविच्छिन्न मानी जाती थी।

भास्करन को अब ज़्यादा अखरने लगे थे घर से आये वह सारे पत्र। गड़ने लगी थीं इबारतें—सम्भावित वधू की पढ़ाई-लिखाई, ऊँचाई-मोटाई के ब्योरे। असह्य लगने लगी थीं उन अदृश्य उँगलियों की धाँधलियाँ, जो उसके मुँह की तरफ़ देखते रहने पर भी, किसी सर्वसम्पन्न के पक्ष में अपने फ़ैसले के दबाव को भी साथ ही इंगित कर देती थीं।

उसे पहली बार महसूस हुआ, वह स्वयं—श्री भास्करन राव आई.ए.एस.—कुछ नहीं है। असल नहीं है। असल है उसकी डिग्री, उसका रुतबा, शादी के बाज़ार में चढ़ा हुआ उसका भाव। वह गर्व किये जाने की वस्तु है, पर अपने लिए नहीं, उनके लिए, जिनके संरक्षण को स्वीकार करता हुआ वह आसपास के समाज से दो इंच ऊपर उठे होने का सम्मान दिला सकने में समर्थ है। वह उसे लेकर सौदा कर सकते हैं—सरेआम।

अब क्यों? अब तक यह सवाल क्यों नहीं चुभते थे...? अब क्या हो गया है कि यह साधारणता, यह सामान्यता, यह देखा-दाखी, चिट्ठियों-चित्रों की अदला-बदली चुभ रही है। बार-बार बंगलौर बुलाया जाना क्यों दुविधाओं के तम्बू तान देता है, और क्यों उसे चारों ओर से घिरे हुए वितान की नोकीली चोटी के नीचे खड़े होने की अनुभूति होती है—अकेले और बन्द।

नहीं, घरवाले कभी...किसी हालत में इस बात को स्वीकार नहीं करेंगे। यहाँ, इस जगह पर उनकी कल्पना को उत्तर नहीं मिल पायेगा—सजी-सजाई, ढकी-ढकाई, लाज भरी पुत्रवधू की कल्पना। पुत्रवधू की छवि यहाँ कहीं नहीं जुड़ती थी। बौखलाया, बेचैन, उखड़ा फिरता था इधर-उधर...

क्या सदा यूँ ही हुआ करेगा? यूँ ही बँटा करेगी ज़िन्दगी? प्रेम किसी और

तर्क से और विवाह किसी और तर्क से किया जायेगा?

स्कूल-कॉलेज के दिनों की वह लोची-पोची मानसिकता ताउम्र चलेगी?

उलझन घुनने लगी थी मन को भीतर ही भीतर। अमिश्रित मिठास को पीते-पीते कोई बेहद फीका सा घूँट अचानक गले में उतर जाता। बाँहें कसते-कसते बीच कहीं अपना रास्ता भूल जातीं। तकता रह जाता वह अक्सर एकटक, जैसे उसे नहीं, उसके पार देख रहा हो कुछ...।

"क्यों खोटे सिक्के में तब्दील होते जा रहे हो तुम?...क्या परेशान कर रहा है तुम्हें?" काम समाप्त करते हुए वह बोली।

चपरासी से फ़ाइलों का गट्ठर साथ उठवाकर लायी थी। यह कोई नया अभियान नहीं था उसके लिए। फ़ाइलें उठा लाती और खोलकर सामने बैठ जाती, "देखो ज़रा, यह बड़ा उलझा हुआ केस है।"

और पूरी तरह भूल जाती कि यहीं-कहीं, आसपास, इसी परस-दरस में होने पर बल्लियों उछला करता है मन। इस समय, यहाँ सामने बैठकर, फ़ाइलों में सिर धुनते ऐसा कुछ भी नहीं दीखता। दीखती है एक प्रबुद्ध तेजस्वी एकाग्रता, उसकी दोनों भवों की सिकुड़न के बीच पूरे विश्वास के साथ बैठी हुई। जहाँ कहीं भी होती है वह होती है समूची। पूरी। अखंडित।

क्या उत्तर दे? फ़ाइलों के नीचे से गुलाबी तार खींचकर थमा दिया उसे। माता-पिता के आदेश को उन्हीं की भाषा में कह दिया था—अपने को पूरी तरह अलग रखते हुए।

क्षणांश को अवर्ण हो आयी उस चेहरे पर खिलखिलाती हुई रक्ताभा। आँखें प्रश्नोत्सुक। हाथ अनमने। टेबल को वह गुलाबी काग़ज़ का टुकड़ा लौटाते हुए।

"जानती हो... क्यों बुलाया जा रहा है?"

"जानती हूँ," गहरा घनेरा सा कुछ अस्थिर स्वर।

कुछ क्षणों की चुप्पी। बीच कहीं खलबलाती हुई अपेक्षा कि अब शेयर कर चुके होने के बाद उसे ही बोलना चाहिए। इस दायित्व को अपना कहकर झेल लेना चाहिए। साथ बैठकर समाधान निकाल लेना चाहिए।

पर वह तो आँखें झुकाए नाख़ून से टेबल पर आड़ी-तिरछी आकृतियाँ बनाती रही।

"यह ज़्यादा आसान है। मैं उन्हें यहीं से तुम्हारे बारे में लिख देता हूँ।" अन्ततः भास्करन ही बोला।

"मेरे बारे में?...मेरे बारे में क्यों?...मैं बीच में कहाँ आती हूँ?...मेरी तरफ़

से क्या यह बात साफ़ नहीं है?...ओह नो! शादी?...नो शादी...नेवर। मेरा ऐसा कोई ड्रीम नहीं है...कह नहीं चुकी मैं तुमसे कई बार?''

''कह चुकी हो...कहती रहती हो जाने कितनी बातें...जनरल...आउट ऑफ़ रेफ़रेंस...। विचार सौ बातों पर होते हैं, पर सब कुछ ज़िन्दगी में सच तो नहीं हो जाता। जीवन जीना अलग बात है...है कि नहीं?''

''मेरे लिए सोचने और करने में ख़ास फ़र्क़ नहीं है। जो सोचती हूँ, ज़्यादातर वही करना चाहती हूँ।''

''हूँऽ, करना चाहती हूँ,'' फिर ये आवाज़ कहाँ से निकल रही है ऐसी फुस्स-फुस्स। इस तरह के कथन की बुलन्दी अपने आप में कोई चीज़ होती है आख़िर।

उस कथन के प्रति संशय ने उसके भीतर को रहने दिया अडोल।

प्रथम क्षण के आवेश को सह चुकने के बाद अपने आप में आ गयी थी वह। एक वीतरागी स्पर्श सहला गया था उसकी अस्थिरता।

''तुम्हें नहीं मालूम...मैं किसी दूसरी मिट्टी की बनी हूँ...मैं अपने को अच्छी तरह जानती हूँ। मुझसे वह सब नहीं निभ सकता...खाने का सवाल सबसे बाद में...बाथरूम का इस्तेमाल सबसे बाद में...खाने की छुट्टी सबसे पीछे।...'पत्नी'... जिसे 'पतनी' कहते हो तुम सब लोग, वह मैं कभी नहीं हो सकती...मेरे अन्दर दूसरों को उस हद तक झेलने का माद्दा नहीं है...आय टेल यू! दे आर ग्रेट...दीज़ वाइव्ज़...बड़ी महान हैं...यह पत्नियाँ...कितनी अच्छी तरह जानती हैं अपने को दूसरों की ख़ातिर कैसे मारना है। कैसे शहीद होना है।''

सुनकर सिर भन्ना गया, कातरता भी सरक आयी भीतर, पर 'अबे! ओ पुरुष' अपने आपको उसने झकझोरा, फिर कुछ अतिरिक्त ज़ोर से...

''बड़ा घिसा-पिटा नक़्शा खींच रही हो तुम घर का। इसी युग में राज कर रही हो स्त्री होकर...पूरी प्रजा लेकर...आख़िर तुम भी तो ऐसे ही किसी घर से निकली हो। घर तो आख़िर वही होगा जो उसमें रहने वाले बनायेंगे। सोचो ज़रा, सम्बन्ध घर से बाहर हो सकते हैं, तो घर में क्यों नहीं?''

''नहीं, नहीं हो सकते...घर में होते ही स्टैंड बदल जाते हैं। राइट्स ड्यूटीज़ बँट जाती हैं। ख़ेमे बन जाते हैं, और यह पत्नियों का ख़ेमा...,'' होंठों पर एक वक्र सी तरेर झलकी... ''मालूम है, इस ख़ेमे में एक ही बात में परफ़ेक्शन चाहिए अपने लिए नहीं, दूसरों के लिए जी सकने का आर्ट चाहिए। अपने को घुला देना, मिटा देना वहाँ ख़ूबी है और मैं? मैं अपने को भूल नहीं सकती...मैं अपनी ज़रूरतों को लेकर ख़ासी अड़ियल हूँ। बदल नहीं सकती।''

"अपना अत्यन्त आत्मीय अगर सामने पड़ जाये तब भी नहीं...? ऐसे में सब कुछ बदल नहीं जाता?"

"बदल सकता है...पर कोई फ़ायदा नहीं...कहे-सुने जोश में कुछ लाद भी लो तो देर-सवेर भुगतान करना पड़ता है। यह दुविधा, तोड़-फोड़ कर रख देती है इंसान को। मुझे तो लगता है, करना वही चाहिए, जिसमें किसी का विश्वास हो...पूरा विश्वास...फ़ुल फ़ेथ।"

"ज़िन्दगी विश्वास के विरुद्ध जाने की ज़िद करे तो?"

"तो लगाम लगानी चाहिए," परिहास से खिलकर कहा, "कुछ तो है, जो ज़िन्दगी की दूसरी चीज़ों से बड़ा है। इतना काफ़ी है...लड़ सकता है आदमी...अपने से...दूसरों से भी। कुछ दिक़्क़तें हो सकती हैं पर सब कुछ साथ-साथ चलता है। सन्तोष को किसी दूसरी तरह खोजना पड़ता है। असल है सन्तोष, ख़ुशी...अपने चुनाव और अपने 'वे ऑफ़ लाइफ़' से मिली ख़ुशी..." परिहास पता नहीं कैसे ऐसे गहरे गाम्भीर्य में घुल गया था।

कोई सामने बैठा अपने जीवन दर्शन की ऐसी गहरी व्याख्या कर रहा हो—चाहे कितने सहज, निरापद भाव से, तो अपना भीतर कितना रंक हो गया लगता है। कितना सालता है अपना खोखलापन, अपनी क्षुद्रता...अपना आवेग-आवेश...अपने जीवन दर्शन को खखोलकर उपस्थित कर पाने की असमर्थता।

कैसे बताया जाये कि पीड़ा का दंश जब छू लेता है तो खील-खील हो जाता है सब कुछ। कोई जीवन दर्शन नहीं उभरता। किरणें जाल समेट लेती हैं। खुल जाते हैं सारे टांके। कच्चा घाव टीसता है कहीं भीतर।

इस दर्शन में कहाँ है जीवन दर्शन। टूटना है...बस टूटना...सपनों, अपेक्षाओं का टूटना।

कैसा अन्धेर है...धूल-गुबार भरी दृष्टिहीन आँधी जिस दिशा से उठती दीख रही थी, वहाँ नहीं थी। बचाव ज़रूरी नहीं था उन चीज़ों से जिनके लिए कृतसंकल्प हो रहा था अब तक—समय, संस्कार, सामाजिकता, जाति-भेद, प्रान्त, माँ-बाप की अप्रसन्नता। आँधी उजली दिशाओं से चली आ रही थी, वेग से। गर्द-गुबार कुछ नहीं, शरद की सुबह में डोलते झोंकों जैसी ठंडी झुरझुरी पैदा करने वाली। सेंक, प्राण, ताप सब कुछ हर लेने वाली।

कैसा विरोधाभास! कैसा बेपहचाना दृश्य!

× × ×

रात क्लब में उसकी गहराई हुई मुख-मुद्रा देखकर छोटा सा सन्तोष उसके मन में हिलोर ले गया। ऐसी संजीदगी उस चेहरे पर देखी गयी थी पहली बार। ताश

खेलने में कोई दिलचस्पी नहीं, नाचने की कोई ललक नहीं, मिलने-जुलने की कोई चहक नहीं...कहीं कोई पहल नहीं।

"उधर न चलें?" उसने क्लब की दीवार के पीछे की ढलान की ओर इशारा किया जहाँ थोड़ा उतरकर नीचे नदी बहती थी। टहलते-टहलते अक्सर निकल जाया करते थे वे दोनों वहाँ।

जानता था, इतना थोड़ा सा बरस चुकने के बाद भी अधभीगी ज़मीन की उमस मन की उमस के साथ जुड़कर, घुटन को बढ़ाएगी ही, बाहर लॉन में बैठना कहीं अच्छा है, फिर भी 'न' उससे नहीं कहा गया। वह नहीं कह सकता 'न'— किसी बात के लिए भी नहीं। वह ही कह सकती है 'न'। भारी-भरकम 'न'। असह्य अपाट 'न'।

आत्मदया की दलदल से बच जाने के लिए उसने अपने होंठों में से एक सीटी खींचकर हवा में फेंकी, और पैरों के तनाव को झटका देकर कुछ हल्का किया।

"क्या हुआ?"

"कुछ नहीं... यों ही।"

वह टहलना बेध्यान हुआ। अपने-अपने में बन्द...अपने-अपने भीतर खुला हुआ, संवादरत। गीली बोझिल मिट्टी पर पैरों की छाप धँसती रही। जूतों के तले मन-मन भर के हो गये।

अधैर्य सा कहीं भीतर उठा। रुककर, कमर में हाथ डालकर उसने प्रीति को पूरा मोड़ लिया, अपनी तरफ़, अपने सामने।

एक निशब्द, गहरा, भरपूर आलिंगन।

"चलो! यहाँ अच्छा नहीं लग रहा," उधर पुल की बत्तियों के पानी पर काँपते प्रतिबिम्ब...इधर गिरने की मनाही से अभिशप्त आँखों की झिलमिल। लगा कोई कुरेद रहा है।

"हो सकता है वहाँ भी अच्छा न लगे," कहकर वह चुपचाप मुड़ गयी और साथ-साथ चलने लगी।

उसकी बाँह चाहे ठंडी थी पर हथेली उतनी ही उष्ण, नरम, बोलती हुई।

इस छोटे से आवेग को महसूसते हुए उसकी छाती में नये सिरे से कुछ गड़ने लगा। वैसी घुटन...वैसा अँधेरा...संग-संग चलते वैसी निस्संगता...अकेलेपन का पूर्वाभास...।

"आर यू...आर यू श्योर प्रीति?" कहाँ की घुटन रास्ता फलांगती कहाँ आ पहुँची थी।

"ओह भाश!" स्वर का पीड़न एकदम चटकीला था, "कह नहीं चुकी मैं?...

दर्द क्या मुझे नहीं होता? मैं भी कोई लकड़ी-पत्थर नहीं हूँ, पर जान-बूझकर, सोचते-समझते असफलताओं में कूदना...नॉट मी...मेरे लिए ज़िन्दगी बहुत क़ीमती चीज़ है...वेरी प्रेशियस... ।''

व्यर्थ...! व्यर्थ ही उसने समझाने की कोशिश की कि घर में बहुत सी बातें एक-दूसरे का प्यार, अधिकार मानकर भी तो की जाती हैं। सहज ही एक-दूसरे के अनुरूप बदलना होता है—ख़ुद-ब-ख़ुद! बिना माँगे...बिना जताये... ।

''बस! बस! बस...यह तो सबसे बेदर्द माँग है...यही तो सबसे ज़्यादा मारने वाली बात है,'' उत्तेजना में उसने अपना हाथ छुड़ा लिया था... । ''किसी से चाहा जाना कि वह ख़ुद ही सोचकर, समझकर, सामने वाले की इच्छा को ध्यान में रखकर अपने आपको बदल ले...इससे बड़ी कोई और डिमांड नहीं हो सकती।''

उस पीड़न से इस तल्ख़ी की यात्रा कहीं गहरा घायल कर गयी भास्करन को। अपने पर क्रोध भी आया। अभी-अभी तो वह अँधेरे में जुगनुओं की तलाश में दौड़ रहा था और कहाँ अब, अपने को अपने ही रक्त में लथेड़कर रख लिया है।

''रिलेक्स!'' वह बहुत धीरे से बुदबुदाया और कुछ तेज़ चलने लगा।

एक अवाक अभिमन्त्रित मौन ने जाने कैसे उन्हें डांसिंग हॉल में दाख़िल करा दिया।

धुन उनके मन की गति से ज़्यादा तेज़ थी। व्यर्थ थके...व्यर्थ चुके। दोनों को एक सी अनुभूति हुई।

बरांडे में पड़ीं बेंत की कुर्सियाँ बाहर लॉन के आख़री सिरे पर, मेहंदी की मेंड़ के पास घसीट ली गयी। फिर धम्म से कुर्सियों पर बैठना और वैसी ही अनमनी चुप्पी।

पहले कौन बोले? क्या ऐसी कोई अपेक्षा, प्रतीक्षा बीच में थी?

जिस बात पर बोलना चाहता था वह, वही निषिद्ध होती जा रही थी लगभग वर्जित। कहाँ फुस्स हो गया था वह अधिकार...वह गूँज और सेंक...वह खिलंदड़ा अपनापन।

मन से बड़ा और कौन सा चोर है जो चोर दरवाज़े से घुसना न चाहे। कैसे किसी को समझाया जाये कि और कुछ सूझता ही नहीं वहीं जाने के सिवा...वहीं... वहीं...वहीं...टटोलने के सिवा। वही, वही, वही प्रश्न टक्करें मारता है मन में—'आर यू श्योर प्रीति...आर यू?'

''क्या कभी माँ या पत्नी बनने की आकांक्षा नहीं उठती मन में?'' वह पूछ बैठा।

अच्छा है, चोर दरवाज़े की यह ताक-झाँक एकदम सहज, शुद्ध जिज्ञासा जैसी लगे।

एकदम उत्तर नहीं आता हमेशा की तरह पटापट। बल्कि सोच-सोचकर, "ऐसी किसी इच्छा को पालकर बैठना कितना इर्रेशनल है मेरे लिए, तुम ख़ुद ही सोचो...हवा में तीर मारने से लाभ?...हाँ! बच्चों से बहुत-बहुत प्यार है मुझे, जहाँ कहीं भी हों, जिस किसी के भी हों...दे गिव मी कंप्लीट रिलीज़...। ...वे मुझे ख़ूब राहत देते हैं।"

एकदम कौंध गया। कल्पना के मैदान में दौड़ आये मि. प्रसाद के बच्चे, मि. खन्ना और मि. पटेल के बच्चे। उन सबके बीच सुध-बुध भूलकर उसका शतरंज खेलते होना, गाते होना, पंजों पर दुबक-दुबककर उनके पीछे चलते होना। बच्चे ग़ायब हों तो जीप पर जा-जाकर उन्हें बटोरते होना। आइसक्रीम, लॉलीपॉप, चॉकलेट के उनके नख़रे बर्दाश्त करना।

पत्नियों ने पहले तो जिहाद बोलने की ठानी थी, "दबंगई है। सावधान! बच्चों के रास्ते बड़ों की दाढ़ी पर हाथ फिराने की साज़िश है," पर बीवियों के हथियार हवा में ही तने रह गये। वह हमेशा मिली उन्हीं के बीच किसी कोने में मग्न बैठी, कॉमिक्स के ढेर में खोई, नर्सरी राइम्स गाती, होमवर्क करवाती...सारी हलचल, मारा-पीटी, मान-मनावन में तल्लीन। बेदाम, बेभाव ऐसी गवर्नेस,...पत्नियों ने उसे जहाँ का तहाँ छोड़ दिया था 'बचकानी' कहकर, जैसे ज़िले का ऑफ़िस उसका प्रेत सँभालता हो।

वह अभी वहीं थमी थी, "कितना कुछ है हमारे आसपास, जो हमें बेहद अच्छा लगता है, जिसे हम जी-भर प्यार करते हैं...वह सब कुछ हमारा ही हो, हमें बिलांग ही करता हो क्या ज़रूरी है?"

"कोई ज़रूरी नहीं," प्रवेश बन्द। इससे आगे कोई तर्क नहीं। कोई दरार नहीं। दरवाज़ा खुला है पूरी तरह फिर भी उसके पार नहीं जाया जा सकता।

× × ×

नहीं, कुछ भी साफ़ नहीं रह गया है मन में। कुछ भी हाथ में नहीं, फिर भी ऑफ़िस छूटते ही एक ज़िद अड़ जाती है पैरों में। यह बात बहुत दिलासा नहीं दे पाती कि देर शाम क्लब में मिलना ही है।

व्यर्थ होता है बैठना...अवांछित...उलझाने वाला। जाकर बैठते ही पता नहीं कैसे वही प्रसंग चौकन्ना होकर आ बैठता है बीचोबीच। कोई नहीं छेड़ता, छिड़ जाता है अपने आप, जैसे उसी-उसी बात की सफ़ाई ज़रूरी हो। वही असंयत असहज किये है। उसी ने चुग लिया है सारा आह्लाद। झोंक दिया है सोच की भट्ठी में औचक।

उस समय वहाँ बैठे वैसा कुछ नहीं लगता...घर आकर अपने को नींद के हवाले करते ही चेतना पर चिपके हिम के फाहे निशब्द झड़ने लगते हैं और एकान्त इस होने के आश्चर्य को आँखें गड़ा-गड़ाकर, देखता है।

पीछा करती हैं बातों की कड़ियाँ, स्वरों, शब्दों की टकराहट। बार-बार हाथ लगती है कड़वे निष्कर्षों की चटक पथरीली ज़मीन।

"अपनी सोच के विरुद्ध चलने से क्रैश हो जाता है सब कुछ...आत्मविश्वास... अपनी सोच...अपने इरादे...सपने...उस क़ीमत पर कुछ मिलता भी हो तो क्या फ़ायदा..."

"हम सब शहादत के आदी हो गये हैं...सपनों की शहादत...इच्छाओं की शहादत...चाहे वह कितनी भी निरीह और बेलाग हों। जो कुछ भी पाना चाहते हैं...उसके बारे में शुरू से ही कच्चे, आधे-अधूरे होते हैं। मन में कहीं न कहीं सोचते रहते हैं कि उसका फ़ैसला हमारे हाथ में न होकर किसी बाहरी एजेंट के अधीन है...अब उसे चाहे तुम समाज कहो, संस्कार या आदत...। तुमने कभी सोचा है किसी चीज़ को पाने की जो भरपूर कोशिश होती है, उसके कितना आड़े आती है यह बात?"

हाँ, जेनुइन एफ़र्ट...जी भर कोशिश...कोई करे भी तो क्या निकलेगा... टकराहट...क्रैश...दूसरे के सिद्धान्तों से भिड़ंत। फल—गोल अंडा। कहेगी ऐसे, जैसे उसे पता न हो कि हथेली एक अकेली बजने नहीं लगती। तुर्रा यह कि इतना हक़ तो तुम्हारा अपनी ज़िन्दगी पर बनता है कि तुम जब चाहो, जैसा चाहो, फ़ैसला करो...आयम नो बॉडी देयर...

फ़ैसला करूँ? क्या हवा में? आकाश के साथ? दिशाओं से कहूँ या दीवारों से बोलूँ?

कहो, पूछो, खोदो कि क्या अब तक जो कुछ होता आया है ग़लत होता आया है? क्या सारी दुनिया, सारा समाज, सारा चिन्तन ग़लत है, तो साफ़ बच जायेगी..."मैंने कब कहा ग़लत है...कुछ ग़लत नहीं। विश्वास जिस बात में जमता न हो उसे करना ग़लत है...कम से कम मैं ऐसा सोचती हूँ ठीक या ग़लत...क्या है, नहीं जानती।"

कहीं से, कभी भी छुओ, किसी भी रास्ते से चलना शुरू करो, घूम-फिरकर वही-वही बातें। वही एकतरफ़ा विवरण...कॉस्ट-क़ीमत की तरह सब कुछ देखना... पारस्परिकता, आपसी लेन-देन, प्यार-अधिकार, मान-सम्मान के तहत कुछ कर पाने को कोई तरजीह न देना।

ऐसा अडोल धाकड़पना जबकि उसकी अपनी भी लिथड़ी पड़ी है ज़िन्दगी...

उलझे पड़े हैं उसके भी पाँव...ज़रा सा कुरेदो तो छलकने लगेगा लहू पर वही ज़िद...वही बोल-बोलकर...चीख़-चीख़कर अपनी ज़िदों को और...और गहरा करना...अड़ना...

कोई अन्त नहीं...कहीं नहीं ले जातीं यह बातें...कितनी जल्दी रास्ते का अन्त आ जाता है सामने।

× × ×

हवाई जहाज़ से बैंगलोर जाया जा सकता था, पर नहीं जाया जायेगा। रेल के रास्ते ख़रामा-ख़रामा...मन की गति की तरह—कभी धीमी, कभी तेज़। बीच की इतनी लम्बी राह को फलांगने की कोई उतावली नहीं। पहुँचने की जल्दी नहीं। एक बिछा हुआ अन्तराल...थोड़ी सी साँस...थोड़ा सा समय। चलो मियाँ भास्करन...घर के बुद्धू घर को। इस बात को टालते होने का फ़ायदा। हवा यहाँ भी भारी है, वहाँ भी भारी। हो सकता है चले जाने से मन को कुछ राहत मिले।

पर कहाँ? वहाँ जाने का अर्थ है फ़ैसले का काँटों भरा ताज सिर पर हँसते हुए, बाजे-गाजे के साथ...।

किसने सुझा दिया।...असल में मति चकरा गयी है। इतना तक तो सोच नहीं पाता कि स्थगित हो सकता है...टल सकता है सब कुछ...जल्दी क्या है... उतावली किसलिए?

ओह! यह अपनी ही क़ैद...अपने द्वारा थोपी गयी क़ैद। लगा चिड़ियों से पैदा होते सतत शोर की गिरफ़्त में आ गया है वह अनजाने, तिस पर इस बात का अहसास तक नहीं। कुछ हटकर खड़े होने से इस दबाव का केन्द्र बदल भी तो सकता है...ज़रूर बदल सकता है, "आय मस्ट गो एंड पोस्टपोन...मस्ट।" मुझे वहाँ पहुँचकर सब कुछ स्थगित कर देना चाहिए।

कुछ सान्त्वना सी उसके मन को हुई और इस सान्त्वना को उसने बहुत हौले से स्टेशन पर 'सी ऑफ' करने आयी प्रीति की तरफ़ सरका देना चाहा।

ऐसा अप्रत्याशित उसे क्षुब्ध कर गया। वह दृढ़ तीखे स्वर में बोली, "मेरे कारण ऐसे किसी फ़ैसले को पोस्टपोन करके तुम सिर्फ़ अपने को तोड़ोगे...मेरे मन में कुछ नहीं बदलने वाला।"

क्रोध अपने पर आना था, आया। जाने के क्षण की सघनता को उसने स्वयं ही खंडित कर दिया और लहूलुहान भी वह ख़ुद ही हुआ। सामने वाले का क्या बिगड़ा, उधर से तो परे और परे हो जाने का यत्न ही हो रहा है।

देख तो रहा है वह टहल गयी है दूर—प्लेटफ़ॉर्म पर। ख़ुद हिलने की इच्छा नहीं! वहीं खड़े-खड़े दृष्टि से उसका पीछा करता रहा। किसने छीन लिया है

अधिकार और अधिकार का सत्त्व?

वह नल के पास जाकर खड़ी हो गयी। शायद प्यासी रही हो। पानी नहीं पिया। आगे बुक स्टॉल पर टहल गयी और एक पत्रिका हाथ में लेकर लौटती हुई दिखी। दूर से अपना वैसे का वैसा खड़े-खड़े दिखते रहना। अपने को पिटा हुआ सा महसूस होने लगा अपना ही चेहरा। जेब से रूमाल निकालकर पोंछता रहा—माथा, आँखों के पपोटे, नाक, गाल, होंठ, चिबुक—तब तक, जब तक वह सामने साक्षात आकर खड़ी नहीं हो गयी।

वह सामने मुस्कुराती खड़ी थी—निर्विकार, असली, मौलिक।

"सॉरी!" दायें लटकता उसका हाथ उसने आग्रह से अपने हाथ में ले लिया था। "दिल दुखाने की मेरी कोई मंशा नहीं थी...तुम्हारी दिक़्क़त समझती हूँ... आयम ऑलसो नॉट...।" सिर झटक लिया, "साफ़ कह देना ज़रूरी था न...साफ़ सोचने में तुम्हारी मदद ही करना चाहती थी।"

"तुम्हें कुछ नहीं होता न?" आवाज़ के मरहम ने ही उसे ऐसी अधीर कातरता में लथेड़ दिया था।

दर्द की एक लहर सामने दीखते चेहरे पर दौड़ी थी या उसे यूँ ही ऐसा लगा था—केवल अपने मन की छाया?

उस एकटक देखने से वह बेचैन सी हो आयी, "हो भी तो क्या मुझे तुम्हारी ज़िन्दगी पर कुंडली मारकर बैठने का हक़ मिल जाता है? तुम्हारी ज़िन्दगी तो तुम्हारी है—तुम्हारी अपनी मिलकियत—जब चाहो, जैसा चाहो फ़ैसला करो। नाउ बी योरसेल्फ़..."

नहीं सह पाऊँगा इस चुल्लू-चुल्लू भर मिठास को, फिर बोल बैठूँगा, फिर माँग बैठूंगा, फिर ज़िद करने लगूँगा।

पता नहीं अचानक क्या देख लिया था उसने। बिखर पड़ने की किरकिराहट या कुछ और...हाथ-पैर ढीले किये खड़ी थी, तैयार हो गयी। "चलूँ अब...? हंअ...? ठीक है न?...गुडलक! गुडबाय!"

किसी उत्तर के लिए फिर वह रुकी नहीं, चलती चली गयी। एक मुक्का सा छाती पर लगा। वह सामने दीखता पीठ का परायापन उसे ख़ूब चुभा, ख़ूब खला, पर दौड़कर रोक सकने की हिम्मत नहीं थी।

यह निश्चय ही वह नहीं थी जो मोम की काया की तरह उसकी बाँहों में पिघल जाया करती थी।

× × ×

छुट्टी पन्द्रह दिन की ली गयी थी। महीना भर और बढ़ा ली गयी। पोस्टिंग स्टेशन

पर लौटकर आया गया—सपत्नीक।

एक नहीं, दो नहीं, तीन नहीं, कई पत्र लिखे थे उसने प्रीति को, ''पेरेंट्स बज़िद हैं...यहाँ लगभग सब कुछ तय है''...''बड़ी अजीब सी अनुभूति हो रही है...तुम्हारे साथ होने का चैलेंज कुछ और ही अर्थ रखता...यू आर रियली ग्रेट, आदि-आदि।''

प्रीति ने उसी क्षण पत्रों के टुकड़े-टुकड़े कर दिये थे, और अपने ज़िले के टूर पर निकल गयी थी। उन क़स्बों के अँधेरे अकेले डाकबंगलों में उसने जी भर डायरी लिखी। जी भर सोई। छोटे-मोटे बाज़ारों में घूमती फिरी। कई पेंटिंग्स बनाईं। जो कुछ था, छंट गया था अपने आप ख़ामोशी से।

होना ही था—शादी का रिसेप्शन। उसी क्लब में, उसी लॉन में, उसी परिवेश और गन्ध के बीच।

बुके प्रीति का था सबसे सुन्दर और सबसे बड़ा। यह क्या थी? बड़बोली ढाँप-ढूँप? या खिसियाहट? हर टोली में वह इसी तरह, इसी घुटे हुए तनाव से स्वीकारी गयी। अतिरिक्त दया...अतिरिक्त स्वागत...अतिरिक्त अनुकम्पा!

''ओह! इट्स टायरिंग,'' मुक्त होने के लिए दिशाओं की जड़ता को भूलकर वह नाची, जी भर नाची। थक जाने पर दम्पत्ति को मुक्तमना कामनाएँ दीं और चल दी। मुद्रा निराच्छन्न थी उसकी।

पिछले दिनों चेहरे पर कभी-कभार दीख जाने वाले कोई बादल नहीं...छायाएँ नहीं...तनाव नहीं...लगाव की लहरें भी नहीं...आते-आते रंगों के निशान भी नहीं...सब कुछ सन्तुलित, निर्विकार!

× × ×

रहा नहीं गया था उस दिन। कितने दिनों से चलती आ रही थी लड़ाई। उँगलियों ने अन्ततः विद्रोह कर ही दिया था। मन के आदेश का अनुवाद कर दिया था। डायल घुमा दिया था, ''क्या आज दोपहर बाद कमरे में चाय पीने आ सकती हो?''

''तुम्हें ठीक लगेगा?'' आवाज़ में न कहीं व्यंग्य था, न उद्वेग।

''मैं ही तो बुला रहा हूँ,'' अपने ही स्वर में परत भर संकोच की पहचान... खिसियाहट।

वह मिला उसे—पूरी तरह हिला हुआ, अस्थिर, अशान्त, हथेली की रेखाओं को पोंछता-मिटाता।

यह असहजता...यह उखड़ापन लक्षित न कर पाना असम्भव था।

''कैसा लग रहा है?...इंजॉयिंग?'' वह बोली।

कोई व्यंग्य नहीं है आवाज़ में...वही छलकती हुई संवेदना...वही समझी-बूझी

पोर-पोर मिठास। उत्तर क्या है उसकी बात का?...क्या हो सकता है उत्तर? उत्तर बन पड़ता तो सामने बिछी ज़िन्दगी इसकी गवाही न देती होती।...कैसे कह सकता है भूल नहीं पाता।...डूब नहीं पाता।...दरकिनार रख नहीं पाता।...छीलती हैं बातें...जागती रहती हैं आँखें। भीतर एक संसार—वैसे का वैसा खुला पड़ा है, जिसके होते, जिसके रहते सब कुछ ग़लत हो गया लगता है। अपने को अपना ही शरीर माँस का लोथड़ा और चेहरा दोगला, नीच, ग़लीज़ लगता है।

क्या उपाय है?...अपने को वापस पा सकने का उपाय? ...कनफ़ेशन? सरेंडर? एस्केप? कुछ नहीं मालूम...कुछ नहीं।

"हो क्या गया है तुम्हें? जिस रास्ते में विश्वास करते हो तुम, वह चुन लिया गया...अब?...अब क्यों यह उथल-पुथल?" वह पूछती है।

अब? अब? अब?...भीतर कुछ झनझना रहा है बेतहाशा।

"अब भी!...अब भी!"...प्रतिध्वनित हो रहा है उसी तरह।

"कहीं ऐसा तो नहीं..." सोच में पड़ गयी दीखती है वह। "यह सब कुछ तुमने अपने विश्वास की वजह से उतना नहीं, जितना एक चलती आयी आदत या संस्कार, या हो सकता है, सामना न कर सकने की मज़बूरी में किया हो? यूँ देखा जाये तो अपने विश्वास को जाँचने-परखने का मौक़ा ही कब दिया है अपने आपको तुमने?"

मौक़ा नहीं दिया? क्या होता है मौक़ा देना? कैसा होता है? अपने लिए—मात्र अपने लिए कुछ भी परखने बैठना? एक बना दी गयी है संस्था...कर दिया गया है विधान...उससे अलग जाने का ध्यान ही कहाँ आता है मन में? प्रश्न ही नहीं उठते तो तोड़ना-जोड़ना कैसा? क्या हम पिछलग्गू हैं? पीछे चलना अच्छी तरह जानते हैं। अपना रास्ता नहीं बनाते...उस बन्धी-बन्धाई लीक में कुछ नहीं अटकता, तभी तो न...? रहते रहना होता है महज़ आदतन। ऐसा होता चला आया है, होता रहेगा...महज़ आदतन।

"ओफ़्फ़ो! तुम्हारी यह चुप्पी...कुछ बोलो तो सही...यूँ ही बुलाकर बिठा लिया है सामने...।"

"हांऽ, आंऽ...! हांऽ आंऽ... क्या पूछा था तुमने...इंजॉयिंग? हैं न? इंजॉयिंग... यस यस इंजॉयिंग...!"

"लगता तो नहीं ऐसा...दिक़्क़त क्या है अब?...टल नहीं गयी वह घड़ी?...ऑफ़ कोर्स एक जानलेवा घड़ी। मैं चाहती या कह लो, न सह पायी होती तो चल देती तुम्हारे साथ या तुम्हीं ने चाहा होता तो खड़े रहते मेरे साथ...। नहीं कह सकती थी मैं तुम्हें...यहीं...अपनी वजह से रुके रहने को। यह कहना भी एक आदेश,

एक बन्धन देना हुआ। मैं जब ख़ुद उसे नहीं मानती तो दूसरे को...''

''... ।''

सरकते-रपटते जा रहे हैं शब्द—बेअसर, सपाट। चेतना उन्हें नहीं सुनती, नहीं सोखती। छिन्न हो गयी अनन्त बुन्दकियों को चुग-चुगकर भीतर कोई निर्मित करता जाता है पारे की भारी, चमकीली, थरथराती हुई गेंद...इधर से उधर लुढ़कती चलती है और सारे सन्तुलन को गड़बड़ा देती है। इस समय तो कठिन हो रहा है सहना ...इस सामने बैठे हुए सामने को सहना।

''लिस्सन...! एक बात पूछूँ...? ऑलदो एम्बेरेसिंग...'' वह पूछ रहा है।

सामने कानों की लौ खड़ी हो गयी...फिर चुप्पी...प्रत्युत्तर में भी चुप्पी।

हिम्मत...पूरी हिम्मत...''तुम्हारे लिए अभी भी मेरे मन में बनी रहने वाली चाह को अब तुम कैसे लोगी...आय...आय मीन कैसे इंटरप्रेट करोगी...?''

पूछने का साहस कर ही डाला था तो आँखें गड़ाकर देखता भी रहा।

''जैसे की जाती है...पुरुषोचित! नेचुरल!'' साफ़ लगा, ख़ूब खुलकर हँसने की उसकी इच्छा को किसी असाधारण गांभीर्य ने आ दबोचा है। आँखें गड़ाकर चेहरा न देखता होता तो इतनी तेज़ी से हुए भाव परिवर्तन को शायद समझ ही न पाता।

''शिद्दत का कोई क्षण होता है तो वह अपने आपको ख़ुद मनवा लेता है...तुम अपनी तरह से कह सकते हो कि उसकी कोई तयशुदा नैतिकता नहीं होती।''

''तो फिर?''

''फिर कुछ नहीं। जहाँ तक मेरा सवाल है, मैं पराई चीज़ों को हाथ नहीं लगाती। डर-डरकर कुछ भी नहीं किया जाता मुझसे। आय लेट थिंग्ज़ गो...ऐसा नहीं लगता कि ख़ुशी किसी एक ही रास्ते से आती है...कितनी ही अनजानी पगडंडियों से यह हमारे पास चली आती है। ज़िन्दगी मेरे लिए किसी एक ही जगह पर आकर ख़त्म नहीं हो जाती...''

यात्रा-मुक्त

'किट्टू...ओ किट्टुआ!' आवाज़ भीतर से उठकर हवेली के पिछवाड़े दौड़ती-थरथराती चली आयी थी। रात के दस बजे हैं। अस्पताल से ख़रीदारी करते हुए घर लौटने में देर हो जाती है। अभी वह पढ़ने बैठने की मंशा को उलट-पलट ही रहा था।

इस नाम से उसके भीतर-बाहर आग लग जाती है। किशन नहीं तो 'किशना' कह लो, 'किशनू' कह लो, पर इस दरबार में किस बात की सुनवाई है। बापू पर झुंझलाओ तो वही एक उत्तर :

"मालिक हैं, कुछ भी कहें...क्या फ़र्क़ पड़ता है!"

क्यों...फ़र्क़ क्यों नहीं पड़ता? अपने ही नाम को इस तरह तोड़-मरोड़कर हाथ में दे देने का फ़र्क़ क्यों नहीं पड़ता? हाई स्कूल के सर्टीफ़िकेट पर लिखा 'कृष्णचन्द्र' भी उसी का नाम है। पढ़कर लगता है कि किसी को नंगे बदन कपड़े पहना दिये हों। अक्षरों पर हाथ फिरा-फिराकर देखता है...वह तो वैसे के वैसे लेटे रहते हैं चुपचाप, पर भीतर कुछ पानी की सतह की तरह द्रवित होकर ऊपर चढ़ने लगता है।

"आगे क्या लगायेंगे बापू?" उसी सपने में डूबते उसने एक दिन बापू से पूछा था।

"आगे क्या का क्या मतलब?"

"मेरा मतलब है...उपनाम...सरनेम?...नहीं समझते? मतलब जात क्या है हमारी?"

"कौन ससुर तू राज दरबार में बैठा है...जात क्या है हमारी!" बापू ने उसकी नक़ल बनाते हुए कहा, "यहाँ बैठे जून सुधर गयी तुम्हारी। तू साला दर-दर..."

बापू ही मटियामेट कर देते हैं तो दूसरों से क्या शिकायत!

आवाज़ थी कि सन्नाटे को चीरती फिर से आयी थी। एक ख़ास तरह का खुरदरापन उसमें चीख़ रहा था। व्यर्थ सोच रहा था कि खाना टाल जाये। खा लेने पर नींद धर दबाती है, पर अब कुछ नहीं हो सकता। उस आवाज़ को टाला

नहीं जा सकता था। उसे सुनकर किसी खिलाड़ी की तरह चूने की सफ़ेद रेखा पर से दौड़ पड़ने की तत्परता उसके ख़ून के स्वभाव से माँगी जाती थी।

भीतर गया। काम कुछ भी ख़ास नहीं। तरुण बाबू को अपनी सोने की चादरें एकाएक गन्दी लगने लग गयी थीं—और वह उन्हें बदलवाना चाहते थे। अभी...एकदम...तुरन्त, यह भूलकर कि चादरें हर शनिवार को अपने आप बदल दी जाती हैं, और आज तो मंगलवार ही था।

वह अब नहीं चूकते...किसी एक मौक़े पर भी नहीं। घात में बैठे रहते हैं कि कैसे उनकी ही उम्र में उन्हें लाँघ जाने वाली उसकी ऊँचाई को पीसकर रख दिया जाये। अपने अहं को सेंकने का यह खेल उन्हें पसन्द आने लगा है—पुकारना और आदेश लेने को तत्पर खड़ी दासता को अपने सामने खड़ा कर लेना। बड़े मालिक बिस्तर से बन्धे हैं। यह हक़ उन्होंने अब अपने को ख़ुद दे लिया है।

वह चुपचाप चादरें बदलता है। तरुण बाबू की उपस्थिति को भूलकर। काम पूरा करके जाने को तत्पर होता है कि एक कठोरता गूँजती है, ''रुको...बैठो।''

कहाँ बैठे?—उनके पैरों के पास? ग़लीचे की बाहरी कोर से थोड़ा हटकर? और कोई जगह वहाँ नहीं है।

''सुना नहीं...मैंने कहा, बैठो...''

स्वर में सीधी खड़ी निर्विकल्प कठोरता। वह पजामा समेटकर बैठ जाता है।

''इस टेबल के नीचे जो अख़बारों की गड्डियाँ हैं, उसमें से कपिलदेव की बल्लेबाज़ी के सारे फ़ोटो ढूँढ़ निकालो। मेरे एलबम के लिए...''

इस तरह का काम। पढ़ाई का बोझा। रात का यह पहर। भूखे-प्यासे। उसके भीतर जम्हाइयाँ अकड़ने लगती हैं पर उसकी देह को अपने ही आदेशों को टाल जाने की आदत है। चित्र ढूँढ़ निकालता है तो तरुण बाबू को वह अपर्याप्त लगते हैं। 'एक्शन' के साथ 'नेरेशन' भी उन्हें चाहिए। ''नेरेशन...क्यों...नेरेशन नहीं समझते? ...तुम तो बड़े हेडमास्टर हो!''

यह कील कहाँ ठोंकी गयी है, वह जानता है। बिना आँख उठाये भी जानता है। यह घाव है जो तरुण बाबू के मन में सतत रिसता है। यह वैभव और ऐश्वर्य उनका है। स्वामित्व उनके भाग्य का है पर यह उपलब्धियाँ और सफलताएँ क्यों उनकी नहीं हो पातीं? यह किट्टुआ क्यों सीढ़ी दर सीढ़ी लगाकर चढ़ता है और वे? इस हवेली के उत्तराधिकारी वे...!

फ़र्श से उठा तो देखा, तरुण बाबू ने पैर सामने की टेबल पर रख लिए हैं और मुँह के आगे एक अख़बार। जैसे न देखने योग्य वस्तुओं के आगे एक दीवार। खिन्न हो आया।

कोठरी में आया तो पढ़ने बैठने के संकल्प की फूँक निकल चुकी थी और भूख भड़क आयी थी। ऐसे में संकल्प को पेट से बाँधकर पढ़ने बैठना?...नहीं, इतनी सी हिम्मत भी उसे उस समय अपने भीतर से ग़ायब मिली...क्या होगा पढ़कर?...पुस्तकों के रास्ते आगे और आगे की सीढ़ियाँ चढ़ना और बिना भविष्य के शून्य में झूल जाना। इससे तो अच्छा था, वह इन किताबों को ईंट-पत्थर समझता और अपनी हदों से बाहर फेंक देता। इन किताबों ने ही दूभर कर रखी है उसकी ज़िन्दगी। न इधर, न उधर। अच्छा रहता, वह भी बापू की तरह...

हवेली ने बापू का लड़कपन देखा, जवानी देखी, अब अधेड़ापा भी देख रही थी। गिरजाघर में ब्याही जाने वाली वधू की पोशाक की तरह उनका लड़कपन अपनी माँ के पीछे-पीछे इन्हीं फ़र्शों पर घिसटता-पड़ता ख़त्म हो गया था। उनका सपना वहीं तक था। इस आँगन में अपनी माँ के पीछे भागते-दौड़ते जवान हो जाना, टहल-सेवा के शऊर सीखना, कचहरी से लौटे मालिक के पैरों को जूतों से ख़ाली करना, शौच के लिए लोटा भरना। चाकरी के नित नये तरीक़े सोचते रहना और पुकारे जाने पर 'जी-हुज़ूरी' का ऐसा मिश्रीनुमा रसायन घोलना कि मालिक को भी आँख उठाकर देखना पड़े।

× × ×

आठवीं में वह प्रथम आया था और तरुण बाबू फ़ेल हुए थे। मालकिन के इधर-उधर रिसते ममत्व की शह पाकर वह उनके पास जाने की फ़िराक़ में ही था कि बापू ने अपनी आँख की कठोर वर्जना से उसे वहीं, उस दहलीज़ के पास ही खड़े-खड़े सुन्न कर दिया। मालकिन का गिलौरीदान तख़्त पर रखते ही बापू लपककर आये और उसकी बाँह पकड़कर वापस कोठरी में ठूँस दिया।

"वहाँ जाने की कोई ज़रूरत नहीं है। ऐसा कोई बड़ा तीर नहीं मार लिया है तूने। जानता नहीं तरुण बाबू का रिज़ल्ट? कैसा लग रहा होगा मालकिन को..."

वह बुझ गया। नया-नया यहाँ आया था। नहीं समझ पाता था, क्यों बापू का अपना सुख हवेली के दुख के सामने एकाएक इतना छोटा पड़ जाता है?

बापू को ये सब सवाल परेशान नहीं करते थे। वहाँ—हवेली के बीचोबीच खड़े उनके जिस हिस्से की हवेली को ज़रूरत न होती, उसे बापू अपने लिए भी फ़ालतू समझने लगते।

यह कितनी अजीब बात थी कि अपनी शादी के बाद भी अपने बीवी-बच्चों को लेकर गाँव में रहने का अरमान उनके मन में नहीं पनपा था। माँ को गाँव में ही रख छोड़ा था। हफ़्ता-दस दिन में आते...कभी-कभार टिक भी जाते पर साँझ ढले शहर जाने को ऐसे लपकते जैसे अब उन्हें अपने घर लौटने की जल्दी हो।

गाँव में रहती माँ कभी-कभी हवेली चलने का हठ करती। बापू की सतत अनुपस्थिति ने उसके बचपन को दर्जा दे दिया था। वह कोरी क़मीज़ पहनता। कामदार दोपल्ली टोपी लगाता और माँ को लेकर बस के अड्डे चल पड़ता।

बापू उन्हें देखते ही आग-बबूला हो जाते, "चैन नहीं पड़ती उहाँ...आ जाते हैं खाने...हियाँ क्या खाना धरा है? खाकर आये होते।"

यह सब सुनना उसे गड़ता। तुरन्त कह देना चाहता घर से खाकर चले होने की बात, पर पास घूँघट में बैठी माँ चुटकी काटकर उसे बरज देती। बाद में बताती कि खाने के बहाने कुछ देर तो बैठेंगे।

बापू बग़लें झाँकते मालकिन को ख़बर करते। झेंपे हुए से। एक पैर दहलीज़ के भीतर एक बाहर, "वोऽ वो आये हैं। चले आते हैं हियाँ मरने। हियाँ क्या खाना धरा है?"

मालकिन खिलखिलाकर हँसती, "अरे, आये हैं तो खिलाओ-पिलाओ। ख़ातिर करो..."

पर बाबू झींकते-बुदबुदाते रहते। एक काली सी बटलोई में नमक और चावल डालकर भात पकाते, और ख़ुद गुड़ की डली मुँह में डालकर पानी पी लेते।

"यहाँ किस बात की कमी है?" माँ खीझती।

"कमी नहीं तो हम ही लूटकर खा जायें," बापू का तर्क होता—हमेशा हवेली के हक़ में झुका हुआ।

माँ के मरने पर उसने पहली बार बापू को कई दिन तक घर में रहते देखा था—साँझ का धुँधलका...आसमान में ठहरी हुई पीली आँधी की घुटन...कोठे के बाहर दालान में माँ ज़मीन पर लेटी हुई...सिर ढका हुआ...साड़ी का पल्लू आँख के पपोटों से नीचा। वह ख़ूब ज़ोर-ज़ोर से साँस ले रही थी। बापू कुछ दूरी पर दीवार के सहारे बैठे 'सिरी राम-सिरी राम' का सीत्कार कर रहे थे।

"तनिक हाथ तो दे लाला!" ताई की वह पैनी सी खीझ उसे अभी तक याद है।

बापू उठकर आये तो थे पर ऐसा कुछ करने का शऊर शायद उनके हाथों में नहीं था। टुकुर-टुकुर देखते भर रहे। माँ के आख़री साँस भरने के बाद ही उनका हाथ माँ के माथे पर गया। एक बार उन्होंने माँ की कलाई पर अपनी उँगलियाँ फिराई और फिर चुपके से बाँह को नीचे रख दिया।

माँ की दाह के बाद वह बापू के आमने-सामने हो गया था। अब तक बीच में एक आड़ थी। उस आड़ में वह बापू को एक बेगानी जिज्ञासा से देखा करता था। वह आड़ अचानक खींच ली गयी। सब कुछ उघड़ गया था एकाएक। इस

सामने के लिए वह क़तई तैयार नहीं था और बापू द्वारा किये इस प्रश्न के लिए तो बिल्कुल भी नहीं, कि :

"क्यों बे, अब तू कहाँ रहेगा?"

"मैंऽ ऽ मैं?" ऐसे अछोर आकाश के नीचे खड़ा वह एकाएक रो पड़ा। बापू शायद पसीज गये, "मैं तो पूछ रहा था कि तू गाँव रहेगा या शहर?" इस बात का उसके पास क्या उत्तर था। गाँव रहेगा तो कहाँ रहेगा, शहर जायेगा तो कहाँ जायेगा...पर बापू के सामने कोई ऐसा संकट नहीं था। उनका जीवन एक ऐसा बहाव था जो हवेली की दीवारों को छूते ही ख़ुद एक भँवर बन जाता था।

उसके जीवन का अनुवाद भी बापू ने अपनी तरह कर लिया था। बर्तन-भांडे, कपड़े-लत्ते, हाँडियाँ, मथानी, सूप छलनी—सब बाँट दिये और उसे लेकर हवेली आ लगे। सिर ऐसा झुका हुआ जैसे उनके कुपुत्र के बोझ से हवेली की नीवें लड़खड़ाने लगेंगी।

× × ×

उसे यहाँ लाकर तो बापू और भी निश्चिन्त हो गये। इतना पास बिठाकर तो बिल्कुल भूल ही गये। क्यों नहीं सोचते कि वह इन चौहद्दियों, दीवारों और दालानों में क्या करे? यहाँ न सन्तू था, न जग्गी, न खेत, न कुएँ, न मैदान, न बावड़ियाँ। यहाँ न पैर छपछपाने की छूट थी, न सिंघाड़ों की छीना-झपटी, न रातोरात ईख की चोरी का आनन्द। यहाँ भीतरी बरौठे से लगी एक कोठरी थी और बापू—जो मालिक के कचहरी से लौटते ही चाहते कि किशना किशना न रहकर भाप बन जाये। तरुण बाबू उसके समवयस्क थे—लगभग दो साल बड़े। उन्हें देखकर पहले-पहल वह ख़ूब उत्साहित हुआ था पर शीघ्र ही समझ में आ गया था कि यह समवयस्कता दूर से दीखती एक टकटकी भर है। एक मनाही। एक पुख़्ता बेदर्द दीवार, और अब तक तो अपने परीक्षा-परिणामों से उसने उन्हें और भी नाराज़ कर दिया था।

बस! एक मालकिन थीं। तख़्त की चकाचक उजली चादर पर कलफ़दार साड़ी पहने बैठी वह पान की गिलौरियाँ उलटती-पलटती होतीं। उनकी चूड़ियाँ छमछम बजतीं और चेहरा दपदप चमकता।

अपनी कोठरी से निकलकर दालान से जुड़े बरौठे की ऊँची दहलीज़ के पार वह झिझकता खड़ा होता।

"क्यों रे, वहाँ क्यों खड़ा है? आ जा अन्दर," पुचकार लेतीं।

वह बहुत धीरे-धीरे आगे सरकता... दीवार के सहारे। वैसे बुलाने को न टाल सकने के कारण।

"क्यों रे, तुझे बोलना नहीं आता?"

वह सकपका जाता। करधनी के ऊपर के उनके गुदाले माँस पर गड़ी अपनी आँखें हटा लेता। गुलाबी साड़ी की प्रतिच्छाया की आँच में तपा हुआ उनका चेहरा देखता वह अवाक रह जाता।

वहाँ दिन-प्रतिदिन हड़ियल होती जाती सूखे तन-बदन वाली उसकी माँ? इन्होंने ज़रूर कभी ध्यान से उसकी माँ को नहीं देखा होगा। देखतीं तो ज़रूर कुछ करतीं। आख़िर उसका गवर्नमेंट स्कूल में दाख़िला इन्होंने ही करवाया था।

बापू नहीं समझ सकते थे कि अपने नतीजे के दिन वह क्यों उनके आसपास मँडरा रहा था...क्यों? बापू झिड़ककर उसे कोठरी में ठूँस ज़रूर गये थे, पर वह वहाँ बैठा नहीं रह सका। इस तरह नकारा-निकम्मा सिद्ध कर जाने में उस समय उसे कठिनाई पड़ रही थी पीले-पीले नतीजे के कार्ड पर इतनी सारी लाल रेखाओं के रहते।

मालकिन बड़ी अलमारी में बने ठाकुरद्वारे के सम्मुख बैठी घी में रूई की बाती भिगोती संध्या की पूजा का जुगाड़ कर रही थीं। उनका चेहरा प्रफुल्ल नहीं है, यह देखकर पहले तो वह भयभीत हुआ फिर...

"सुन रे!" एक उदास आवाज़ ने उसे टेरा, "यहाँ आ...ले!" मालकिन की बन्द मुट्ठी उसकी मुट्ठी में खुल गयी थी, "सुना है, तू पहला पास हुआ है। जा, जलेबी खा ले।"

उसका चेहरा दीप्त हो आया। हठात उसने बढ़कर मालकिन के चरण छू लिए। मालकिन भर सी आयी, "हाँ, जा-जा! ख़ुश रह...ख़ूब," एक उसाँस उसका पीछा करती रही।

बाहर आकर उसने मुट्ठी खोली। उसमें दो रुपये का मुड़ा-तुड़ा नोट था। एक झनझनाहट सी उसके भीतर दौड़ गयी। यह पुरस्कार उसे मिला है—उसे! बापू के बीच-बचाव के बिना...सीधे मालकिन से...बापू सुनेंगे तो अवाक रह जायेंगे। उनके आने तक वह जागता बैठा रहेगा। जलेबी खाने भी नहीं जायेगा।

बापू आये तो बेहद घिरे हुए थे। मालिक ने दसवीं में फ़ेल होने पर तरुण बाबू की धुनाई की थी। अपने और उसके भविष्य की अभी से दीखती आहटों की वास्तविकता खोलते हुए तुलना की थी, "तुमसे तो अच्छा किशना है, लालटेन लेकर पढ़ता है, लेकिन फ़र्स्ट आया है।"

"तो उसे ही फिर गोद ले लीजिए!" धृष्ट निगाहों से मालिक को घूरते तरुण बाबू छत पर चढ़ गये। मालिक घायल हुए थे—भीतर-बाहर दोनों। दुख, विषाद, ताप, क्रोध, चिन्ता...क्या कोई एक बात रही होगी मन में!

बापू इसी सबको लादे-लादे भीतर आये। अब उसके लिए यह कोई नयी बात नहीं थी। बापू हवेली की आँख से हँसते, हवेली की आँख से रोते हैं, जानता था।

कोठरी में घुसकर कुर्ता खूँटी पर टाँग बापू पड़ गये...गुड़ और पानी लिए बिना। इस अभ्यास का टूटना?

वह दीवार की टेक लगाकर ज़मीन पर बैठा था—प्रतीक्षा करता। पर बापू के चेहरे पर वह दूरी? नहीं, अब वह और प्रतीक्षा नहीं कर सकता था।

"बापू, देखो!"

"क्या है?"

"देखो तो पहले...मालकिन ने दिया है फ़र्स्ट आने का..." एक गद्‌गद् भाव से उसने नोट को बापू की आँखों के सामने लहरा दिया।

बापू झटके से उठ बैठे, "क्या? मालकिन ने दिया है?"

"हाँ! मालकिन ने...ख़ुद बुलाकर...जलेबी खाने के लिए..."

उनका चेहरा लौट आया—उसे साक्षात सीधा देखता हुआ। उसके सामने बैठे होने को धारण करता हुआ। नहीं तो अब तक...

बापू ने उसे पास खींच लिया, उसके सिर पर सरकता हुआ उनका हाथ गर्दन के पीछे के भाग से चलकर उसके कन्धे पर टिक गया। उसे नया सा लगा...बिल्कुल नया। उसकी गन्ध या पहचान उसके भीतर नहीं थी कहीं। वह विचलित हो गया।

बापू ने उसे बाँहों में भर लिया, "तू देख रहा है न, तरुण बाबू की आदतों से मालिक को कितना क्लेश है। औलाद आदमी किस दिन के लिए पालता है..."

बापू फिर खो गये! 'किस दिन' के प्रसंग को छूते ही मालिक के साथ हवेली में जा खड़े हुए।

बापू की जकड़ का इस तरह एकाएक शिथिल हो जाना उसे ख़ूब अखरा, पर वह क्षण भर पहले के छाती भर स्पर्श को ही संजोता बैठा रह गया। इस भरे-पूरे क्षण में वह बापू की उस बेध्यानी को भूल गया और उस स्पर्श को तह करके भीतर कहीं सँभालकर रख लिया। नहीं, वह अपने बापू को ऐसे किसी सन्ताप में तपने नहीं देगा। औलाद की उपयोगिता पर प्रश्नचिह्न लगाने वाला मालिक नहीं बनने देगा।

इसी खलबलाहट में उसे देर रात नींद आयी थी। दिन चढ़े तक वह सोता रहा। शायद और भी सोता रहता यदि बापू उसके चेहरे पर टकटकी लगाये उसे उठा न रहे होते, "स्कूल को देर हो जायेगी बिटवा..."

वैसा दुलार?...और बापू से?...उस सुख को वह आँखें मींचे भोगता रहा।

''तेरे लिए दूध बाँध दिया है। अब तेरी पढ़ाई बड़ी हो गयी है न?...चल, जल्दी उठ, मुझे जाना है। मालिक उठ गये हैं।''

यह पुल नया था। दो सिरों के बावजूद एक कमान के रिश्ते से साँझा। वह तो समझ ही नहीं पा रहा था कि उसे क्या नया-नया, भला-भला लग रहा था।

× × ×

पता नहीं क्यों ऐसा हो गया था, पर हो गया था। उसके और तरुण बाबू के बीच एक ख़ामोश सी होड़ छिड़ गयी थी। जहाँ कोई सम्बन्ध नहीं था, वहाँ सम्बन्ध बनने लगा था—आड़ा, तिरछा, काले कलुष के स्वभाव वाला। हार-जीत का गणित रास्ता काटने लग गया था। कोई तुलना नहीं थी...हो भी नहीं सकती थी। तरुण बाबू अंग्रेज़ी तर्ज़ के किसी मॉडल स्कूल में पढ़ते थे, वह सरकारी स्कूल में। उन्हें गाड़ी छोड़ने जाती थी, वह पैदल धूप में तपता जाता था। उन्हें टीचर घर पढ़ाने आते थे, वह लालटेन की रोशनी में पढ़ने बैठता था। नहीं, कोई ऐसी जगह नहीं थी, जहाँ वह और तरुण बाबू एक साथ खड़े हों, और तुला में पड़ा न्याय भी उसके हक़ में हो।

हवेली की बातों को लेकर वह हमेशा बापू की आड़ में खड़े रहना चाहता है। फिर भी अक्सर एक ठंडा क्रूर क़िस्म का आमोद उसकी शिराओं में बजने लगता है। बापू की पहुँच और पहचान से परे। बापू उसे देख पायें तो निष्प्राण कर दें। छितरा दें। इसलिए वह भरसक बचता है। पूरे मनोयोग से पढ़ाई में लगा रहता है। जानता है, कोई और रास्ता नहीं है तरुण बाबू को पछाड़ने का, मात देने का। ज़रूरी है कि दत्तचित्त होकर, इधर-उधर देखे बिना उपलब्धियों के पहाड़ पर चढ़ता चला जाये और चोटी पर खड़ा होकर अपने को दूसरों के देखने के लिए छोड़ दे।

दसवीं में उसकी फिर फ़र्स्ट डिवीज़न आयी थी। विद्यालय की तरफ़ से 'सर्वगुण सम्पन्न' विद्यार्थी का चमचमाता हुआ एक कप उसे पुरस्कार में दिया गया। आने वाले दो वर्षों के लिए वज़ीफ़ा भी मिला। तरुण बाबू के हमेशा की तरह किसी 'अदृश्य यत्न' से नम्बर बढ़ाए गये।

बापू प्रसन्न होने की बजाय डर गये। हकलाने लगे। कप को उसके हाथ से छीनकर उन्होंने जाड़ों की गुदड़ी के नीचे ठूँस दिया।

''क्यों बापू?'' वह जैसे चिर गया।

''रहने दे...रखा रहने दे, वहीं।''

''क्यों, बापू क्यों?'' एक अन्धड़ उसके भीतर उद्विग्न हो रहा था।

बापू का चेहरा जैसे घाटी में उतरती धूप की परछाईं, ''नहीं, बेटा! यह सब

किसी से बर्दाश्त नहीं होने का" कहकर वह तेज़ी से हवेली की ओर चल निकले। कोठरी के अँधेरे में वह खड़ा रह गया—आहत। अकेला।

बापू उसे खाना देने भी नहीं आये! शायद बचते रहे। महरी के हाथ खाना भेज दिया।

उस शाम वह अकेला पीपल के नीचे बैठा बाहर के बड़े कुएँ की चरखी को निशाना बनाकर पत्थर मारता रहा और बन्दरों को मुँह चिढ़ाता रहा। मालकिन को भी अपना कप दिखाने की उसकी इच्छा नहीं हुई। वहीं कहीं उसी गूदड़ के ढेर के नीचे पड़ी सिसकती रही।

बापू क्यों नहीं समझते, इन सब बातों से कुछ नहीं होता? एक नफ़रत उसके भीतर गहरी होती है। अपना ही गला दबाकर दम तोड़ती बापू की ख़ुशी उसके गले पर ऐसी बेरहम खरोंचें छोड़ जाती हैं जो सतत पड़पड़ाया करती हैं। बापू जिस चीज़ को ढाँपते हैं, वह और उघड़ती है। जिसे मिटाना चाहते हैं, वह और गहरी उतरती जाती है।

आख़िर किस बात से डरते हैं बापू? अपने को मार सकने की पराकाष्ठा में से उगती पुनर्जन्म की सम्भावना से? लगता है, दासता की दलदल में पुश्तों से बैठे वह अपनी कोठरी में उगती उजास से डरते हैं। उतना सा अपने को मिला हुआ अधिकार भी सह लेने की क्षमता उनके भीतर नहीं है। क्यों वह निचाई के चरम को अपनी पूरी उठान में पा लेना चाहते हैं?

नहीं, ऐसे नहीं चल सकता। आज रात वह बापू से खुलकर बात करेगा। जो कुछ वह नहीं देखना चाहते, उसे समझाएगा। उनके पंगु हो चुके पैरों में ताक़त भरेगा। बाँह पकड़कर इस आँगन के परे ले जायेगा, आत्मा की उस सीलन से परे।

वह पड़ा-पड़ा प्रतीक्षा करता रहा। बापू ख़ासी देर से आये। कमरे में उनके घुसते ही उसने लालटेन की बत्ती उकसा दी—जताने के लिए कि वह अभी जाग रहा है।

बापू ने घूरकर देखा पर कुछ बोले नहीं, बल्कि कुर्ता उतारे बिना दीवार के साथ धसककर बैठ गये, पसीना पोंछते।

"क्या हुआ बापू?"

"कुछ नहीं...टायर बदलने में पस्त हो गया। तरुण बाबू..."

"तुम तरुण बाबू के साथ क्या करने गये थे?" बापू की अधबीच ढाँप-ढूँप को उसने उघाड़ा।

"कल दावत है उनके दोस्तों की...पास हुए हैं न? कुछ सामान लाना था।"

"तुम्हें यह सब अच्छा लगता है, बापू?"

उसे पूरी आशा थी कि वह 'हाँ' कहेंगे, मालिक के प्रति अपनी सदाशयता की दुहाई देंगे, पर वह चुप रहे...थके-थके आहत।

बापू का इस तरह, अचानक अपने आप उसकी पकड़ में आ जाना...''बताओ न बापू!'' वह उस सिरे को छोड़ना नहीं चाहता था।

''अब क्या है? जिनगी कट गयी। इस उमर में अब काहे का रोना...''

''हम कहीं बाहर चले जायें तो?''

कुछ देर खोए-खोए से वह उसे टोहते रहे, ''नहीं रे...दिल के मरीज़ हैं मालिक...अब मैं उन्हें छोड़कर कहाँ जाऊँगा।''

''और भी कोई सोचता है कि वह दिल के मरीज़ हैं?''

''तभी तो...तरुण बाबू ही कुछ ढंग के होते तो।''

''तुमने ठेका लिया है उनका? उन्हें...''

'उन्हें चाकर ही चाहिए तो बहुतेरे मिलेंगे।'—यह कथन उसके मन में तड़फड़ाया पर अपने को रोक गया। चोट किसी और पर नहीं, बापू के मर्म पर पड़ती चाकरी के खोल के नीचे छिपी उनकी धवलता पर।

''मालिक की चाकरी तक तो ठीक है बापू, पर तरुण बाबू...? सोचो ज़रा... तुम्हारी उम्र का भी उसे कोई लिहाज़ नहीं।''

बापू गुम। चारपाई की पूरी लम्बाई में अपने को तानकर कराहते से। जाने उसे क्यों लगा कि उसके ठहर गये बचपन ने बापू को उस नरक में झोंक रखा है। हवेली अब कोई पहले वाला शीतल प्रवाह नहीं है जिसके किनारे बैठ सब अपने-अपने हिस्से की शीतलता पा लें। उसकी नींव में अँगारे धधकने लगे हैं, पर बापू हैं कि...उनका जुड़ाव दीवारों से नहीं, नींवों से है। वह उन्हीं हादसों से डरते हैं जो हवेली की नींवों को डोला सकते हैं और तरुण बाबू हैं कि दोनों हाथों से नींवों में अँगार भर रहे हैं। कुछ नहीं हो सकता था...बापू को निकालकर ले जाने के सिवा...!

× × ×

कल रात दिल का दौरा सा पड़ा था मालिक को। कोई उत्तेजना नहीं थी उस समय। प्रकट क्लेश का कोई कारण भी नहीं। पहले अजीर्ण का वहम हुआ था, पर हींग के लेप, चूर्ण और तारपीन की सिंकाई के बाद भी कुछ नहीं बना तो डॉक्टर ने दिल के दौरे का निदान किया था। बापू लस्त-पस्त थे, टूटे हुए...''यह तो और भी चिन्ता की बात है। घुन लग गया है मालिक के मन में।''

तीन महीने आराम का डॉक्टरी आदेश। तरुण बाबू को जैसे किसी ने पंख काटकर घर में डाल दिया हो। खाट से लगे पिता...आगतों का ताँता...काग़ज़-पत्तर... उन्हें पढ़ाई चौपट करने का बहाना मिल गया। आने-जाने वालों को उन्होंने जल्दी

ही ज़ाहिर करना शुरू कर दिया था कि वह इस भाईचारे के कृतज्ञ हैं परन्तु इसके बिना भी चल सकता है। उन्हें और भी ढेरों काम होते हैं, आदि-आदि।

इस तरह सबके हाथ बंटती शाम उन्होंने समेट ली थी और दोस्तों को महफ़िल जमाने के लिए इस्तेमाल करना शुरू कर दिया था।

बापू को जैसे किसी ने चारों छोरों से बाँध दिया हो, वहीं टिके रहते। हर समय मालिक के आगे-पीछे। मालकिन की अनभ्यस्त हड़बड़ी भरी चिन्ता को पूरे दिन धीरज से थामे रहते पर कोठरी में आते ही उस आच्छादन को अपने पर घिर आने देते। उस चिन्ता की गूँजें फिर सारा दिन दीवारों से टकराया करतीं।

"देह में दुख हो तो आदमी पस्त पड़ा रहता है पर मालिक...? उनकी देह में कोई घाव नहीं है। उनका मन ज़ख़्मी है, मन समझते हो बिटवा, और ऊपर से तरुण बाबू? सारे आने-जाने वालों को टरका दिया...तनिक उनका मन बहलता।"

वह पहले से ही भन्नाया बैठा था। मंगल ड्राइवर ने उसे बताया था कि कल रात बापू तरुण बाबू को महफ़िल से अलग ले जाकर जिरह-मिन्नत, समझाई-बुझाई में लगे थे कि तरुण बाबू ने उन पर हाथ उठाया था। मंगल बीच में न पड़ा होता तो...

उसे मालिक के प्रति चिन्ता की इन गुंजलकों में कोई रस नहीं...कोई रुचि नहीं। रुचि है बापू में...बापू की मुक्ति में, जो प्रति क्षण जटिल होती जाती थी। उसने बापू की बात का कोई उत्तर न दिया।

कुछ उत्तर न देने से बापू ने बात आगे न बढ़ाई। अपने को खाट के हवाले कर दिया।

वह मन ही मन नाराज़ था, अतः पलटकर देखने की ज़हमत नहीं उठाई। लालटेन की रोशनी में सिर झुकाकर पढ़ने का नाटक करता रहा।

'गट-गट'—उन्होंने सुराही से पानी पलटा। पानी पीकर वह वहीं पैरों के बल बैठे रहे। उस तरह उनका बेमतलब बैठे रहना उसे जाने कैसा लगा।

"माँग क्यों नहीं लिया पानी?" उलाहना सा देते हुए उसने ख़ामोशी को छेदा।

बापू गुम रहे। उठे और लेट रहे—आँखें खोले। एक रूठापन चेहरे पर जमकर बैठा।

वह जाने क्यों दहल गया! कौन किससे नाराज़ है और क्यों?

"पैर दाब दूँ बापू?" अपने होने को उसने महसूस कराना चाहा और उत्तर पाये बिना अपनी हथेलियों को उनकी पिंडलियों पर टिका दिया।

"नहीं...नऽऽहीं..." एक बहुत कमज़ोर सी मनाही उधर से उठी फिर निष्प्राण हो रही।

पहली बार लगा, बापू के ख़ून में बहती शान्ति और आराम को वह स्पर्श कर पा रहा है—दूर तक। बापू तक पहुँच पा रहा है—सीधे। और बापू भी अपने को हवाले किये हैं उसके—अपने बेटे के।

× × ×

तब से उसके भीतर कुछ तय सा हो गया। बापू की भागदौड़ को उसने अपने सिर ले लिया। उनकी तरह सारा-सारा दिन मालिक के कक्ष में जाकर तो नहीं बैठता था, पर असावधान भी नहीं रहता था। फल, सब्ज़ी, दवा-दारू, डॉक्टर—सब काम पहल करके करता था और बापू को उस भागदौड़ से बचा लेता था। उनका वैसा खटना, धूप में भागते-फिरना...एक पैर घर, एक बाज़ार में रखे रहना उसे अखरता। अच्छा लगता, जब बापू उस सुख को भोगते दीखते...रीझ-रीझकर।

उन्हें भी पता नहीं क्या हुआ था! किसी बनैले पशु ने अपने सींग उनकी पसलियों में गड़ा दिये थे। उन्हें अब ख़ुद दरारें दीखती थीं। मालिक चित, मालकिन चिन्तित, तरुण बाबू आँगन के बीचोबीच एक लठैत की तरह खड़े। एक पल न लगे और लहूलुहान कर दें...रिश्तों और बातों की नज़ाकत को भूलकर।

अब पैर दौड़ते थे बार-बार—कोठरी की तरफ़। लालटेन की रोशनी में सिर झुकाए अपना भविष्य बाँचते छोरे की तरफ़। एकाध फल या मिठाई का ठौर हाथ पर रखो तो घूरेगा...'कब गये थे?'...'जानते तो हो तुम्हारी ग़ैर-मौजूदगी में यहाँ भूचाल आ जाता है।' वह कब इन बातों की ख़बर रखता है?...कैसे रख पाता है?

रात लेटते हैं तो उसके हाथ पिंडलियों को आ पकड़ते हैं। पहले 'न-नुकर' करते थे आदत के बन्धे। यह सब उन्होंने बाँटा है, कभी पाया नहीं। अब चुप रहते हैं। पिंडलियों और हाथों के बीच ग़ायब होती जाती पीर की लहरों को महसूसते सो जाते हैं।

बीच रात अँधेरे को घूरती एक टकटकी जाग उठती है। कितना कुछ पीछे से दौड़ता आता एक गोला सा बनकर छाती में गड़ने लगता है। क्या किया उन्होंने सारी उमिर? जिनगी गला दी। किशना की माँ भूखी-प्यासी गयी। न उसकी देह देखी, न जीव। तीन-तीन बच्चे अधबने गिरे। वह कहाँ चेते? क्या सोचा करती होगी मरने से पहले?

दूर पड़ गयी बातें फड़फड़ाकर आती हैं और काटती चली जाती हैं—आरी की तरह। अब तक क्या किया...मालिक की देहरी पर सिर झुका तो झुका ही रहा। सो तो ठीक, इसका क्लेश मन में नहीं है...पर देहरी और सिर के बीच एक काठ का शहतीर भी है, इस पर उनका ध्यान क्यों नहीं गया...क्यों नहीं!

× × ×

महरी के लड़के को कोठरी के दरवाज़े के बीचोबीच देख ही उसका माथा ठनक गया। वह लम्बी क़मीज़ से अपनी बिना नेकर की टाँगें ढाँपे वहाँ बेफ़िक्र सा बैठा था और बापू छटपटा रहे थे बेतरह।

दोपहर, पानी की भरी बाल्टी हाथ में लिए कुएँ की चीकट पर से पैर फिसल गया था उनका। हल्दी-चूने का लेप...लोगड़ की सेंक...तेल मालिश...कुछ काम नहीं आया। अस्पताल दिखाने गया तो भर्ती कर लिया गया। ज़रूरी था। दायीं जांघ की हड्डी टूटी थी और बायाँ घुटना चूर हुआ था। ऑपरेशन भी करना पड़ सकता है पर उसका फ़ैसला एक बार का पलस्तर खुलने के बाद होगा, डॉक्टर ने कहा था।

एक-दो दिन तो हवेली को बापू का न होना ख़ूब अखरा। अब तक तो वहाँ के जर-ज़मीन को भी उनके तलुवों की आदत पड़ गयी थी...पर जल्दी ही यह आसन उसे सौंप दिया गया। बापू न होंगे तो उसे जुतना पड़ेगा, वह जानता था, फिर भी हर समय बापू की तरह घर के आँगन में हिरते-फिरते रहने का हौसला उसमें नहीं। कोठरी में बना रहता और बुलाये जाने पर काम में से खींच लिए जाने का अप्रिय भाव ओढ़ता हुआ हाज़िर होता। मालकिन अनदेखा कर देती। पर तरुण बाबू? अब कोई बचाव नहीं था। अब किशना उनके ठीक सामने था–अपनी निरीहता में भी उनकी अयोग्यता को प्रखर से प्रखरतम कर देने वला दंश।

× × ×

घर से चला तो आच्छन्न था। कपिलदेव की बल्लेबाज़ी के चित्रों के तक़ाज़ों के साथ लिथड़ती आती हिंसा की झुलसन। उसे लगा था कि गयी रात इतना समय व्यर्थ न जाता तो टेस्ट में और अच्छे नम्बर आते। अस्पताल की ओर पैर रखते ही वह सारा क्षोभ तरोताज़ा हो आया। बापू और हवेली...उसके भीतर कहीं कुछ गड्डमड्ड हो जाता है। वहाँ लपलपाती हिंसा के लिए दंड दे सकने का एकाधिकार, यहाँ बापू के सामने आकर एकाएक उसके हाथ लग जाता है, पर बापू की इतनी प्रफुल्ल मुद्रा देखकर गुम हो रहा। वह उसे असाधारण उत्साह से भरे लगे। पिछले दो-तीन दिन तो नीम बेहोशी और हड्डियाँ बिठाने की पीड़ा में लस्त-पस्त हुए रहे।

''सुनो बिटुवा,'' उनका उत्साह अपने से बाहर बह रहा था...''यह जो चार नम्बर का मरीज़ है न, इनका मामला तीन साल से कोर्ट में पड़ा है। मैंने कहा, तुम आओगे तो सारा कागज़-पत्तर कर दोगे।''

बापू ऐसे कह रहे थे जैसे वह कोई विद्यार्थी न होकर वकील हो और दुनिया में न्याय देने का एकाधिकार उसका हो।

ऐसा गर्व से दपदपाता चेहरा देखकर उसका तनाव छूमन्तर हो गया। वह स्टूल पर बैठ गया, बापू की दो अलग-अलग दिशाओं में घूमती आँखों को देखता। एक आँख उसको देखती थी, दूसरी उसके होने के असर को दूसरों पर।

बहुत-बहुत भला लगा उसे, बापू का उन छोरों से परे निकल आना, नहीं तो इन सब दिनों वह एक उसी सवाल को हाथ में थामे मिलते थे।

"मालिक कैसे हैं? उनसे मिलकर आये?"

"हाँ!"

"मालकिन से?"

"उनसे भी...!"

"कुछ कहा?" उनका चेहरा एक टकटकी बन जाता।

"नहीं!" पहले वह झड़प से सच कह देता था, पर कितनी जल्दी बापू की आँखें धुआँ-धुआँ हो जातीं, चेहरा राख-सना! बाद में वह ख़ुद उस चेहरे का सामना करने से डरने लगा। तब तक तो बापू ने भी अपने जिज्ञासु हौसले को अपनी जेब में रखना सीख लिया था पर वह नहीं चाहता था कि अभागे मालिक की तरह उसके बापू का मन घायल हो।

अगले दिन वह आते समय अपनी जेब से आधा पाव अँगूर ले आया। बात चलाकर बोला, "आज मालिक तुम्हें पूछ रहे थे।"

बापू खिल आये। उसके हाथ का लिफ़ाफ़ा झपटकर बोले, "मालकिन ने भेजा होगा?"

वह चुप रहा। एक-एक अँगूर बापू ऐसे खाने बैठे जैसे दाने-दाने में अमृतघट संचित हो।

वह परितृप्ति उसे भीतर कहीं छील गयी। हवेली से आये झोंकों के इतने आश्रित बापू? उस स्थिति को उसने छितरा देना चाहा। तड़पकर बोला, "यह मैं लाया हूँ तुम्हारे लिए" और उस डोर को तोड़ दिया।

अस्पताल में यह जो बिस्तर भर स्वतन्त्रता थी और उन दोनों के बीच का नरम-नरम आलोक, उसे वह संचित रखना चाहता था। हथेलियों की आड़ देकर... चाहे हथेलियाँ झुलस ही क्यों न जायें।

बापू यहाँ आराम में थे। दर्द की घड़ियों के अलावा परितृप्त। रोटी मिलती थी...फ़ुर्सत और गप्प। आसपास के रोगियों के बीच अपनी उम्र की अधेड़ाई से पायी आधा गज ऊँचाई। शाम तक तो उनके पास बातों की एक पूरी पोटली जमा हो जाया करती थी जिसे वह उसके आते ही दस्तरख़ान की तरह बिछा देने को आतुर मिलते। अच्छा लगता था उसे।

बापू हवेली से कटकर कितना मुक्त हो गये थे! काली चीकट से फिसलकर कहीं और पहुँच गये थे—मनुष्यों, सम्बन्धों, दुखों-दर्दों में अचूक तरीक़े से लपलपाती जीवन की लालसा के बीचोबीच। कितना अचम्भा...कितनी ललक...नयी चीज़ों के रूबरू होने का कितना लबालब आनन्द...हर समय चाकरी का टोकरा उठाये रहने वाले बापू को वह कितने नये चेहरों में देख रहा था! साथ वाली खाट पर पड़े युवक को पिता द्वारा खिलाते-पिलाते देख वह भीग-भीग आते। रोज़-रोज़ चर्चा करते। चर्चा उनके कौन से हिस्से को सेंकती है, जानता नहीं था क्या।

× × ×

अस्पताल पहुँचा तो घिरा हुआ था—माथे के दायीं ओर छोटा सा घाव। आँखें तनाव से बोझिल। चाहता तो टाल दे सकता था पर ज़रूरत नहीं समझी।

"क्यों रे?" बापू ने जैसे ही खखोला उसने उगल दिया। तरुण बाबू से जो हुआ, वह तो बताया ही, जो नहीं हुआ वह भी बताया।

"तुम्हें नहीं मालूम, ऐसे अटेंडेंट बनाकर क्यों ले जाना चाहते थे मुझे। गोल्फ़ खेलते पीछे-पीछे दौड़ता आदमी उन्हें पालतू लगता है—उनका कुत्ता!"

"तुमने क्या कहा?"

"कहना क्या था। मैंने कहा, घर में मालिक पड़े हैं, अस्पताल में तुम पड़े हो, मैं नहीं जाऊँगा।"

"फिर?"

"बोले, 'अस्पताल में सैकड़ों लोग पड़े हैं, मर तो नहीं जाते।' '...तरुण बाबू!' मैंने कड़ककर कहा।...'छोटे मालिक कह।' वह चिल्लाये...और मेरे माथे पर ऐश ट्रे दे मारी।"

"हूँऽऽ।" बापू सोच में धँस गये, "मालकिन ने कुछ कहा?"

"कुछ नहीं, मुझे इशारा करके वहाँ से चले जाने को कहा।"

"मैं कहता हूँ, तू उसके मुँह क्यों लगता है?"

"मैं मुँह लगता हूँ?...अभी तक तो नहीं लगता था, पर अब लगूँगा। ऐसी दूँगा बच्चू को..."

"नहीं-नहीं," वह भयार्त हो आये, "तुम तो जानते हो, मालकिन, मालिक दोनों उससे बचते हैं, फिर तेरी क्या बिसात!"

"जानता हूँ, बचते हैं...क्योंकि बच सकते हैं।"

बापू का चेहरा मलिन हो आया, कातर, डरा हुआ, "न, बिटवा, उनके लिए सारी जिनगी खपा दी, कभी पलटकर नहीं देखा...अब बुढ़ापे में..."

"तुमने ज़िन्दगी खपा दी, पर मैं..."

क्षण भर वह चुप हो रहे..."हाँ, किशना, तुम...मेरा क्या है, तुम्हारी ही तो बात है। तू जा...कहीं भी निकल जा...मैं तुम्हें नहीं रोकूँगा। तुम्हें कुछ भी नहीं कहूँगा। तू चला जा...मैं सच कहता हूँ, कहीं भी चला जा...नौकरी ही करनी है तो कहीं कर लेना...देख-समझकर। जा, गाँव चला जा, ताऊ के पास। बुरे हैं तो क्या...अपना मारेगा तो छाँह में तो फेंकेगा...तू यह सब नहीं सह सकेगा...वह छाती दूसरी थी...तेरी माँ का मरना सह गयी...तेरा खूँटे से बन्धना सह गयी...नहीं, नहीं...सोच किशना सोच, जा यहीं से निकल जा..."

वह आपे में नहीं थे। एक विक्षिप्त उत्तेजना उनके सिर चढ़कर बोल रही थी।

"बस...बस करो बापू!" वह घबरा गया, "कहाँ चला जाऊँ...पूँजी रखी है मेरे पास...? कैसे चला जाऊँ...तुम्हें छोड़कर...तुम तो सारी उम्र मालिक से किनारा नहीं कर सके और मैं तुम्हें छोड़ जाऊँ? अपने बाप को? ऐसी हालत में? तुमने इतना नीच, इतना नालायक़ समझा है मुझे...," कहकर वह बाहर लपक लिया। उसकी उखड़ी भर्राई, आवाज़ सारी साँझ उनका पीछा करती रही।

× × ×

एक आँधी उनके भीतर उफ़न रही है। इन सब दिनों का सुख-चैन किसी ने मुट्ठी में भींच दिया है। हाथ बार-बार माथे पर जाता है, जैसे वह रूई के फाहे के नीचे लपलपाता घाव किशना के नहीं उनके माथे पर आ चिपका हो। टाँग ऊपर स्टैंड से बन्धी है...पीठ में करवट न ले सकने की बेबसी है पर यह बात उन्हें याद नहीं रहती। यह रुपया भर माथे का घाव सुलगता है...लपटें छोड़ता है...

मन में चैन नहीं। मन हवेली में बिन्धा हुआ...किशना...तरुण बाबू...मालकिन...मालिक। एक-एक चेहरा...एक-एक दृश्य साफ़ दिखता है उन्हें यहाँ लेटे-लेटे। कौन किससे क्या चाहता है...कौन किससे कैसा बर्ताव करता है। कौन मारता है...कौन सहता है। वे सबके ख़ून का रंग जानते हैं...नस-नस पहचानते हैं। हवेली की दीवारें भी उनसे बोलती हैं। अब वहाँ से कुछ नहीं मिलने वाला ईंटें ही ईंटें...वार ही वार...दीवारों का पलस्तर उधड़ रहा है। सब कुछ भरभरा कर गिरेगा...अब दबेगा किशना...सिर्फ़ किशना...उन्होंने उसे खूँटे से बाँध रखा है... ख़ुद खाट पर पड़े आराम भोगते हैं। खाते हैं...पीते हैं, बतियाते हैं...वह घर में बैठा चोटें खाता है। कराहें उठती हैं, मन की दीवारों पर बजती हैं धमाधम।

कुछ भी तो नहीं पता, वे कब खाट से उठेंगे...उठेंगे तो क्या पहले जैसी भागदौड़ हो पायेगी...न हो सकेगी तो कौन उन्हें ढोएगा...हवेली में लपकती आती आग। किसे जलायेगी...किसे बचायेगी। वह कुछ नहीं कर पायेंगे...खाट

पर पड़े-पड़े किशना के माथे की चोटें देखा करेंगे। तू चला क्यों नहीं जाता किशना? भाग क्यों नहीं जाता? तू कहता है, तू मुझे छोड़कर कैसे जा सकता है...हाँ, कैसे जा सकता है...

पर...पर मैं तो तुम्हें छोड़कर जा सकता हूँ...जा सकता हूँ किशना...सच कहता हूँ, मैं जा सकता हूँ बेखटके...सन्तोष के साथ...शान्ति के साथ...कपड़ा इधर से काटो या उधर से...क्या फ़र्क़ पड़ता है! दोनों छोर अलग हो जाते हैं। नहीं किशना, नहीं...यह मरना नहीं, मुक्ति है। मैं बीच से निकल गया तो सब कड़ियाँ अलग हो जायेंगी। एक दरवाज़ा बन्द हो जायेगा। एक सिलसिला ख़त्म हो जायेगा...

अपने को वह उस भूमिका में सोचने लगते हैं—क्या हो सकता है यहाँ? बन्धे-बन्धे...जमादार?...फ़िनायल?...चाक़ू?...गले या कलाई की नसें...देखा जायेगा, फ़िलहाल तो किशना...

एक गद्‌गद्‌ उत्तेजना उनके मन में लहरा गयी। वह कुछ कर पायेंगे। किशना को उसका भविष्य दे पायेंगे। उन्होंने उसके लिए कुछ भी नहीं किया। न देखा, न भाला, न दुलारा, न संवारा...मालिक की पीठ पीछे उन्हें ढूँढ़ता-ढूँढ़ता अभागा इसी तरह बड़ा हो गया...। देखा जाये तो उनके पास देने को था ही क्या...एक अपना आप और दूसरा पसीने की गन्ध से लिखा हुआ ग़ुलामी का इतिहास। इन दोनों में से एक ही चीज़ है जो वे किशना को दे सकते हैं। कहीं तू भी तो इसे आत्महत्या नहीं समझेगा...नहीं समझेगा, न बचवा। इस हत्या का पाप मुझे नहीं लगने का...नहीं, नहीं लगने का मेरे बचवा...तुम जान जाओगे...ज़रूर जान जाओगे। ख़ूब सारा मोह मेरे मन में है...ख़ूब, ख़ूब। मोह-माया-ममता न होती तो यह सब क्यों...

राहत सी हुई। जितना सोचते थे, उतनी ही चैन पड़ती थी। भय, ताप, बेचैनी कुछ भी नहीं। उतने मजबूर नहीं हैं जितना अपने आपको समझते थे...कुछ कर रहे हैं...कुछ तो कर पा रहे हैं!

× × ×

मन कोमल है...हल्का है...प्रतीक्षा में है। किशना आया तो माथे की चोट देखकर इरादे फिर से हरे हो गये भीतर।

"आजा यहाँ!" उन्होंने उसे प्यासी लालसा से देखा। खाट पर बिठाया। पीठ पर हाथ फेरा, फिर हाथ थामे लेटे रहे।

किशना इन सब स्पर्शों-संवादों से परे था, बोला, "बापू, मालकिन ने बुलाया था कल रात...बहुत देर बातें करती रहीं।"

वे हैं कि कुछ भी सुन नहीं रहे हैं...बस देख रहे हैं उसे। जी में आ रहा है...

बुक्का मारकर रो पड़ें...उसे छाती से बाँध लें और वैसे बन्धे-बन्धे अपने मरने की कामना करें। इस विकट इच्छा को लेकर मरेंगे तो फिर उसी में जनमेंगे...आगे-आगे तक यह हिसाब चलता रहेगा...

"सुना नहीं बापू?"

"हाँ, क्या कहती थीं मालकिन?"

वह चकित है। वह पहले वाली हवेली के नाम से चट उठ बैठने की बापू की उतावली कहाँ गयी? बापू कहाँ खोए हैं? सारे रास्ते वह क्या कुछ सोचता आया था! यह सब बातें कितनी नयी हैं...बापू की आँखों में आँसू ला देने वाली। मालकिन ने कहा था–तरुण बाबू ने ग़लत किया है...तुम्हें मारा है...वह मूर्ख है, अल्हड़ है...ठीक हो जायेगा...न हो जायेगा तो सब तुम्हारे बाप की तरह क़िस्मत वाले तो नहीं होते...तू सयाना है, समझदार है किशना...भूल जा। तुझ पर इस समय सबका भार है। मेरा...मालिक का...तुम्हारा...घर का। कहती थीं, वह सब जानती हैं...समझती हैं। कॉलेज की फ़ीस मुंशी के हाथ भिजवा दी है...कुछ दिन की छुट्टी की अर्ज़ी भी दिलवा दी है। कहती थीं...उन्हें मुझ पर भरोसा है...तरुण बाबू से भी ज़्यादा भरोसा...

"तुम सुनते क्यों नहीं बापू?" वह झल्लाया।

"सुन रहा हूँ...सिर्फ़ तुम्हें ही सुन रहा हूँ, किशना।"

"मालकिन ने कहा, उन्हें मुझ पर बहुत भरोसा है...तरुण बाबू से भी ज़्यादा...तुम्हारे बाद मुझ पर...सिर्फ़ मुझ पर..."

"तुम क्या सोचते हो?"

"सोचूँगा क्या...भरोसा है तो ठीक है। पर मैं सच कहता हूँ बापू, मैं इस ममता-वमता के चक्कर में नहीं आने वाला। वह मुझे बाँध रही हैं तुम्हारी तरह। मैं नहीं बन्धने वाला। तुम्हारे लिए मैं यहाँ बैठा हूँ...सिर्फ़ तुम्हारे लिए...तुम जब तक चंगे नहीं हो जाते, तब तक बैठा हूँ...। जो कहोगे करूँगा, जैसे रखोगे रहूँगा, पर यह जान लो मैं तुम्हें उस ज़ालिम के हाथ नहीं छोड़ने वाला तुम्हें साथ लेकर जाऊँगा ...तुमने अब तक मुझे बाँधकर रखा है, मैं अब तुम्हें बाँधकर रखूँगा...छोड़ूँगा नहीं ...चलोगे न बापू?...तुमने आज तक कभी मेरी बात नहीं मानी...कभी मेरा मन नहीं रखा...इस बार...इस बार...

उन्होंने किशना का हाथ छाती पर रख रखा था। होंठ फड़फड़ा रहे थे। और बन्द आँखों की कोरों से पानी चलता चला आ रहा था–छलाछल।

सदियों से

एक बार...सिर्फ़ एक बार एक क्षण भर को ठिठकी थी, फिर उसने सारा पुलिंदा आग के हवाले कर दिया था। बेहिचक। असल में यही वह बला थी जिससे उसे पार पाना था। कितनी-कितनी बार वह इसी फ़ैसले के छोर तक पहुँची है पर निर्णय को मुट्ठी में पूरी तरह भरते हाथ काँप गया है। पुलिन्दा थामे फिर भीतर चली गयी है।

कहाँ रखें? सन्दूक़ के तले में? अलमारी के पिछले कोने में? निचली दराज में? गर्म कपड़ों के सन्दूक़ में? स्टोर के अंगड़-खंगड़ में? क्षण भर सोचने के बाद हर कोना उसे असुरक्षित और स्व-प्रकाशित लगने लगता है जैसे कि पास से किसी छाया तक के गुज़रने से अपने आप बोलने लगेगा। उसकी चुगली खायेगा और वह कहीं भी बैठी अनावृत हो जायेगी।

तसले में उगी लपट पुलिंदे के पक्केपन को हड़प ले इसलिए उसने मिट्टी का तेल डाला था। काग़ज़ों को मिट्टी के तेल की ज़रूरत नहीं, फिर भी डाला था। गड्डियाँ बन्धी हुई थीं—समय के अहसास को सेंडविच के भीतरी भराव की तरह अपने से चिपकाए। कौन जाने यह नन्ही सी लपट उस जुड़ाव को चीर ही न पाये। धुआंसती रहे। धुआं बग़ल वाले घर तैर जाये और पड़ोसी समझें कि उसके घर में कोई दुर्घटना घट रही है। आपदधर्म के लिए वहाँ जाना चाहिए।

गैस का चूल्हा इस अवसर से पहले उसे कभी इतना असुविधाजनक नहीं लगा था। बस्ती में बसी बड़ी मौसी से वह सदा इस बात पर झगड़ी है। चूल्हे का फैलाया कूड़ा-कचरा मौसी को ख़ूब-ख़ूब स्निग्ध लगता है। चूल्हे के पाँव पर पसरे अँगारों पर रोटी के कुप्पा हो जाने के कौशल को वह ख़ूब विभोर होकर बखानती है। उनका चौखूँटा सा तर्क, 'इन नासपीटों ने चूल्हा तोड़कर तो घर ही तोड़ दिया। गरमाई के लिए न कोई पास बैठे बतियाए...पवित्तर आग की ललाई न चेहरे दहकाए...न दूध काढ़ने को गरम भभूत नसीब हो, न ऐसी साफ़-सुथरी राख बर्तन चमकाने को मिले। यह क्या कि जूते पहने पटपट चलते चले आओ... मुझे तो पलटन जैसी घुसती लगे है रसोई में।'

कितने ही दिन तो इस बाने उद्विग्न रखा कि इस एकलपटी गैस के रहते वह कैसे क्या करे, जो केवल अपनी लपलपाती सीध को ही झेल सकती है। अग्नि जैसा परोपकारी पेट उसका नहीं है जिसमें नया-पुराना, मरा-जिया, अच्छा-बुरा सब कुछ हविष्य बन सकता हो।

बहुत दिन सोचते रहकर यह तरकीब सूझी थी। सूझने पर भी शीघ्र कार्यान्वित नहीं कर सकती थी। पसारा चाहिए था—मानसिकता, एकान्त, सुविधा, समेटन, बाक़ी जो कुछ भी था उसे वह इस निर्णय की हिस्सेदारी से बाहर पटकने की चेष्टा करती रही थी। गोपनीयता और एकान्त की ज़रूरत ही थी जो प्राथमिक लग रही थी।

ऐसा छिपाव-दुराव किसलिए? बार-बार मन में आता है कि नरेन से कह दे कि उसके पास पत्रों का एक पुलिन्दा रखा है, जिसे वह सुरक्षित रखना चाहती है। वैसे ही जैसे घर की और कितनी ही मूल्यवान चीज़ें।

पर अपने शब्द अपने ही गले में घिघियाने लगते हैं। नरेन की प्रश्नाहत आँखें चेहरे पर चुभने लगती हैं। वह वाक्यों की संरचना बदलने की चेष्टा करती है। अपनी मंशा को कुछ परे से छू पाने की निरीहता में टहल आना चाहती है, 'नरेन सुनो! इंसान की ज़िन्दगी काठ का कोई शहतीर तो नहीं होती कि घटना-घटना आरी से काट दी जाये और टुकड़ों से मनमाना काम ले लिया जाये।'

'क्या मतलब?' नरेन उठकर बैठ जाता है। गहरा-गहरा घूरने लगता है। वह टाल जाती है। डर जाती है। यह डर कहाँ से आता है? कौन से अपराधबोध से उपजता है। अपराध उसका क्या है? क्या था?

ऐसे दृश्य इतनी...इतनी बार उसकी कल्पना में से हो गुज़रते हैं कि वास्तविकता तक ले जाने की उसकी चेष्टा की फूँक ही निकल जाती है। एक खिसियाया रोष हाथ लगता है। दांपत्य ख़ूब चतुर चालाक है। अपनी सत्ता को तो आगत की अन्तिम सरहदों तक तानकर रखता है। बीते की तनिक सी भी भागीदारी सहन नहीं करता। जैसे कि जो कुछ होता है, वह किसी और के साथ होता है कि भाप बन जाये?

इन सब बातों के बारे में नरेन क्या सोचता है, वह नहीं जान पाती। क्यों उसके मनोभाव को छू नहीं पाती? वह क्यों इतना निरावेग-निर्प्रश्न है? उसके साथ वह ऐसे रहता है जैसे वह सदा से यहीं रहती आयी हो। इसी घर की धुरी में से उपजी हो। भूले से भी वह कभी उन बातों की चर्चा नहीं करता जिनसे उन हादसों की गन्ध आती हो। इसे वह पीड़ा माने या सावधानी? दुख कहे या अदुख? कौन सी प्रतिक्रिया उसके मन के निकटतम रही होगी।

वह अच्छी तरह जानता है कि उसका हेमन्त से प्रगाढ़ लगाव रहा। उसे यह भी जानकारी है कि यह लगाव विवाह में परिणत हो जाने वाला था। विवाह का आश्वासन प्रेम को किस अकुंठ आप्लावन में टेर सकता होगा, क्या वह नहीं जानता होगा।

उसका संयत सा दिखता चेहरा वह फाड़ डालना चाहती है। पर्त-पर्त के स्वभाव को जान लेने को कसमसाती है। पता तो लगे कि ऐसी मीनल को जो किसी एक दिन अपने इतिहास की गठरी लादे लहूलुहान मन से उसके आँगन में आ खड़ी हुई थी उसका यहाँ क्या स्थान है? वह उसके साथ जीता है या उसे झेलता भर है।

'तुम्हें मेरे साथ रहते अधूरा-अधूरा जैसा लगता है न?' ऐसा कोई वाक्य उस पर चस्पां करते ही वह ठट्ठा मारकर हँसने लगता है।

'यह अधूरा-अधूरा जैसा क्या होता है?...मालूम है, अपंग लोगों को लोग अधूरा कहते हैं...क्या तुम मुझे वह समझती हो?'

उसका पहले से इतना व्यक्त चेहरा और भी प्रमुदित लगने लगता है। ऊँचा माथा। कोरों तक हँसती आँखें। निष्कवच पर निगूढ़। चेहरे पर गड्डमड्ड इन दो प्रबलताओं को वह अक्सर चकित होकर देखती है।

नरेन समझता क्या है कि अनुपस्थित हो जाने से हेमन्त मिट गया? स्मृतिहत हो गया? हेमन्त उसके जीवन का नहीं, उसके मन का क़ैदी है। और मन के माध्यम से किसी को छूने की चेष्टा पहले तो अपने को बाँधती है। वह ऐसा न भी चाहे तो भी क्या इस होने को रोक पाती है? हेमन्त ने कितनी जगह ख़ाली की है इसे हेमन्त से परे जाकर जाना है। जब वह ख़ुद हाज़िर नहीं था। स्मृतियाँ थीं। पत्र थे। एक गुड़ गूँगा स्वाद जिसमें से बार-बार गुज़रा जा सकता था। रात बे रात...आगे-पीछे...देशकाल की सीमाओं को अँगूठा दिखाकर। यह सुख अभी भी...कभी-कभी...या जब कभी नरेन घर में नहीं होता...या उदासी का कोई चिथड़ा उसे अपनी फड़फड़ाहट में बाँध देता है। घर में रहते एक प्रवासी की मनोदशा? इस एक अनुभव से वह गाहे-बगाहे गुज़रती है। तब पत्रों के माध्यम से अक्सर अपनी निजता को लौटती है।

× × ×

ब्याहकर यहाँ आयी-आई थी तो मन में तेज़ ताप था कि पिता को बचा सकी तिरस्कार से। पहले से किरकिराते उनके आत्माभिमान की रक्षा कर सकी। हेमन्त की तरह आड़ लेकर बचना नहीं चाहा। आगे बढ़कर ख़ुद ही फ़ैसला कर दिया। हेमन्त से नाता तोड़ लिया। वह भी चाहती तो सोच सकती थी कि ऐसा तो होता

आया है—लड़कियों के पिता ऐसी भट्ठियों में झोंके जाते रहे हैं और लड़कियाँ गाय-भैसों की तरह खूँटों से बन्धी रूमानी सपनों की जुगाली करती रही हैं। उसके लिए सब कुछ अकल्पनीय था।

उसे विश्वास नहीं हुआ था कि ऐसा होगा जैसा हुआ था। वह भी हेमन्त के रहते। पिता हेमन्त के घर से लस्त-पस्त लौटे थे। ऐसे मलिन चेहरे से उन्हें घर में घुसते देखा तो दहल गयी थी। कुछ पूछने की हिम्मत नहीं हुई थी। उनके बोलने की प्रतीक्षा करती रही थी। बोले तो कुछ ऐसा और किस तरह...आँखें परे हटाते हुए, "तुम्हारा हेमन्त पर कुछ ज़्यादा ही विश्वास है। उसकी सहमति न होती तो उसके माता-पिता ऐसा कैसे कह सकते थे। उन्हें तो बात तक करने की तमीज़ नहीं। कहने लगे आपकी लड़की ने डॉक्टर लड़का फाँस तो लिया पर रिश्ता निभाने का शऊर भी तो चाहिए। कह रहे थे हेमन्त का विदेश में एम.एस. कार्डियोलॉजी का ख़र्चा हम लोगों के ज़िम्मे रहेगा। सोचा होगा तेरा भाई विदेश में रहता है। कर देगा..."

"इसका मतलब? दादा कर भी दें तो यह कहाँ की तमीज़ है। एक जवान आदमी की हवस के लिए दूसरे जवान आदमी की जेब ख़ाली करना। लानत भेजिए ऐसे बेढंगों पर..."

वह पानी-पानी हो गयी थी। प्रीति क़े पाँवड़ों पर भूली बैठी थी। तिलमिलाकर हेमन्त को मिलने गयी थी। विश्वास था, वह ऐसा नहीं होने देगा, पर उसने होने दिया था। पिता के हठ की आड़ में खड़ा हो गया था। ढिठाई से बोला था, 'यह उन दोनों के बीच की बात है, तुम क्यों इन रस्मी बातों में पड़ती हो? करने दो उन दोनों को। वैसे भी अपने ख़ुर्राट बाप को पहली बार मेरी सुध आयी है। ही मस्ट बी वांटिंग टू कॉम्पेंसेट मी...पहली बार'

'एंड यू वांट टू बी क़ॉम्पेंसेटेड...? एट व्हॉट कास्ट...?'

'क्यों तुम्हारा घर क्या मेरा भी घर नहीं है?'

उसका बित्ता-बित्ता दहक गया था। अब तक वह उसे किस आँख से देख रही थी। तर्क तो कितने ही थे जिनसे हेमन्त की नीयत को आधार दे लेती, पर ऐसी निर्लज्जता...? कैसे सोच लिया प्रेम जैसी जिंस का वास्ता देकर वह कुछ भी करने को तैयार हो जायेगी।

उसने ख़ुद ही सब कुछ ढक दिया था। अपने को कठोर जैसा कर लिया था। भीतर से जान पा सकती थी कि ऐसी हठधर्मी का शिकार हेमन्त जैसा व्यक्ति क्यों हुआ। वह सदा से भ्रातृद्वेषी था। यह भी भूल जाता था कि भाई के पास ऐसा क्या है कि वह डॉक्टर हेमन्त जैसे हुनरमन्द के मन में डाह पैदा

करे। भाई बड़े ज़रूर थे पर भाग्य के कंगाल। पढ़ाई में चले नहीं। धन्धे में मात खायी। तंगहाली। सदा की बीमार पत्नी। जिस-जिस काम में हाथ डाला, घाटा खाया। तीसरी बार पिता पूँजी जुटाकर उन्हें ट्रांसपोर्ट के धन्धे में खड़ा करने की कोशिश कर रहे थे।

हेमन्त अँगार हुआ रहता था। ज़मीन जिधर से नीची होती है करुणा का पानी उधर ही बहता है, यह तर्क उसको ढांढस नहीं देता था। उसकी दृष्टि में उसके पिता करुणा-कातर नहीं कूट पक्षपाती थे। परिवार की पूँजी के वितरण दोषी। पहले बेटियों का घर ठूँस दिया। फिर बड़े बेटे ने रो-धोकर लूट लिया। क्या वह भी पिता की सम्पत्ति का अधिकारी नहीं। इतना विराट हेमन्त के भीतर घृणा का संसार! 'अपने हुनर की क़ीमत तो समझो,' यही था जो उसने हेमन्त को बार-बार समझाया पर गाँठ हेमन्त के मन में थी। रही। पदार्थ को पकड़ने की अभीप्सा उसमें और जुड़ गयी।

कुल मिलाकर तुला पर रखा भी तो क्या रखा? कहाँ गयी वह सारी अतृप्ति, आतुरता, प्यास जिसके रहते उसे जुड़ना ज़रूरी लगने लग गया था। भेंट के बाद भी तारल्य और तुष्टि की थाली अधपरोसी लगती थी।

यह सब हेमन्त ने किया रूढ़ि को अपने हक़ में निचोड़ने की ख़ातिर? गहरी आहत हुई थी। हिलाने-झकझोरने की इच्छा जड़ से ही अधमरी हो गयी थी। क्या अनुनय करने बैठती कि सम्बन्ध की ज़मीन पर लगाया लगान माफ़ करो तो मैं तुम्हारी हूँ? इतनी महत्ता उसने जानी होती तो यह सब होता ही क्यों। कौन जाने वह भी यही सब चाहता रहा हो। धन से अनासक्ति तो उसके मन में कभी थी ही नहीं। ख़ुद वो ही परिवार के सन्दर्भ से जुड़ती जाती बातें अनदेखी करती रही थी। हेमन्त एक नहीं अनेक था। उसके पास तो उसका केवल एक ही चेहरा था।

नरेन से ब्याह जल्दी और ग़ैर-रस्मी ढंग से हुआ था। कचहरी में। एक सादे से स्वीकार के बाद। अर्जुन मामा के कहने पर वह ख़ुद अकेला उन लोगों से मिलने चला आया था। पापा को उम्र में कुछ बड़ा जैसा लगा था। अपने को उसने ऐसे प्रस्तुत किया था जैसे उसके आने में कोई भी ख़ास बात न हो।

दूसरी या शायद तीसरी भेंट में एक दिन पूछ बैठा था, 'तुम्हें क्या कुछ परेशान कर रहा है?'

पिता की ताबड़तोड़ मनाहियों के बावजूद भी उसने सारा सच उड़ेल दिया था। अपने को कितना साधा, फिर भी थरथराने जैसी लगी थी।

—'पछतावा तो नहीं हो रहा अपने फ़ैसले का?'

—'नहीं! अगर होता तो?'

—'पछतावे टाइफ़ाइड की तरह होते हैं,' नरेन ने आमोदी-प्रमोदी ढंग से कहा था।

—'मियाद के पूरा होने तक का भार जिस पर आता हो, यह तो वह सोचे!'

उत्तर की तत्परता उसमें नहीं थी। वह उसी तरह सामने बैठा मुस्कराता रहा था और गोल तले की ऐश ट्रे घुमाता जा रहा था। क्या उसने सुना नहीं था जो इंगित किया गया था?

तब से अब तक उन दोनों के बीच चर्चा कभी उन सरहदों तक गयी नहीं थी।

× × ×

इन पत्रों में एक जड़कीली टेर है। एक आमन्त्रण। स्थिति की भँवर में थरथराती कोई न कोई स्मृति। इनके सान्निध्य में अकेले जा बैठने का लालच मन में लपलपाया करता है। इन्हें प्यास का पर्याय मानकर लिखा गया था। दुलराते-मनुहारते हुए। टेरते-सहलाते हुए। एक अदीन कामना का उत्ताप। एक सिंकी सी आश्वस्ति कि जो कुछ इनमें शब्दबद्ध है वह सब उसी को सम्बोधित है। एक उस अकेली के मन की सुन्दरता पर आसक्त है।

पढ़ते समय एक दर्पण सा मन में जगमगाता रहता है। वह एक दूसरा संसार है जो तरल होकर उसके बन्द दरवाज़ों की दरारों के नीचे से घर में घुस पड़ता है, और नरेन के सजे-धजे घर को गीला सीला कर देता है। इनमें से गुज़रती वह पस्त-ध्वस्त सी हो जाती है। चाहने लगती है क्यों नरेन हेमन्त नहीं हो जाता। उसकी भी तो वैसी ही सम्बन्धात्मक भूमिका उसके जीवन में है।

इन तीन वर्षों में उसने जाना है नरेन हेमन्त नहीं हो सकता। कोई भी एक कोई दूसरा नहीं हो सकता। एक में दूसरे की अभीप्सा मन को रंक बना देती है। एक का उपजाया सुख-दुख दूसरे के लिए बेमानी है। जीने को छूने के लिए एकरस एकतार हो जाना पड़ता है, तब कहीं छोटा-बड़ा कुछ सधता है। नरेन को साधना, एक सरल सी दिखती ऊँचाई की साध, हेमन्त का सान्निध्य एक अविरल प्यास...इन दोनों के आधारों में कोई रिश्ता ही नहीं...

उसके मन में बैठ गया है कि उसकी असली मुक्ति इन पत्रों में बन्द है। यही वह जिंस है जो उसके हर एकान्त को एक अभिमन्त्रित पुकार द्वारा अपने घनेरे कोटर में खींच लेती है। वहाँ रहते वह भूल जाती है नरेन से विवाह। रजत का जन्म। दूसरे औचित्य। मन वह देहरियाँ लाँघता चला जाता है जो उसे नहीं लाँघना चाहिए। चाहिए के चतुर्दिक तनाव के बावजूद।

इनके रहते एक गुप्त सा सिलसिला मन में जारी रहता है। एक गोपनीय सी बन्धुता, जो उसके और नरेन के दाम्पत्य को निर्दोष नहीं रहने देती। अनचाहे भी कितना बड़ा 'बीचोबीच' रच देती है। अपराधभाव की कीच में लसेड़ देती है, क्योंकि नरेन का वरण उसने स्वेच्छा से किया था। जानते-समझते। इस चुनाव में कोई विवशता नहीं थी। दर्द की धरती से परे चल आने के सुयोग की ओर ध्यान ज़रूर था। इतना बस्स...

नरेन को क्या पता वह क्या-क्या सोचा करती है। इस निर्विकारता के लिए किन-किन अग्नि कुंडों में से गुज़रती है। मन के दर्पण को साफ़-सुथरा रखना चाहती है। इस पुलिन्दे के उद्घाटन ने किसी दिन ठग ही लिया तो उसकी मंशा की पवित्रता को कौन मानेगा।

परसों ही कितना बाल-बाल बची थी। पासबुक की तलाश का साँझा अभियान एक धुकधुकाती पीड़ा बन गयी थी। नरेन इन्हें पा जाता तो कौन जाने उसके भीतर से भी एक अदद ख़ूंखार पति निकल आता जो निर्मोह होकर पत्रों को आग के हवाले कर देता। सह सकेगी क्या? उतना परेपन अभी उसके मन में नहीं है जो पत्रों को काग़ज़ों में तब्दील कर देता है।

नरेन द्वारा किये इस विनाश की कल्पना से वह काँप-हाँफ जाती है। छूटते शब्दों की लय उसके पोरों में थरथराने लग जाती है। इससे अच्छा है वह ख़ुद ही इन्हें फूँक आये। अपने आत्मीयों को लोग स्वयं जलाने जाते हैं। कन्धों पर लादकर ले जाते हैं, फिर भी फूँक आते हैं। देह फूँक देते हैं। मोह-ममता पास रख लेते हैं। नष्ट हो जाना चीज़ों की देह का धर्म है, मन का तो क़तई नहीं। साहस का एक क्षण उसके हाथ आ ही गया है तो उसने फ़ैसला कर लिया है। यह वैसा ही फ़ैसला है जैसा हेमन्त के साथ जीवन को बरतरफ़ करने का फ़ैसला। उससे जुड़ी चीज़ें उसी की नियति पा जाने को अभिशप्त हैं।

तसले के तले में उसने रेत डाली है। लकड़ी की चिप्पियों और काग़ज़ों से एक लौ उगाई है। मिट्टी का तेल डाला है और पुलिन्दा लौ के हवाले कर दिया है।

× × ×

लपट सुनहली है पर क्रूर है। दृष्टिहीन। सर्वग्रासी! यह तक नहीं जानती कि वह क्या कर रही है। उसके लिए तो सब कुछ चारा है—सारे आवेग और अनुभूतियाँ। सारे पड़ाव और स्मृतियाँ। उसे नहीं पता वह क्या नष्ट कर रही है—किसी की सारी की सारी सम्पदा...सारे का सारा संचयन!

बाहर घंटी बजी है। वह हड़बड़ा गयी है। डर गयी है। कौन होगा? इस समय? बीच दोपहर। जो कोई भी वह हो, अन्दर आ गया तो उलझन होगी।

क्या कहेगी कि वह क्या कर रही थी। पकड़ी जायेगी। काग़ज़ों का जलना पता लगा तो दाम्पत्य की धवलता पर आँच आयेगी। हो सकता है 'वह कोई' नरेन से चर्चा ही कर बैठे। नरेन को सीधे पता लगना एक बात है। दूसरे से जान पाना बिल्कुल दूसरी। उसमें चोरी-चोरी सी लगती है।

चोरी तो वह कर ही रही है। नरेन की पीठ के पीछे। यह कर्म यदि इतना ही निरीह-निरापद है तो नरेन के सामने क्यों नहीं किया जा सका? क्यों बीच कहीं एक पर्दा सा तना है? जैसे कि आँख बचाकर सारी स्लेट साफ़ करके पति के सामने ले जाना अच्छा है। जैसे कि विवाह एक साझेदारी नहीं सच्चे-झूठे को सिद्ध करने का इम्तिहान है। जैसे कि सारी ख़ुशी का आधार इस बात पर है कि कोई दूसरे के सामने अपने को कैसे प्रस्तुत कर पाता है। असली बात तो हुई सिद्ध कर पाना। प्रस्तुत कर पाना।

घंटी ने फिर उसकी तंद्रा तोड़ी है। उसने जो सोचा था दरवाज़ा न खोले और आने वाला उन्हें अनुपस्थित समझकर टल जाये, सम्भव नहीं लगता। इस शोर-शराबे से तो उल्टे रजत जाग जायेगा।

कोर्टयार्ड से लगती रसोई का भीतरी दरवाज़ा बाहर से बन्द कर वह बाहरी दरवाज़े की ओर लपकी। दरवाज़े में 'आई-होल' होता तो कितना अच्छा रहता। आगे ऐसी व्यवस्था करवाएगी।

बाहर गेट पर डाकिया रजिस्टर्ड-पत्र लिए खड़ा है। उसने राहत की साँस ली। नरेन की एवज हस्ताक्षर करके लिफ़ाफ़े को बिना उलटे-पलटे एक किनारे रख दिया। इस समय किसी दूसरे पत्र के लिए जिज्ञासा-उत्सुकता उसके मन में नहीं है।

बाहर का दरवाज़ा इस उतावली में बन्द करना भूल न गयी हो इस आशंका का निवारण करने के लिए वह दोबारा दरवाज़े की चटख़नी देखने गयी।

तसले में जले काग़ज़ अब काली भभूत के चीथड़े जैसे दीखने लगे थे और ऐंठते से तसले के छोरों पर पसरने लगे थे। पास रखी झाड़ू उसने उठाई और उसकी मूंठ से उस छोटे से अलाव को छेड़ दिया। एक छोर पर एक गाढ़ी सी धुआँस उठी और लपट बनने को लपकने लगी। मोटे काग़ज़ का कोई टुकड़ा रहा होगा। शायद कोई कार्ड। उसके जन्मदिन या नये वर्ष या ऐसे ही किसी विशिष्ट अवसर का उद्वेलन...

पीछे के कितने ही सोपानों में भटकता एक रुआँसा सा स्मित उसके भीतर घुमड़ आया। अन्त की आत्यन्तिकता में भी विशिष्ट सामान्य होकर अपने को गँवा देना नहीं चाहता। अपनी सत्ता क़ायम रखना चाहता है। पर अग्नि के लिए

तो सब कुछ हविष्य है—सामान्य विशिष्ट! काला-धवल। सारी सरहदें। विवाह के लिए भी सब कुछ एकरूप, एक भाव है—अतीत, भविष्य, वर्तमान!

काले-काले चीथड़े विच्छिन्न होने लगे थे और नन्ही हल्की-फुल्की चिंदियों में टूटकर इधर-उधर उड़ने लगे थे। चिन्दियाँ आसपास के फ़र्श पर, दीवारों पर बैठने लगीं। वह घबरा गयी। इन उड़ते चिह्नों को वह कैसे समेट पायेगी।

घबराकर उसने तसले में पानी छिड़क दिया। ऐंठे चीथड़े तुरन्त दुबक गये। उनका शमित सीजापन उसे इतना विरूपित जैसा लगा कि हाथ में पकड़े मग का सारा पानी उसने तसले में उड़ेल दिया।

तसला उसने हटाने की चेष्टा की। गर्म था। प्रतीक्षा-प्रबल देरी उसे असह्य लगी। जल्दी उसके मन में है। चीज़ें अपना समय लेती हैं। वही एक है जो समय को दबोचकर अपना अनुगामी बना लेने पर उतारू है।

धीरज मन में नहीं है। तीन बजे हैं। रजत जागने वाला है। छोटा है तो क्या देख-सुन तो सकता है। पापा की उँगली पकड़कर ठुमकता-ठुमकता यहाँ तक ला भी सकता है। बाक़ी सब कुछ नरेन ख़ुद देख लेगा। वह कितना नंगा-नंगा सा महसूस करेगी।

तौलिया लेकर तसले की परिधि को दो छोरों से थाम लिया है और उसके भीतर की कीच को हिलाते-डुलाते नाली के हवाले कर दिया है।

काला गाढ़ा लिसलिसा घोल...उसका पूरा इतिहास।

× × ×

सब कुछ चुक गया तो अवाक रह गयी। धम्म से वहीं बैठ गयी। आँगन और रसोई के बीच उठी संक्षिप्त सी ऊँचाई पर। चेहरा हथेलियों के सम्पुट में बाँधे। भीतर कुछ किरकिरा रहा है...चिर, चिर, चिर! कुछ दहक रहा है।... चिट, चिट, चिट!

घोल ही बन गया तो बह भी जायेगा, पर बहने से क्या सध जायेगा। जो कुछ है वह तो चेतना की दीवारों पर दर्ज है। वह सब अचल है, अडिग है, अनित्य है, क्योंकि अनापूर्त है। सम्भावना की भँवर में 'टिका' हुआ है। हेमन्त के साथ जीवन हो गुज़रता तभी तो कुछ बिसरता। नये आवृत्त बनते। एक अनुभव का मुखड़ा दूसरे अनुभव से ढका जाता। अभी तो सब कुछ यथावत है। देशकाल की उन्हीं-उन्हीं चौखटों पर चिपका बैठा।

तो फिर उसने नष्ट क्या किया? किस चीज़ को फूँका?...काग़ज़?...इतिहास?... प्रमाण?...संवेदनाएँ?...संग्रह?...संचय?...स्मरण? कौन सी प्रतिक्रिया उसके मन के निकटतम है, नहीं जानती!

× × ×

राहत को आना था पस्ती मन में आयी। थकान! जैसे मीलों थुलथुल रेत में पैदल चलकर आयी हो। आकाश आच्छन्न है...मटमैला। मन ऐसा, जैसे मरघट से अकेली लौटी हो।

रजत के रोने ने लौटाया है। वह सब कुछ जहाँ का तहाँ छोड़कर भीतर भागी है। उसने चाहा है कि रजत के पास तक पहुँचने से पहले उसकी आवाज़, रजत तक पहुँच जाये। 'आयी! बेटा आयी,' के बोल उसके भीतर से उमड़े तो थे पर गले के तंतुओं में कहीं घुटकर रह गये।

रजत बिस्तर पर बैठा मुँह फाड़े रो रहा है। आँसुओं से भीगे उसके गाल दहक रहे हैं। उसके कपड़े तर-बतर हैं। वैसा ही गीला सीला उसने रजत को सीने से चिपटा लिया। अपनी दोनों बाँहें उसकी पीठ के पीछे घुमाकर उसी के कन्धों पर टिका ली हैं। एक भरपूर पहुँचता हुआ स्पर्श भीतर तक। भीतर के भीतर तक। हिल गयी है...खुल गयी है...झर रही है। कमरे में नंगे पाँव चल रही है। घुमेरियाँ ले रही है और रो रही है। रजत चुप है और वह रो रही है।

रजत ने एकाएक विद्रोह कर दिया है। वह फिर चीख़ने लगा है। गीले और गर्म के ऐसे बीहड़ टिकाव से शायद घबरा गया है चंचल, खिलंदड़ा शिशु।...क्या शिशु?

इससे आगे वह रजत की इच्छा के विरुद्ध नहीं जा सकती। रजत की माँग ही इस समय मुख्य और महाकार है। रजत का नैपकिन बदलकर उसने फ़ीडिंग बोतल उबाली। उसका बिस्तर तरोताज़ा किया। दूध की बोतल देकर लिटाया। ओढ़ाया। चूमा। मुड़-मुड़कर वह पीछे निहारती बाहर निकल गयी।

नरेन जब तक आये उसे अपने आपे में होना है।

× × ×

रात सिर पर है और वह इतनी अनमनी है। यही चिन्ता मन में घनी है। पत्नी के लिए रात एक जवाबदेही है...एक सलीब, जिस पर टंगकर उसका सारा कार्य-व्यवहार तौला जाना है। जो जीवन की सामान्यता को नापने का एक अकेला मापदंड है। उससे च्युत होकर पत्नी नाम की संज्ञा के प्रांगण में, काँटे ही काँटे हैं।

रात होते ही मन का उद्वेग द्रवणशील हो जाता है और शिराओं में धप-धप चलने लगती है। नरेन की जगह कोई और होता तो और भी मुश्किल होती। नरेन संवेदनशील है। सूंघ लेता है। जाँच लेता है। अपने मन को व्यस्त-निवृत्त कर लेता है। प्रतीक्षा का अर्थ जानता है। वह अनूठा और अनाक्रामक है, यह भार भी कुछ कम तो नहीं उसके लिए।

एकाधिकार की ज़मीन से स्वेच्छा से परे टहल जाने वाले आदमी को सहना?

नरेन क्या कभी जान पाता होगा कि उसके तईं तो संवेदना का केवल अपना छोर है। रास्ते की माप तो अपने ही छोर से होती है।

अधिकार प्रयोग में जो एक बिनभोगी परिणति है, वह मन को बुत की तरह कोने में खड़ा कर देती है। जो ज़बरदस्त है वह तृप्त होता है, मनोमुखी दूसरे की देह के नीचे पिसता हुआ भी बच जाता है। यह दुर्घटना दाम्पत्य में रोज़ घटती है। कूल-किनारे तो कभी-कभार ही मँझधार में आ पाते हैं। डूबना तो मँझधार में ही हो सकता है। वह भी दूसरे के उत्तेजक उद्यम से। सतह पर तो अपनी ऊब-डूब ही फेन की तरह मथी जाती है।

इसीलिए रात आती है तो डर व्यापता है। डर कितना सर्वग्रासी आवेग है। उघड़ने का डर। पकड़े जाने का डर। अधूरे समर्पण का डर। शरीर के शरीर न होने का डर। जो-जो कुछ होना चाहिए वैसा न हो पाने का डर।...यह जवाबदेही बाक़ी सब छोरों पर कितना पंगु करके फेंक देती है। एक स्त्री को कितना प्रतिबंधित करती है। क्या पुरुष को भी?

× × ×

कमरे में कपड़े बदलता नरेन ऑफ़िस में जनरल मैनेजर के अचानक आ जाने से पैदा हुए तनाव की तफ़सील दे रहा है और वह टेबल लैम्प की छाया में पलंग की कोर पर बैठी रजत को थपथपा रही है।

'लगता है, तुम सुन नहीं रहीं?'

'सुन रही हूँ। जान-बूझकर बोल नहीं रही। रजत के कारण!'

'आज रजत को इतनी लगन से सुलाया क्यों जा रहा है?' नरेन के मुख पर एक शरारती मुस्कान देखकर वह सिहर गयी है।...पैर के अँगूठे तक।

नहीं, नरेन नहीं। एकदम नहीं। होल्ड ऑन! यू आर सो अंडरस्टैंडिंग। आज मन में मर्सिया जैसा बज रहा है। सोचा नहीं था ऐसा होगा, पर हो रहा है। एक आग सी जाग रही है। धधक रही है। बुझ रही है। चीथड़े हो रही है। घोल बन गयी है। बह रही है। वह भी नालियों में। कीट, कृमि, कीटाणुओं के गह्वर में। अलमारी से सीधे नाली में। मन से सीधे खोह में। जीवन से शून्य में। मेरा मन अभी ख़ाली नहीं है नरेन...तुम अभी वहाँ कहीं नहीं हो। काले चीथड़े हवा में फड़फड़ा रहे हैं।

पर मुँह से एक भी बोल न फूटा। उफ़्फ़! ऐसी किसी निखालिस बात के लिए कितनी अनुपयुक्त होती है ज़िन्दगी। कितनी कच्ची...कितनी असहयोगी।

रजत सो गया है पर वह रजत को अभी भी थपथपाती वैसी की वैसी बैठी

है। नीचे देखते होने से वह नरेन के क्रियाकलापों को देख पा रही है। वह कमरे में चल-फिर रहा है।

'तुम बहुत देर लगा रही हो मिन्नी...मैं सो भी जाऊँगा। रजत को उसकी कॉट पर सुलाओ...जल्दी आओ!'

ट्यूब बुझाकर उसने सिराहने का लैम्प जला दिया है और अपने ही बिस्तर पर उसके लिए तीन-चौथाई जगह छोड़कर पसर गया है।

आज की रात उसके लिए बचाव का एक अभियान बनकर रहेगी उसने जान लिया है। मन में तनिक सी भी तत्परता नहीं है। सामने से चलते आये आवेग को सहने तक का माद्दा नहीं है। एक अवाक सीजापन इस छोर से उस छोर तक फैला हुआ।

हेमन्त कहाँ होगा इस समय! शायद न्यूयॉर्क! दीप्ति ने ऐसा ही बताया था। तुम्हारे बारे में पूछता था। तुमने क्या कहा? मैंने बता दिया था सब कुछ। वह 'सब कुछ' क्या है जो बताया, वह खोद-खोदकर दीप्ति से पूछना चाहती रही। उस सूचना से बनी हेमन्त की दृष्टि से अपने को देखना चाहती रही। पर दीप्ति के लिए 'सब कुछ' तो मात्र इतना कुछ है—विवाह, सन्तान, समाप्ति। और भी कुछ पूछा? उसने ललककर कहा। हाँ! पूछा, तुम्हारा पति कैसा है। कहने लगा, सुना है कोई बिग शॉट है। और कुछ? नहीं! बस और तो कुछ नहीं। ख़ुश था? उसने डरते-डरते पूछा था। हाँ? कम से कम मुझे तो ऐसा ही लगा।

सूचना के इस छोटे से टुकड़े को वह कई दिन तक ओढ़ती-बिछाती आयी थी। विदेशी मुद्रा और पत्नी। विदेश में प्रोफ़ेशनल्स की श्रेणी। सब कुछ मनचीता उसे उपलब्ध है। हेमन्त की चाँदी ही चाँदी है। जो कुछ चाहा पा गया। क्या सच में उसके मन में सब कुछ पा जाने की प्रतीति होगी? क्या वह कभी उस उत्तानता के बारे में सोचता होगा जिसकी वही एक अकेली हिस्सेदार थी?

क्या वह जान पाया होगा कि शब्दों के पुल विनाश की कालिमा में अन्तर्धान हो गये। कहने को वह अपने को बड़ा इंटीयूटिव बताता था।...'डॉक्टरी का धन्धा और इंटीयूशन! सच बताऊँ मिन्नी! अंगों की चीर-फाड़ करते कभी-कभी तो इमोशंस की बात एकाएक फ़ालतू लगने लगती है। चीरते जाओ...काटते जाओ और हाथ लगेगा एक डिजीज़्ड लिम्ब...किसी व्याधि की रेशेदार जड़। मुझे तो लगता है ऐसा ही चलता रहा तो किसी दिन इंसान की संवेदना से हाथ धो बैठूंगा और...'

'तुम्हें भी नहीं पहचानूँगा। यही कहने जा रहे थे न तुम?' वह वाक्य मिन्नी ने पूरा किया था। वह घड़ी कितनी जल्दी आ गयी, बिना किसी मोड़ की चेतावनी

के। हेमन्त चाहता तो इस आने को रोक सकता था। नहीं रोका। उसकी भी क्या कोई लाचारी रही होगी? वह उसके जीवन में थी तो थी। महत्वाकांक्षा उसके जीवन में है तो है। मिन्नी की समझ और पहुँच के आगे भी उसकी इच्छाओं-आकांक्षाओं का अस्तित्व रहा होगा। ज़रूरी तो नहीं कि पुरुषार्थ की सात्विकता वैसी ही उसके मन में हो जैसी उसके अपने मन का जुनून है।

अब यह जुगाली और पछतावे...इसका लाभ? प्रेम और महत्वाकांक्षा के बीच अड़ा ही ली हेमन्त ने ज़िन्दगी तो ऐसा कुछ होना ही था।

× × ×

उसके आने तक तो नरेन सो गया है। लैम्प बुझाकर वह बग़ल में लेट गयी है। झूठे ही रजत को सुलाती-थपथपाती रही। कपड़े बदलने और निवृत्त होने को लम्बाती रही। नरेन तो जाने कब का सो गया है।

क्या वह नरेन को छल रही है? झाँसा दे रही है?

रो सी आयी। हेमन्त के कारण नरेन से छल और नरेन के कारण हेमन्त की दुविधा। जीवन को क्या अपराधभाव की शृंखला ही होकर रहना है? जीने को क्या ऐसे ही सहना है? लिसलिसाते हुए उन अपराधों की कीच में जो उसने कभी नहीं किये। उससे कभी नहीं हुए।

स्त्री होने की क्या यही परिणति है? अपने से लड़ना। जूझना! अपनी निष्ठा को साध्वी सिद्ध करने के लिए हर पल, हर घड़ी पंजों पर उठुंग खड़े रहना। वह नरेन से कह सकती थी कि आज वह अस्वस्थ है। आज उसका मन विपन्न-आच्छन्न है। हेमन्त से विदाई के एक व्यक्त अनुष्ठान में से वह गुज़रकर आयी है। पस्त हो गयी है। आज उससे नहीं सध सकता कोई भी स्वीकार...कोई साझेदारी। आज उसका तंतु-तंतु झनझनाया हुआ है।

क्यों ज़रूरी था बहाने बनाकर बचना। एक कुंड से निकलकर दूसरे में लिथड़ने लगना। उसे विश्वास है नरेन समझ जाता। वैसे भी हेमन्त जैसे सम्बन्ध से विदाई किसी भी पति को अच्छी लगती। नरेन को भी। कुछ अच्छा न भी लगता तो भी वह सह जाता। चुप रहता। अन्धड़ के थम जाने की प्रतीक्षा करता। इतना सौमनस्य तो उसमें है।

तो फिर?...तो...तो...तो...फिर?...वह किसके हिस्से का भोग भोग रही थी?

× × ×

कुछ तो हुआ है कि वह झटके से उठकर बैठ गयी है। घनघोर अँधेरे में आँखें फाड़े देखती।

तो फिर वह कौन है जो सतत इस जवाबदेही की सूली पर टंगी है? सदियों से इसी तरह, इन्हीं अदालतों के बीच उघड़ी खड़ी है? सभी प्रश्नों के जवाब उसे ही क्यों देने हैं? और भी अभियुक्त रहे होंगे इन बहुपरती मुक़द्दमों के? कुछ और भी बयानात ज़रूरी होंगे इस घटते क्रम के? एक उसी के सिर पर औंधा होकर आकाश क्यों खड़ा है?

मिन्नी जान लेना चाहती है वह स्त्री कौन है? उसका आवास-प्रवास कहाँ है? क्यों मिन्नी उसे अपने से अलग नहीं कर पा रही? क्यों मिन्नी उसी के अन्तःकरण में से हो गुज़रने को अभिशप्त है।

इतना तो मिन्नी जान पा रही है कि वह स्त्री मिन्नी नहीं है। मिन्नी जो है वह नरेन से कह सकती है कि वह अभी तक हेमन्त को प्रतिश्रुत है। पत्रों को फूँक देने के बाद भी उसके मन को मुक्ति नहीं मिल पायी है। मिन्नी जो है वह प्रीतिपूर्वक नरेन के साथ रहना चाहती है। वह रजत को ख़ूब प्यार करती है, और नरेन का आदर भी उसके मन में विपुल है।

वह स्त्री मिन्नी नहीं तो फिर कौन है? कौन थी जो जूझ रही थी? फूँक रही थी...दाम्पत्य की धवलता को सिद्ध करने के लिए सूली पर टंगी थी?

खेल

हाँ! मेरा लेखक होना ही उसके और मेरे बीच एक दीवार बनता गया था।

वह तो यों भी कहता रहता था कि वह लेखकों को ख़ूब जानता है। बड़ी बेमुरव्वत क़ौम है। कांटेक्ट लेंस तो ख़ैर अब चले हैं पर यह उन्हें लगवाकर ही पैदा होते हैं। पता नहीं कैसे, कहाँ, क्या-क्या देख लेते हैं।...जब कभी आप निहायत निरापद भाव से अपनी व्यथा-बाधा बयान कर रहे होते हो और आपको लग रहा होता है कि आपके सामने एक असली निखालिस इंसान बैठा है... करुणा-कृपालुता से भरा...आपके मन की दलदल में उतरने को तैयार...तब भी वह कमबख़्त कुछ और सोच रहा होता है। किसी दूसरी उधेड़बुन में होता है। उसके पसीजने से प्रभावित होकर...उसकी आँखों के दर्पण में अपनी छवि देखते हुए जब आप निहायत निरीह भाव से अपने मन की पोटलियाँ खोलने लगते हो तब वह अपनी कुटिलतम भूमिका में होता है। जो कुछ भी आपके पास होता है, उसे झड़वा लेता है। आप ख़ाली हो जाते हैं और वह बेगाना। वापस अपने घेरे में। स्वार्थी।

...और कोई ज़रूरी नहीं कि अगली बार जब आप उससे मिलें तो वह आपको पहचान ही ले या पीछा छुड़ाने की ताक में न मिले।

...और मालूम है, इसके बाद भी ऐसा हो सकता है कि किसी दिन अचानक किसी पत्रिका में कोई कथा-कहानी पढ़ते आप अपने को पहचान जायें। वह चेहरा अपना ही चेहरा लगे। छाती फूलने लगे। पिंडलियाँ फड़फड़ाने लगें। अपने इस निहायत अर्थवान स्वरूप की सनातनता पर आप बलिहारी जा ही रहे हों कि लगे, अचानक आपकी फूँक सरकती जा रही है। ठीक ऐसे जैसे पिचकते गुब्बारे की काया पर सलवटें हाँफती हैं। तब पता लगता है कि आपके दुख-दर्द का उसने क्या भुस्स बनाया है। इसीलिए मैं...

"फ़ोटोग्राफ़र जब असली छवि से अच्छी छवि निखार देता है तब तो कोई कुछ नहीं कहता। यह बात तभी क्यों उठती है जब चित्र घटिया लगता है? असली से दूरी तो दोनों तरफ़ होती है।"

मैं उससे बहस में पड़ जाता हूँ, समझाते हुए कि लेखक के लिए घटिया-बढ़िया कुछ नहीं होता। अपनी ज़रूरत प्रमुख होती है, उसी के अनुसार वह पत्थर पर हथौड़ी चलाता है।

"कुछ भी हो, मुझे तुम्हारा पात्र नहीं बनना।"

"यह आशंका तुम्हें हर समय क्यों बनी रहती है?"

"क्योंकि मैं तुम लोगों की मनोवृत्ति ख़ूब जानता हूँ। मैं ख़ुद लेखक होना चाहता रहा। अभी भी पन्नों के पन्ने लिखे रखे हैं मेरे पास। अब ऐसे आँखें न फाड़ो। इसीलिए मैंने तुम्हें नहीं दिखाये। तुम उसे फिर उसी दृष्टि से देखोगे। इंसानी दृष्टि से नहीं, लेखकीय दृष्टि से। सौ और चीज़ों को बीच में रखकर। साहित्य के इस तत्व या उस तत्व का हवाला देते हुए। मुझे यह सब बुरा लगता है। इंसान की तलाश के लिए इंसान की देह को ही चीर-फाड़ देना...वह भी ऐसे बेदर्द ढंग से। वैसे भी मेरी इच्छाएँ तुम्हारी तरह छोटी नहीं हैं। मैं पूरी ज़िन्दगी को क़लम की नोक पर अटकाकर नहीं जी सकता। मुझे हज़ारों-हज़ारों चीज़ों का शौक़ है।"

उसकी मुट्ठी 'ब्लैक एंड व्हाइट' की बोतल पर कस जाती और काँच पर चिपके ढक्कन की पकड़ को ढीला कर देती। वह उठ खड़ा होता संवाद को कन्धों पर पड़ी बर्फ़ की फुहार की तरह झाड़ता या वहीं बैठा-बैठा पुकारता, "निशा!"

निशा भाभी की जगह अवतरित होता था गनपत। हाथ में ट्रे, काली रुपहली बर्फ़ रखने की डोलची, दो चमचमाते गिलास, एक नैपकिन और नमकीन से भरे दो चिन्हट के कटोरे।

"तुम भी तो आओ," वह झल्लाता था।

"आती हूँ," आवाज़ आती थी पर वह इतनी आसानी से नहीं आती थीं। आसपास बनी रहती थीं। कभी व्यस्त, कभी ख़ाली। कभी बैठतीं, कभी चली जातीं। अपने निर्णय को इस बात से तौलती हुई कि उस समय उनके बीच क्या चर्चा चल रही है—व्यापार। खेल। सट्टा बाज़ार। फ़िल्में। विंटेज रैली। पेरिस की शामें या वायुयान की परिचारिकाओं का चरित्र-हनन।

× × ×

एक दिन निशा भाभी बिगड़ी थीं। मेरी उपस्थिति में। शायद साभिप्राय। यह सारी महफ़िलबाज़ी अब उठा लेनी होगी।...उन सब मेडिकल रिपोर्ट्स के रहते वह उसे शराब नहीं पीने देंगी। वह एक लफ़्फ़ाज़ दोस्त ही नहीं, एक पति भी है। तीन-तीन बच्चों का पिता भी और...और इस घर का...

"ब्रेडविनर भी..." वाक्य उसने पूरा किया था। कड़वाहट से, "पिता हूँ...

पति हूँ...कमाऊ बैल हूँ...बस इतना ही। अरे बेवक़्त मर गया तो ऐसी ख़ूबसूरत दुनिया मुझसे छूट जायेगी, इसका कोई मलाल नहीं?"

"मलाल है तो फिर क्यों करते हो ऐसा जिससे मरने की..." अपनी ज़बान उन्होंने काट ली थी और ऐसा कुछ कहे होने के सन्ताप में गूँगी हो गयी थी।

"हुआ क्या है?" मैं उसकी ओर उन्मुख था। उसने मेरी जिज्ञासा को ऐसे झिंझोड़कर फेंका जैसे दीवार पर चलता कोई कनखजूरा, "कुछ नहीं हुआ। बस आदत हो गयी है इसकी बोलते रहने की..."

वह तिलमिला गयी थी, "दोस्तों को देखकर तो फ़ितरत ही बदल जाती है इस इंसान की। पता नहीं कौन सा रूप सच है इनका यह या वह?" क्षोभ में उफनती वह बाहर चली गयी थी।

मैंने उसे खोदना शुरू किया था। वह भड़क गया था एकाएक, "...अच्छा, यह बकवास बन्द करो। यह चालाकी मेरे साथ नहीं चलेगी। हर किसी के बिल में घुसने की नाजायज़ कोशिश...तुम लोगों को मज़ा आता है दूसरों की कमज़ोरियाँ देखकर...यू चैरिश इट।"

"इसमें कमज़ोरी क्या है?" मैं आहत हुआ था, "और किसी कमज़ोरी का होना क्या कोई बड़ी अनूठी बात है? सबमें होती है किसी न किसी रूप में। बल्कि यह बात कितना सन्तोष देती है कि सबमें है।"

"अच्छा, तुम रहने दो," उसका धीरज पंजों पर था। पंजों पर ही नहीं, पंजों के आगे जड़े नोकीले नखों पर, "मैं सब जानता हूँ। तुम मुझे भेदना चाहते हो। मेरे भीतर की आबोहवा को अपनी हथेलियों पर महसूस करना चाहते हो। मैंने कह दिया, यह नहीं होने का। मैं फ़िट-फ़ाट हूँ। साबुत। टूटा-फूटा नहीं कि तुम्हारी कहानियों को ख़ुराक मिल सके।"

मैं दंग रह गया था। यह आवाज़ कौन से प्रकोष्ठ से आयी थी—अपने साबुत होने के दंभ और दिखावे से भरी! वीरता-धीरता के बड़बोलेपन से लिसी-पुती! मेरा तो उधर ध्यान भी न जाता पर उसने ख़ुद ही बता दिया था कि वह साबुत नहीं है। कहीं कुछ टूटा-फूटा है। छिपाने की ज़रूरत से बन्धा। वहीं कहीं निषेधाज्ञा की पट्टी है जिसके सहारे वह चौकन्ना खड़ा है।

उस रात सोचते-सोचते पथरा गया था। नींद नहीं आयी थी। दफ़्तर पहुँचते ही मैंने फ़ोन बजा दिया था, "कैसे हो?"

"क्यों, मुझे क्या हुआ है? आयम एट द टॉप ऑफ़ द वर्ल्ड।"

वह टाल गया था। मैंने निशा भाभी को खखोलना शुरू किया था। उन्होंने मुझे धोकर रख दिया था, "यह नाटक बन्द करो। तुम तो बड़े जिगरी बनते हो।

ऐसा हो ही नहीं सकता कि उन्होंने तुम्हें अपने बारे में कुछ बताया न हो।"

पर ऐसा हुआ था। उसने मुझे कुछ भी नहीं बताया था। सम्बन्ध की प्रगाढ़ता को पानी पर तैरते पत्ते की तरह लावारिस डोलता रहने दिया था।

निशा भाभी से मिलकर लौटा तो मैं बेतहाशा उद्विग्न था। उखड़ा हुआ। भयभीत। उसकी रक्तवाहिनी धमनियाँ अवरुद्ध बताई गयी थीं। नब्बे प्रतिशत से भी ज़्यादा। खाने के बाद छिड़ जाने वाली हंफनी का यही निदान हुआ था। रोग इस दूरी तक और इतना प्रसुप्त, यह डॉक्टरों का अचंभा था। 'ओपन-हार्ट-सर्जरी' की सम्भावना भी तोली जा रही थी। दिल्ली में। लंदन में। अमेरिका में। रोग से लड़ने की तरकीबें निकाली जा रही थीं। यह लड़ाई अस्त्रों-शस्त्रों सहित घर में क़दम रख चुकी थी। एक मैं ही था जो उसकी बग़ल में बेवक़ूफ़ों की तरह बैठा सिगरेट फूँकने और पेग भरने के छोटे-छोटे उत्सवों की रचना करने में अपने को शरीक समझता रहा था।

मैं आहत हुआ था। मुझे दूर रखा। ऐसे दारुण समय? जब नोक पर नाचती जिजीविषा के प्रसार में आत्मीय कन्धों की तलाश अपने आप शामिल हो जाती है। लालची हो जाता है इंसान। अपनी पारी और पात्रता से ज़्यादा माँगता है। चीख़ता-चिल्लाता है। न मिले तो आत्मदया की, दयनीयता की रस्सी से खींचता है। दूसरों को लहूलुहान करके...और मैं? मैं तो बक़ौल निशा भाभी के उसका जिगरी दोस्त था।

अचानक ही, बिलबिलाती तेज़ी से मुझे लगा कि वह मुझे उल्लू बना रहा है लेखक की सौ योजन देखने वाली आँख में धूल झोंककर। भविष्यदर्शी, अन्तर्दृष्टि जैसे विशेषणों की खिल्ली उड़ाते हुए। निखालिस व्यावहारिक मख़ौल।

× × ×

मैंने ग़ौर किया था। पिछली कुछ शामों को स्मृति में लौटाने का यत्न किया था। नहीं, यह मेरा भ्रम नहीं था। वह सावधान था। अपने गिलास में वह कुछ कम शराब डालता था और देर तक उसे ही लेकर बैठा रहता था। मैं उज़्र करूँ तो वह अपने उसी अधूरे गिलास में थोड़ी और ढुलका लेता था। चाहे यह बात मुझे उसकी उत्सव-प्रवीण मानसिकता ने ही सिखाई थी कि गिलास पूरा ख़ाली होने से पहले डालने लगना अशिष्टता है।

यह मानने का कोई कारण नहीं था कि वह अपने को ढलान से ढकेलने की जल्दी में है। यह रवैया उसके स्वभाव के विरुद्ध जाता था। वह जीवन की बूँद-बूँद को देखते-समझते पीना चाहता था। होश-हवास में। तन्मय होकर। हस्तक्षेप के बिना।

"कभी-कभी मन उचटने लगता है शराब से," मैंने उसी दिन उससे कहा था, "समय भी ख़राब होता है। बहुत से काम रखे रह जाते हैं," मैं भूमिका बना रहा था, वैसी बैठकों से बचाव की।

"मेरा भी..." वह तुरन्त बोला, "पर क्या रखा है यार, इसी बहाने बैठ लेते हैं। अब समय कहाँ है!" उसकी आँखें तैर गयी थीं। पता नहीं कहाँ?

मैं उस कमज़ोर क्षण पर झपटा था, "भाभी कहती हैं, कुछ हार्ट-वार्ट का चक्कर है तेरे साथ!"

"कहते तो हैं।"

"तुरन्त ऑपरेशन की राय है डॉक्टरों की?"

"हाँ! है तो सही पर यहाँ तो होने का नहीं। अच्छा है यार, इस बहाने अमेरिका घूम आयेंगे।"

वह फिर फलांग गया था। अपनी उसी आरोपित भूमिका में आ गया था। मेरी चिन्ताओं से खिलवाड़ करता। दो पल पहले का वह बेध्यान खोयापन, किन-किन क्षितिजों में टक्करें मारता हुआ...। कैसे कहूँ कि यह भी एक भाषा है। इसे भी कोई लेखक पढ़ लेता है।

"निशा ने तुम्हारे कान भरे होंगे," यह जिज्ञासा अब ठंडी थी। तौलती हुई।

"नहीं तो! वह तो तुमसे डरती चुप रहती हैं। तुम्हारे आदेश..."

"मैं आदेश देता हूँ उसे?" वह कड़वा था।

"क्यों? देना ही ज़रूरी होता है क्या? यू मीन इट..."

"अब यह भुगतान तो उसे करना ही होगा—द प्राइस ऑफ़ चूज़िंग मी," वह अचानक रुक गया था। जैसे किसी अन्धी अभेद्य दीवार के सम्मुख आ खड़ा हुआ हो।

मैं अडोल बैठा रहा। लगा, मेरी छोटी सी हरकत भी उस मुद्रा को तोड़ सकती है। दूसरेपन के हस्तक्षेप से भर सकती है। वह पता नहीं कहाँ भटक रहा होगा। किन अतलांतों में?

एक तीखी हूक मुझे भीतर से चीर गयी। जलती हुई उदग्र आँखों की यह झील जम जाने वाली है...किसी दिन...किसी क्षण।

एकाएक उसने मेरी कुर्सी पर ठोकर मारी। मेरी अनुपस्थित-उपस्थिति को झकझोरते हुए। उस आत्मविस्मृत दूरी से इस आक्रामकता तक?...पर यह यात्रा उसकी थी...उसके मन की। मैं तो वहीं लिथड़ा बैठा था।

"चले क्यों नहीं जाते ऑपरेशन के लिए? ऐसे में पैसे का क्या सोचना!"

मैंने निहायत लापरवाही से कहा था। अनजान सा दीखते हुए।

"सोच रहा हूँ। कल अमेरिका फ़ोन किया था," यानी कि वह भीतर से सावधान था। काम इन्तज़ाम में।

निशा भाभी ने बताया था कि अब वह ज़्यादा अस्वस्थ रहने लग गया है। अक्सर उनका फ़ोन आता था कि कल रात याकि परसों रात, या किसी तीसरी रात को क्या-क्या हुआ। ऐसी बेरहम हंफनी। वह मुझे या अपने भाई दिनेश या पिता टंडन साहिब या पड़ोसी शर्माजी को बुलाने की अपील करती हैं पर वह अड़ा रहता है। चिल्लाता है, "तुम मुझे जल्दी मार देना चाहती हो, दूसरों के हाथों में सौंपकर। जानती नहीं हो, जिस दिन मैं उन लोगों के हाथों में पहुँच गया, वह मुझे मुर्दा मान लेंगे, अभी से..."

क्यों मान लेंगे मुर्दा अपने मित्र, अपने आत्मीय यह बात निशा भाभी की समझ से बाहर है। यह मोर्चाबन्दी उन्हें अखरती है। वह रोती हैं। बिलखती हैं। आते-जाते समय मुझे उधर से होकर जाने का आग्रह करती हैं, क्योंकि नहीं जानतीं कि मैं जितना ही उधर चलूँगा, वह उतना ही आगे दौड़ेगा...ओढ़ेगा...नाटक करेगा। निशा भाभी को नाराज़ करेगा।

इससे अच्छा है, चुपचाप उसके आसपास बने रहना। जताने में सफल हो जाना कि मैं हूँ। उसकी बग़ल में हूँ। हर समय। हर घड़ी। किसी भी घड़ी। जब कभी भी वह चाहे...एक कन्धे की तरह, जिसे दोस्त का सिर पहले ढूँढ़ता है।

निशा भाभी ने ही फिर मुझे टोका था, "बुरा न मानो तो इतना उपस्थित रहना ज़रूरी नहीं है। वह व्यस्त है भीतर से। काग़ज़-पत्तर लेकर बैठता है रात में। पूछने पर कहता है, यह काम इसी वक़्त हो सकता है। दोस्तों के आने का डर नहीं रहता...और जानते हो, इस जागरण का कितना असर पड़ता है...कहाँ तो नींद की गोलियाँ और कहाँ..."

कौन से दोस्त? कितने दोस्त? बिस्तर लपेट रहा है अभागा।

× × ×

एक दिन अचानक निशा भाभी आ टपकी थीं। सुबह-सुबह। अकेले। ऐसे असम्भव समय अकेले आने की बात को उन्होंने तूल नहीं देने दी। ऐसी जल्दी में थीं कि पत्नी और बच्चों से भरे माहौल से अनजान बनी रहीं। जितनी देर रहीं, मुझसे ही उन्मुख रहीं।

हाँ, यह सब मैं पहली बार सुन रहा था, "फ़ैक्टरी में लेबर प्रॉब्लम है। नहीं, कोई नयी बात नहीं...तीन महीने तो होने आये हैं। यह समस्या न भी होती तो भी कौन सा चैन था! फ़ैक्टरी के माल को लेकर कब से पचड़ा पड़ा है। अब

हाथ खींच रहे हैं जापानी। क्यों नहीं खींचेंगे? ऑस्ट्रेलिया सस्ता दे देता है और क्वालिटी में ऊँचा। कितना पैसा बन्द पड़ा है। अब ऐसे में ऑपरेशन। वह भी अमेरिका में...उसका कोई मलाल नहीं पर मैं बैंक के लोन की बात समझना चाहती हूँ। अपने तईं...तुमसे...। हालाँकि वह सुनेंगे तो..."

मैं टुकुर-टुकुर देख रहा था। निशा भाभी को नहीं, उस स्त्री को। कहाँ से उग आयी उस व्यापारी-वृत्ति को...आपद ज्ञान क्या इतने पास दुबका बैठा होता है?

"उसने पहले तो कभी इन बातों का ज़िक्र नहीं किया?"

वह भड़क गयीं, "यही हेकड़ी तो बस मारती है। अरे जहाँ हो, जैसे हो, रहो। दुनिया जान भी लेगी बड़े वीर-बहादुर हो तो कौन वीरचक्र दे देगी। वज्र टूटेगा तो उन्हीं के सिर पर जिन पर टूटना है...और सब तो बच जायेंगे..."

वह अटपटी सी घड़ी थी। असुविधा से भरी। वह रिश्ता निशा भाभी से नहीं था—बाँटने का। सह जाने को सम्भव बनाने के विश्वास को जुटा सकने का। वह तो अपने सहयात्री की बग़ल में किसी हितैषी की तलाश में मेरे पास चली आयी थीं।

मैं हतप्रभ था। इस जानकारी के लिए अप्रस्तुत। उनके यातना-वृत्तों से अपरिचित। पर अब मोहलत नहीं थी—इन संधानों-सन्तापों की। अब मैं जहाँ खड़ा था, बस था। ठगा हुआ। निशा भाभी की बताई बातों से आहत। वे नहीं जानती होंगी, उनकी कातरता अपना वर्तमान और भविष्य उघाड़ते-उघाड़ते और भी कितना कुछ उघाड़ गयी है। उसके और मेरे रिश्ते को कितना नंगा, चालाक और अनात्मीय सिद्ध कर गयी है।

जानने और अबोध बने रहने की लाचारी, क्योंकि कगार पर खड़ा कोई बज़िद है। नहीं, यह बेबसी तो मैंने कभी अपने पात्रों के निमित्त भी नहीं जानी। यह अनुभूति मर्मांतक है। घिनौनी नहीं, लथपथ। असहज, जैसे कि मैं थाली परोसता हूँ जो देता हूँ खाओ, उतना, बस उतना।

यह स्वीकारने में क्या हर्ज है कि वह अभी और जीना चाहता है। जितनी छूट मिली है उससे ज़्यादा। अभी कुछ भी अवर्ण नहीं हुआ है उसके लिए। मन लबालब है। प्यास अभी पूरी है। उसे क्या पता था, उम्र के बयालीसवें में ही शतरंज लपेट लेने की धमकियाँ तन जायेंगी। वह ठगा महसूस करता है नियति के न्याय का ठगा।

"क्यों इतना छिपना?" मैंने कई बार उसकी कलाई पकड़ी है। त्रस्त होकर। "जब छूट ही रहा है तो छोड़ दो। स्वीकार कर लो। राहत मिलेगी। समय जो बचा है वह भी।"

उनके थोपे हुए स्नेह-प्रदर्शन को सोख भर सकता है, बस।

दो-एक बार ऐसा अकेला जैसा कोना मिला तो लगा कि चिक्की ज़रूर कोई हरकत करेगी। पर उसने ऐसा कुछ भी नहीं किया। केवल उससे सटकर निकलने में रुचि दिखाई।

इस गपाष्टक के दौरान वह लगातर सोचता रहा कि ये सब जायेंगे तो वह नयना को पत्र लिखेगा, कहेगा ऐसे उखड़ो मत। घर में रहते कम से कम ठिकाना और सुरक्षा तो है। तुम दूसरी लड़कियों की तरह हर किसी के पीछे मारी-मारी फिरो, मुझे पसन्द नहीं। काम अगर है भी तो अपने घर का ही तो है। धीरज रखना ही ठीक है लिखेगा यह भी, कि जन्मदिन पर उसका ख़ामोश रहना उसे कितना अखरा, ख़ासतौर पर...यह भी कि चिक्की, मेरा मतलब है चन्द्रा चौहान—मेरी ऑफ़िस असिस्टेंट—एकाएक घरेलू लड़की बनने को उतावली लग रही है। लगता है माँ-बाप ने मैदान में छोड़ रखा है। कमाओ, खाओ, जहाँ-तहाँ सींग मारो। हमारे बूते में तो इन सींगों को समेट सकना है नहीं...

"वैसे तुम काफ़ी मनहूसियत फैला रहे हो," मेहता एकदम उसके नज़दीक आकर बैठ गया। सिगरेट छीनकर अपने मुँह में लगा ली।

वह हँसने में शामिल होने की कोशिश करने लगा, पर अपने ही भँवर में कहीं अटका रहा।

चिक्की को लेकर ऐसी कोई बात वह नयना से कैसे कह सकता है। नयना कुछ और समझ बैठी तो? दूरी और प्रतिकूलता, चिक्की इस दूभरता में दाख़िल होकर काम बिगाड़ेगी ही।

अब गड़ने के लिए एक और शहतीर। उसके और नयना के बीच भरोसे की ज़मीन क्या इतनी कच्ची है कि चिक्की जैसी चालू लड़की के ज़िक्र भर से तड़क जाये? इसमें किसका खोट है? कहाँ कमी है? रिश्ते की ताक़त क्यों अभी तक उन रेशों में नहीं है?

मेहता ने 'टू-इन-वन' पर कैसेट बदल दिया। चिक्की पहले तो तालियाँ बजा-बजाकर झूमती रही, फिर कुछ ऐसे अन्दाज़ में खाना परोसने बैठी जैसे चाह रही हो कि वह उसे खाना परोसता हुआ देखे।

उस घड़ी ऐसे—अपने को परोसने वाली—चिक्की पर उसे बेतरह गुस्सा आया। पहले जान तो लेना चाहिए कि कौन कहाँ खड़ा है। किसकी कौन सी धुरी है, जहाँ बिन्धे होने के कारण ही परिधि पर इतनी मुक्ति है। अगर कोई अकेला जैसा दिखता है तो इसका यह मतलब तो नहीं कि ऐसा है। यों तो जन्मतः हर कोई अकेला है। अन्ततः भी। इसीलिए तो दो की जगह चार पैरों की यात्रा इतनी

अमूल्य। खरखरी ज़िन्दगी के बीच यही दो सुन्दर शब्द—आशा, विश्वास।

ये दो शब्द उसके मन में एकाएक झुनझुने की तरह बजने लगे चिक्की द्वारा फैलाये दस्तरख़्वान के बावजूद। भीतर एक तेज़ धुकधुकी।

उसने देखा चिक्की पूड़ियों के ढेर के नीचे से नरम-गरम पूड़ियाँ चुन-चुनकर उसकी थाली में रख रही है।

"यह सरासर बेईमानी है...सौतेला व्यवहार," गुप्ता ने उज्र किया। चिक्की लजा गयी। चिक्की के लजा जाने को उसने ढका, "शी इज़ स्पेशली ट्रीटिंग मी फ़ॉर माई बर्थ डे।"

चिक्की ने इस बचाव का ख़ूब फ़ायदा उठाया और चहकने लगी। मेहता के चेहरे पर एक तल्ख़ी सी खिंच आयी।

वह खीझ गया। लगा, बिना किसी रस्सी के, दूसरों के आवेग से बन्धा इधर-उधर घिसट रहा है। जबकि वह चाहता है अकेले होना। पूरी साँस लेना। इस एक अलग से खड़खड़ाते दिन को अपनी अन्दरूनी लय में जी सकना।

अभी तक तो वह समझ ही नहीं पाया कि इतना चहकने-महकने को आख़िर है क्या? उपस्थितियों की इस भीड़ ने उल्टे दबे हुए दर्द को चटका दिया है। वह 'अनुपस्थित' के साथ घिसट रहा है, पर नयना से कहने बैठा तो जन्मदिन के इस जमघट में उसका निरानन्द बने ड़ोना क्या वह मान लेगी? अपनी मंशा की पारदर्शिता वह नयना के अन्तस तक कैसे ले जा पायेगा?

भीतर कहीं दुख गया। एकान्त की भूख अब और भी उग्र। 'चलो, चलते हैं फिर...' जब तक यह वाक्य उन तीनों की ओर से आता वह थक चुका था। अकारण का थकना। ऊपर से चिक्की की चिन्ता। ग्यारह बजने को है पर वह बेख़बर है। उसके माता-पिता एक से दूसरे, दूसरे से तीसरे कमरे में—चहलक़दमी कर रहे होंगे। बुढ़ापे में ऐसी दारुणता पैदा करती है नालायक़ लड़की।

× × ×

दफ़्तर आया तो चिक्की कुछ इस तरह से कमरे में मौजूद थी जैसे दो बार घर आ जाने से कोई विशेषाधिकार पा गयी हो, चंचल, अस्थिर। अब जल्दी ही उसे सब कुछ बता देना होगा।

यह भी कि वह ख़ुद कुछ निलम्बित सा है, स्थितियों के शिकंजे में। स्थितियाँ ऐसी जिनमें उसके अपने कुछ करने-धरने को नहीं है। नयना के निवृत्त होने की प्रतीक्षा है।

कैसे निवृत्त होगी नयना? ऐसे में स्त्रियों की पुरुष से क्या कोई बड़ी जैसी माँग होती है? कोई बड़ा समाधान? जैसे पृथ्वीराज संयोगिता।

वैसा बल क्या उसे अपने भीतर महसूस होता है? उसने अपने को टटोलने की कोशिश की, पर अपने को खखोल लें, ऐसा धीरज महसूस नहीं हुआ। सामने रखा कोई दो टूक उत्तर भी हाथ नहीं लगा। शायद समय बदल गया है। चीज़ों के खोने का दर्द अब वैसा नहीं होता किसी को।

चिक्की मुँह उठाये सतत उसका चेहरा बींध रही थी। ऐसे पकड़े जाने पर वह क्रोधित हुआ, "अभी कोई काम नहीं है"—उसने बिना सोचे अपना क्रोध चिक्की पर फेंक दिया।

चिक्की ऐसे हिली जैसे हवा में लता थरथराती है। दो क्षण गुम रही फिर बोली, "पर किसी और को काम हो सकता है आपसे।"

थोड़ा सँभला वह, "बताओ।" स्वर में वही ऊपरीपन, जिसे दूसरा तैयार न हो तो नहीं स्वीकारता।

"ऐसे बता पाता होगा कोई पंजों पर खड़े-खड़े? कहने और सुनने वाले के बीच कम से कम हमदर्दी का कोई जज़्बा तो हो।"

वह कुर्सी पर तनकर बैठ गया, "हाँ-हाँ, कहो न।" ओढ़ी हुई नरमाई। भीतर के तंतु उतने ही तने हुए। मन में यह अचंभा कि यह फुदकती हुई लड़की क्या इतना महीन देख सकती है।

"यह तो है नहीं कि आप समझते नहीं।" शब्द चिक्की से शायद नहीं बन पड़े।

"नहीं समझता।"

"यह सरासर झूठ है।" वह भीतर से उत्तेजित हो गयी, "क्या ज़रूरी है दूसरे को ज़लालत की इस हद तक खींचा जाये?"

"क्या ढूँढ़ रही हो? शादी या प्यार?"

वह तप गयी। "इस तेवर में तो कुछ भी नहीं। बहरहाल, पूछना ज़रूर चाहती हूँ कि यह दोनों क्या अलग-अलग चीज़ें हैं?"

"हाँ, हैं। तुम अच्छी तरह जानती हो कि हैं। इतने दिनों से दफ़्तरों में काम कर रही हो, क्या इतना भी जानती नहीं होगी?"

"मैं अपनी तरह चलती हूँ।" चिक्की को शायद बुरा लगा।

"सब अपनी तरह चलते हैं।"

संवाद की एक सीमा आ गयी अपने आप। दोनों के अनचाहे। बीच में सब कुछ उतना ही बन्द, अव्यक्त। शायद इसीलिए उठने का उपक्रम नहीं हो पाया। शायद इसीलिए घंटी बजाई गयी। चाय मंगवाई गयी। अब बैठे रहने का कम से कम कोई तर्क तो था—चाय।

"मैं तो पहले ही कहना चाहता था तुमसे कि हल्की-फुल्की दोस्ती के लिए मेरा दिमाग़ ख़ाली नहीं है और शादी के लिए मैं वचनबद्ध हूँ।"

बिलबिलाई चिक्की। "यह 'हल्की-फुल्की' से आपका क्या मतलब है?"

"मतलब तो साफ़ है।"

"आप एकदम ग़लत सोच रहे हैं। ऐसा ही सोचा जाता रहा है सदा। अपने पर भरोसा रखने वाले को चालूपन से जोड़ लेना। ऐसी कोई गिरी पड़ी वस्तु नहीं हूँ मैं। माता-पिता हैं। घर-बाहर है। आपस में आदर प्यार है। दूसरों की गाली क्या इसलिए सुन लूँ कि मैं अपनी ज़िम्मेवारी ख़ुद उठाती हूँ। याकि अपना रास्ता ख़ुद तलाश करना चाहती हूँ?"

"पिता कुछ नहीं कहते?" वह कहीं और टहल गया, एक अनदेखा आतंक पिता की छवि से हमेशा टकरा जाता है उसके मन में। शायद नयना के कारण।

"पिता क्यों कुछ कहेंगे। उन्होंने क्या कम किया कि पढ़ा-लिखा दिया—एक को नहीं—छह-छह को। जब वह हम सब लोगों के लिए खट रहे थे तब तो किसी ने नहीं देखा। उनकी लचकती ताक़त पर अब कितना बोझ डाला जा सकता है। बालिका वधू बने रहने का नाटक है तो बढ़िया पर ख़ूब चतुराई से भरा। कौन जाने हम ख़ुद ही उन पर्दों को फाड़ना न चाहते हों। आत्मनिर्भर होने में मेहनत जो पड़ती है। लालच कम करना पड़ता है। प्राप्तियाँ भी घट जाती हैं। संरक्षण भी।"

वह चौंका।

"...यों देखा जाये तो शादी में ऐसा अनोखा क्या है कि इस क़दर तूल दी जाये। सब कहेंगे, माता-पिता भार मुक्त होना चाहते हैं। चलो, यही सही। पर माता-पिता के ढेरों काम हम करते हैं या नहीं? यह भी क्यों नहीं।"

अब वह हँसी। सामने से देखते उसे लगा यह हँसी अलग है। अब तक की उसकी सारी चपल चंचल परिचित्तियों से अलग। ऐसी अन्दरूनी उठान के सामने उसे चिक्की का यह दफ़्तरी पद महत्वहीन लगा। "अभी तो काम करोगी न इसी ऑफ़िस में?"

वह एकदम हतप्रभ हो गयी। बात के उद्गम को नहीं देख पायी। जैसा समझ में आया वह क्षुब्ध करने वाला लगा। चटाक से बोली, "आपको लगा कैसे कि मैं यहाँ रहते आपको फुसलाने में पड़ी रहूँगी? क्या बच्चे हैं आप?"

उस पर घड़ों पानी पड़ गया। संकुचित हुआ पर बिलबिलाया नहीं। मन में एक खिड़की खुल चुकी थी। आहिस्ता से बोला, "नहीं, इस गरज से नहीं पूछा था।"

“तो फिर?”

“जाने दो। अच्छा यह बताओ, तुम अपने को चिक्की क्यों कहने देती हो। चन्द्रा क्यों नहीं कहलाती?”

वह चिढ़ी। उसका अप्रसन्न होता चेहरा उसे सामने दिखा, “यह गुप्ता की शरारत है। वह मेरा पड़ोसी है। ‘चन्द्रा’ को ठेलकर घर से ‘चिक्की’ को उठा लाया, अपनी निकटता जताने के लिए, पर...”

“अच्छा चलती हूँ।” वह खटाक से उठी और चल दी कहने-सुनने का मौक़ा दिये बिना।

× × ×

चिक्की चली गयी। उसे कहाँ छोड़ गयी, वह ख़ुद नहीं जानता। कितनी ही देर वह कुर्सी पर निश्चल बैठा रहा पर ऑफ़िस में निश्चलता?

शाम तक फ़ाइलों से उलझता रहा और निवृत्त होने का इन्तज़ार करता रहा। निवृत्त होते ही वह नयना को पत्र लिख रहा था—

“तुम्हारी शुभकामनाएँ नहीं आयी फिर भी मैं तो जन्मा ही। इस बात पर हँसना नहीं। यहाँ दोस्तों ने ख़ूब हंगामा किया। देर रात तक जमे रहे। केवल मैं ही ख़ाली डिब्बे सा खड़खड़ाता रहा। तुम्हें ख़ूब-ख़ूब मिस किया। तुम्हें क्या मालूम यहाँ कितनी उत्तेजक आमन्त्रक स्थितियाँ हैं पर मैं हूँ कि तुम्हीं में बिन्धा बैठा हूँ...।

...सतत सोच रहा हूँ। तुम भी सोचना कि प्रतिकूलता से निपटने का क्या कोई दूसरा तरीक़ा नहीं है? यह ठीक है कि घर छत और संरक्षण देता है पर क्या ज़रूरी है कि संरक्षण मिलता ही रहे। तुम्हारी स्थितियों में तो संरक्षण तुम दे रही हो। कन्धा खींचकर तो देखो। कौन जाने ये अपने पैरों पर खड़े होना सीख जायें। दुनिया में एक से एक अवश प्राणी हैं...”

यह कहानी नहीं

कमरे में पसरी ठिठुरन से घबराई कि बाहर टहल आयी। कोने में गुलदाउदी के दो नये गमले। तीन भरावदार मोटे फूल जैसे गर्दन उठाकर मेरा मुँह ताक रहे हों।

कल रात तक तो गमले यहाँ नहीं थे, मुझे ठीक याद है। कहाँ से आये होंगे रातोरात। समझते देर नहीं लगी।

लगा, किसी ने अधबीच टोक दिया है। कमरे में लौट आयी। भीतर दीवारों से ठिठुरन चू रही है। पोर-पोर में दाख़िल हो रही है। पश्चिम के मुखड़े का मकान न ख़ुद गरमाता है, न दूसरों को गरमायश देता है। छत एक आसरा है, पर छत? छत पर बैठने का मतलब है अपनी एकाग्रता में कितने अनेकानेक का प्रवेश।

आज कहानी ख़त्म कर डालने की ठानी थी। कब से टप-टप टपका करती है भीतर। पकड़ी न गयी तो बिखर जायेगी या पककर ठोस हो जायेगी। तब फिर हुआ अनहुआ नहीं हो पायेगा। अनहुआ किये बिना कैसे कोई अनुभव हाथ लग सकता है रचना के।

अन्दर भी चित्त नहीं लगा। बिथुरी-बिथुरी सी मानसिकता। आँखें बन्द कीं और आरामकुर्सी पर पसर गयी। ऐसे शैथिल्य का सर्वांग स्वीकार। काम के अतिरिक्त दूसरी इच्छित मुद्रा।

आँखें बन्द क्या कीं कि घर के नीचे के हिस्से की खटपट सुनाई देने लगी। इस समय आंटी शायद बर्तन माँज रही हैं। फिर झाड़ू लगायेंगी, धूल झाड़ेंगी, नहलायेंगी। पूजा में अब वह नहीं बैठतीं। वह ज़रूरत उन्होंने कब से हथेलियों में मसलकर फेंक दी। निवृत्त हुईं नहीं कि ऊपर आने का उपक्रम करेंगी। आज तो बहाना भी है, "कैसी लगी गुलदाउदी?"

× × ×

बरसाती में पिछले ढाई साल से रहती किसी किराएदार को कभी गुलदाउदी दी जाये, कभी केसरी चावल, कभी पका-पकाया भोजन तो अनचाहे भी एक भाषा निर्मित होती जाती है जो मुझे नहीं सुहाती। व्यवहार का उल्लंघन दुखदायी होने लगा है, क्योंकि माँग करने लगा है।

मैं आंटी को समझा नहीं पाती कि मेरे संसार में आदेशों के लिए कोई जगह नहीं है। दुर्घटनाएँ जीवन में घटती हैं। गूँगा-बहरा तक कर दे सकती हैं, पर ज़रूरी नहीं रचना की पकड़ में आ ही जायें। उनका अपना तर्क और तापमान है।

आंटी के लिए यह एक अकल्पनीय बात है। उनके हिसाब से तो लेखक होने का अर्थ है कभी भी लिखने बैठ सकना। विषय सामने हो तो पिल पड़ना। विषय दारुण हो तो लहूलुहान भाषा को जुटाने का दम रखना। अमरता पाने वालों की श्रेणी में लेखक का बड़ा नाम है।

नीचे बाथरूम का दरवाज़ा बजा। लगा आंटी नहाकर आ चुकी हैं। एक सनसनाहट सी पैरों में दौड़ गयी। एक तीखा क्षोभ कि कैसे कोई मेरे एकान्त में भी इस तरह जमकर बैठ गया है। बाँट गया है मुझे वहाँ, जहाँ सब कुछ अखंड एकाग्र चाहिए; नहीं तो कुछ भी नहीं सधता।

जल्दी से एक चलताऊ सी साड़ी पहनी। शॉल ओढ़ा और घर से बाहर जाने को तत्पर हुई। पर इस समय कहाँ? क्यों न त्रिवेणी में? जगदीश स्वामीनाथन की प्रदर्शनी कब से चल रही है। प्रदर्शनी में चित्त नहीं लगा। मन में जगह नहीं थी। पहले से भीतर कुछ साँस ले रहा था। उसे पृष्ठों पर छोड़कर आना था। इस साँस का सुनाई देना बन्द हुआ तो मन बंजर हो जायेगा। क़लम को नहीं धकेल पायेगा और यह स्थिति किस रचनाकार को स्वीकार होगी।

चित्र देखती रही। मात्र देखना। रंगों की पिघलन के जादू को दृष्टि से सहलाना। रंगों की भाषा में उतरने से इंकार करना। अपनी ऊर्जा को घर लौटाकर ले जाना ज़रूरी है।

उसके बाद सब कुछ आसान हो गया। श्रीधराणी कैफ़े में एक कप चाय। भास्कर से चलताऊ सी भेंट। सामने दिखाई देती भावनृत्य की रिहर्सल और वापसी।

दुबके से घर के भीतर हो लेने का इरादा था। जानती थी लैच खुलने की आवाज़ एक बुलावा है, पर घर के गेट पर ही अंकल मिल गये। एक नन्हा सा स्मित और संक्षिप्त सा न्योता, "आओ, बैठो न थोड़ी देर।"

'न' नहीं कह सकी। उनके साथ ही घर में दाख़िल हुई। उनकी उपस्थिति के चलते एक निरापद उष्णता।

जाड़े के बावजूद अंकल का माथा कितना पसीजता सा। शान्त मुद्रा। आँखें अपने आकार से आधी सिकुड़ी हुई। वह किसी ज़मीन का सौदा करके आये थे।

उन्हें आया देखकर आंटी ने उठने का उपक्रम किया तो उन्होंने टोक दिया,

"बैठी रहो, मैं ख़ुद ले लूँगा जो मुझे लेना होगा।"

वह फिसफिसा गयीं, "ख़ुद ही लेना होगा। कौन यहाँ बैठा है हमारी सेवा करने वाला?"

आगे चलते अंकल अचानक ठिठक गये। शरीर को घुमाए बिना ही मुँह घुमाकर बोले, "यह भी तो अपने ही मन का भ्रम है। बनी हुई बातें हैं। असलियत तो यह है कि माँ-बाप की सारी उम्र बच्चों की सेवा करते गुज़रती है। जब बड़े हो जाते हैं तो अपने कामकाज पर चल देते हैं कौन घुटनों से लगकर बैठे रहते हैं कि सेवा का रोना रोया जाये।"

सुनकर मैं दहल गयी। अंकल ने किसको समझाया था? अपने को? या आंटी को ढांढस का झुनझुना थमाया था? कितनी कच्ची भुरभुरी ज़मीन वह उनको दे रहे थे, चाहें तो, उस पर पैर रखकर खड़ी हो लें। जीने के लिए एक दार्शनिक जैसे दिलासे का इस्तेमाल कर लें।

अंकल की बात आंटी को चुभी थी। ख़ुद आहत हुईं तो चोट की, "असल में बच्चों के जाने से तुम्हारा दिमाग़ फिर गया है। ऊल-जलूल बकते रहते हो। बच्चों के नौकरी पर जाने और दुनिया से जाने में क्या कोई फ़र्क़ नहीं है?"

अंकल ने उत्तर नहीं दिया। मेरी ओर मुड़कर कहा, "क्या लिख रही हो आजकल? पिछला जो चल रहा था, ख़त्म हो गया क्या?"

पिछला या अगला जो कुछ भी था, अंकल को कहाँ पता था! उन्होंने बात के लिए बात छेड़ी थी। पटरी बदल देनी चाही थी।

"इसका पिछला तो कभी ख़त्म ही नहीं होता। आगे का क्या शुरू होगा।" उत्तर आंटी ने दिया था। आवाज़ में निचुड़ती तीखी कड़ुवाहट।

यह कड़ुवाहट कहाँ से आयी? व्यवहार में तो बिल्कुल उल्टा था। आंटी ज़रूरत से ज़्यादा आत्मीयता से पेश आती थीं जैसे मुझे सहेजकर रखना ज़रूरी हो—उनके परिवार की त्रासदियों की गवाह इतिहासकार को।

"लिखना-पढ़ना अपनी अन्दरूनी तर्ज़ पर चलता है," अंकल ने छोटी सी दलील दी। आंटी ने नहीं सुनी। पल्लू नाक पर रखकर फिसकते बोली, "मैं जानती हूँ कोई मेरा पक्ष लेने वाला नहीं। किसी और पर ऐसी गुज़री होती तो जानती।"

अंकल सकपका गये। गिलास में पानी उंड़ेलकर आंटी के सिरहाने खड़े हो गये, "लो पियो। मुँह धोकर आओ। चाय बनाते हैं फिर पीते हैं सब।"

"मैं बनाती हूँ," मैंने मुक्ति दी या ली। चाय बनाते मन में एक ही भुनभुनाहट कि क्या आंटी पर ही ऐसी गुज़री है? या उनके पास स्त्री होने की खंडनीयता

का एक युगों पुराना लबादा है।

चायपान ऐसा जैसा अधोलोक में बैठे किसी औपचारिकता का समापन। खनखनाहट, बर्तनों की अदला-बदली। चाय की रस्म ने बोझ को नहीं धकेला। वातावरण को चहकाऊँ, दायित्व मुझ पर आता था, पर मुझसे भी नहीं सधा।

अंकल ने फिर लिखने-पढ़ने की कोई बात नहीं की। चलते समय मैं किराए के पैसे देने को तत्पर हुई, पर अंकल ने नहीं लिए।

"रखो अभी, फिर ले लूँगा।"

"ले लीजिए। पिछले महीने के भी बाक़ी हैं। मुझे साथ-साथ देने में सुविधा होती है।"

"तुम कहीं भागी तो नहीं जा रहीं, हो जायेगा।" अंकल की मुद्रा में कुछ ऐसा था कि आग्रह किया नहीं जा सकता था।

× × ×

ढाई साल। आंटी के मकान की बरसाती में सुखद आवास। पिछले मकान की तरह नहीं कि गन्धाती शंकाएँ रास्ता काटती रहें। क्यों अखिल, असद और सौरभ जैसे ग़ैर परिवारी लौंडे यहाँ आते-जाते हैं? क्यों ज्योति अपना घर रहते हुए भी यहाँ सो जाती है? क्यों दिन की बजाय रातों को जागने का चलन है? क्यों महरी को आधे दिन लौटा दिया जाता है, झाड़ने-बुहारने की इजाज़त नहीं मिलती?

यहाँ आंटी को सब कुछ स्वीकार रहा। मेरी उखड़ी-पुखड़ी दिनचर्या। निजता के नियम। अपरिभाषित रागबन्ध। आंटी हर स्थिति में भागेदारी की तुला पर तुल आना चाहती रहीं, चाहे चेष्टा फूहड़ ही क्यों न हो जाये। अच्छा लगता था उनका उत्साह। उम्र की चौखट लाँघकर फुलफुलाना। ज़िन्दगी को हथेलियों में भरे रहने के ओज से खिलखिलाना।

यह परिदृश्य एकाएक बदल गया था। लोगों की भाषा में कहूँ तो भाग्य का लिखा घट गया था। ऐसा कुछ कहाँ लिखा होता है, मैं नहीं जानती पर सामने थी—एक कुरूप अकाट्य वास्तविकता। शाम का झुटपुटा। सड़क पर दौड़ती एक मारुति। मारुति में सवार आंटी का परिवार—बेटा, बहू, पोता, पोती। दायीं ओर से आकर मोड़ लेते सलाख़ों से भरे एक ट्रक से टक्कर। सलाख़ें मारुति के पेट में धँसती चली गयी थीं। जहाँ लोहा छेदा जा सकता हो वहाँ कच्चे कोमल इंसान...

चिताएँ तो दो दिन में ही ठंडी हो गयी थीं, पर मृत्यु की गन्ध इतनी परिव्याप्त, इतनी टिकाऊ, आतंककारी। अनुपस्थिति की स्थूलता—इतनी महीन, विप्लवकारी। अन्दर जितने भी बाँध थे सब खुल गये थे।

घर के नीचे के हिस्से में चहकती दिनचर्याएँ ठप्प हो गयी थीं। बच रहे

सन्नाटों और ज़रूरतों के बीच ठहरे हुए समय के साँवले भुतैले खेप। आंटी अवसन्न बैठी रहतीं। पता नहीं किस-किस की राह देखतीं। मैं पहुँच जाती तो मेरे बैठने को किसी न किसी कारण लम्बाए रहतीं। वहाँ बैठे रहने का अर्थ था घायल होना। अपने को भीतर तक दे देना। उतना दिये बिना तो किसी के घाव पर फाहा तक नहीं लगता।

फिर किसी एक दिन। कई श्रेणियों वाले हिमालय जैसे दुख के नीचे पिचकती बचती आंटी कुछ होश में आयीं तो अचानक ही मेरे कमरे में टहल आयीं। उनकी मुद्रा में एक तड़फड़ाती क्षिप्रता। जल्दी-जल्दी पलक झपकाते वह ख़ुद ही दूसरी कुर्सी खींचकर मेरे निकट दुबककर बैठ गयी थीं।

"सुनो, तुमसे एक बात कहनी थी। जब से ध्यान में आयी मन में चैन सी पड़ गयी।"

फिर जो कुछ भी उन्होंने कहा था कितनी अजीब तरह से मार्मिक लगा था। कहते-कहते उनका चेहरा थरथरा जाता रहा, जैसे जान ही न पा रही हों कि हँसें या रोएँ।

चाह रही थीं आंटी—मुझसे। एक क़लमखोर से। अब आगे जब भी मैं कुछ लिखूँ उनके बच्चों के बारे में लिखूँ। ऐसी दारुणता के नीचे पिस जाने वालों को शब्दों का अर्घ्य देकर आभूषित करूँ। "ज़िन्दगी के न्याय ने तो उन अभागों को कुछ नहीं दिया। तुम ही कुछ करो। तुम्हें भी क्या पूरी-पूरी रात उनकी चीख़ें सुनाई नहीं देतीं?"

उनका चेहरा मटमैला होने लगा था। एक अवरुद्ध साँस जितनी छोटी सी घिग्घी। उन्होंने पूरा मुँह खोलकर ढेर सारी हवा भीतर भरी थी, "जानती हूँ, तुम भी इतनी हृदयहीन नहीं हो। दुनिया-जहान की झूठी-सच्ची बातें लिखती रहती हो, इतना भी नहीं करोगी?"

कराहती सी उत्तेजना से उन्होंने मेरे हाथ थाम लिए थे। मेरे हाथ काँपे थे, पर बोल नहीं फूटे थे। उनके हाथों को मैंने अपनी हथेलियों में पूरा भर लिया था। वह छलछला आयी थीं। अपनी आँखें उन्होंने मुझ पर गाड़ दी थीं। आँखें क्या थीं, कीचड़ के नन्हे-नन्हे कूप। वह उठते-उठते बोलीं, "सोचो ज़रा, यह जहाँ तुम रह रही हो, यह सब कुछ भी तो उन्हीं का था। तुम पर भी तो उनका कुछ ऋण है।"

मैं हिल गयी थी। मन-प्राण को आसरा दे सकें ऐसे शब्दों को, मैं टटोलती रह गयी थी। अन्ततः मैंने अपनी देह से काम लिया था। उन्हें अपने साथ सटा लिया था, "जैसा आप चाहेंगी वैसा ही होगा।" ऐसा कुछ कहना मेरे कन्धे से

सटे-सटे उन्होंने ज़रूर सुना होगा।

सब सुन लिया था। कुछ भी असम्भव नहीं लगा था। कितनी छोटी सी माँग। अपने ही कर्म का विस्तार। अक्षरों वाक्यों का समायोजन। केन्द्र में एक धमाकेदार घटना। केन्द्र के बाहर इतनी बड़ी परिधि। जीवन से मृत्यु तक। नियति से नियामक तक। परिधि पर पसरे झीने मोटे दुख। हताशाएँ। रीता भविष्य। पीढ़ियों से इस तरह अधबीच कुतर दिये गये रिश्ते। एक अधेड़ दम्पत्ति। एक आवृत आदमी। एक सन्तप्त स्त्री किसी अनजाने से शब्दों की भीख माँगती हुई।

सब कुछ बना-बनाया पारदर्शी साफ़। मन में नन्ही सी सान्त्वना भी। आंटी उबर रही हैं। तभी न कुछ माँग रही हैं। सोच रही हैं अपने से बाहर—मेरे बारे में, कथा के बारे में, अमरता को लेकर।

लिख जाने से शायद उन्हें लगेगा कि कहीं कुछ बच गया है। उनके जीवन की दारुणता इतिहास की दीवार पर दर्ज हो गयी है, जैसे जेल की पथरीली दीवारों पर क़ैदियों की चीकट हथेलियों और नाख़ूनों की व्यग्र खरोंचों के निशान छूट जाते हैं।

इतिहास में दर्ज होने से किसी सन्तप्त को चैन पड़ती हो तो ज़रूर पड़े। मेरे माध्यम से पड़ती हो तो मेरा अहोभाग्य।

एक उत्तानता मेरे अन्तर्मन को चहका गयी।

× × ×

आगे फिर। उठते और बैठते। हर नये दिन—एक संकल्प। अक्षर-संरचना का एक नया खेप। स्मरणों की उसी सुरंग के भीतर से अकेले चल निकलने की रचनात्मक तैयारी। अपने पर उछाले जाते कितने ही प्रश्न। कौन सा स्थल होगा जो आंटी की अपेक्षाओं का उत्तर बन सकता होगा? पीड़ा का कौन सा मुख उन्हें अधिक सान्त्वनीय लगेगा? आंटी अपने दुख की चरण-चरण प्रतिध्वनियाँ सुनना चाहती होंगी। कौन सा बिन्दु ढूँढ़ना होगा जो उनके मन के निकटतम होगा?...दुर्घटना?... आघात?...पीड़ा?...प्रभाव?...निरन्तरता की उखड़ी चूलें?...भविष्य?...अवाक अकेलापन? कौन सा रूपबन्ध, जो दारुणता को उभारकर ला सकता होगा और उनके मर्म को आत्मीय लगेगा?

शब्द नहीं बोलते। उत्तर भी नहीं जागते। कोई कौंध जड़ता को चीरती छितराती नहीं आती। मैं तरह-तरह से चेष्टा करती हूँ। उस व्यथा-कथा को कभी दुर्घटना के दुर्वह धमाके से शुरू करती हूँ। कभी आधी रात में सुनाई देती किसी स्त्री की चीख़ों से। कभी किसी अजनबी द्वारा पीटे जाते सदर दरवाज़े के कोलाहल से। बार-बार सारे दृश्य को अपने पर घटाकर देखती हूँ, पर कुछ नहीं बनता।

कभी कुछ बन भी जाता है तो आंटी की आँख से देखते उसे निरस्त कर दिया जाता है। मैं अपने को फिर प्रश्नाहत करती हूँ—क्या ऐसा है कि मैं स्थिति को नहीं लिखती, आंटी की अपेक्षा को सम्बोधित करती हूँ। ढूँढ़ती हूँ—करुण, दर्दीले, सोख्ता से शब्द कि लगे आंटी के सिर पर संसार की सबसे बड़ी चट्टान आन गिरी है।

और चट्टान के नाम पर चट्टान तो एक ही है मेरे हाथ में—नश्वरता। मरने का, मिटने का, पिटा-पिटाया नियम। वही एक तर्क—जो जन्मा है वह मरेगा ही। यह सच अटल है। परिचित। प्रकृति की दिनचर्या जैसा। साधारण।

तो क्या रचना किसी असाधारण की खोज है? असाधारण ही चाहिए तो वह भी सामने परोसा रखा है। ऐसा कुछ हुआ कि पल भर में सृष्टि का क्रम ही उलट गया। जो कच्चे थे, कोमल थे, ताज़ातर थे, झर गये। जो पके हैं, प्रौढ़ हैं, अग्रज हैं, बचे रह गये। माँ-बाप के कन्धों पर बच्चों की अर्थियाँ। बाद की पीढ़ी पहली पर लदी हुई।

आंटी के विलाप के चिथड़े कानों की लवों को फटकारने लगते हैं। दालान। चार क़तारबद्ध लाशें। हूकें। चीख़ें। पछाड़ खाती आंटी के प्रलाप में दोहराया जाता वही एक अशमित हिस्सा, "यह कहाँ का न्याय है बचवा?...अब हम यह भी करें...अग्नि दें। तुम सबको फूँककर आयें...जो कुछ तुम लोगों को करना था, वह तुम हमसे करवा रहे हो..."

फिर वही संपुट में भरा जाता मृतक बेटे का मुख। छाती छीलते दोहत्थड़। मूर्छाएँ। एक विकराल असान्त्वनीय अनन्तता।

अर्थियाँ उठने से पहले अंकल ने आंटी को नींद की दो गोलियाँ देकर अन्दर कमरे में भेज देने का यत्न किया था। किसी सयाने ने टोका था, "यह ठीक नहीं। देख लेने दो। बाद में पछतायेंगी।"

"पछताने को सारी उमर पड़ी है।" अंकल ने छोटा निर्भाव सा उत्तर दिया था। माथे के बीचोबीच इकट्ठी होतीं दोनों भवें। चेहरे पर चट्टानी स्थिरता। गुँगुआती कोमलता से उन्होंने चारों बच्चों के मुँह ढके थे, फिर खड़े हो गये थे। आकाश की ओर देखते हथेलियाँ फैलाई थीं। उँगलियों को ऊपर की ओर मोड़ा था जैसे वज़ू करते हैं, "वापस माँग रहे हो? वह भी तुम? जाओ, ले जाओ।"

अपने होंठ उन्होंने भींचे और अर्थी उठाने झुके। मैं थर्रा गयी। मन ऐसा जैसे कबूतर के अभी-अभी जन्मे बच्चे को किसी ने पत्थर से कूच दिया हो।

अन्तयेष्टि के हर सोपान से गुज़रते अंकल को देखकर लगा—रचना की क्या बिसात कि जीने के दर्दों को समेट पाये समूचा। झेल ले। क्षरित करे। वह तो ख़ुद ही दर्द के बयान के लिए जीवन की मोहताज है। जीवन पर रची गयी

अक्षरों की एक इबारत। मारने और सहलाने के ढंग तो जीवन के अपने ईजाद किये हुए हैं। समय से उसकी गहरी साँठ-गाँठ है। वहीं, कहीं मरहमी आलेप की तैयारी भी है। ऐसा न होता तो इन दस महीनों में आंटी का दर्द अमरत्व की इच्छा तक आने की यात्रा कैसे तय करता?

मुझे लगता है रचना को आत्ममुग्धता से बरी हो जाना चाहिए। रचना का अर्थ हुआ—एक मुखविहीन लाचारी। अँधेरे में इन्तज़ार। शब्द टटोलते गूँगे दर्द के हाथ। रोशनी की कतरन के लिए असफल तप। हर बार नयी लड़ाई के लिए धीरज की माँग।

इस दलदल में आंटी कहाँ अटेंगी। मैं व्यर्थ उनके पहले से दारुण दुख को और अधिक दारुण और विरूपित करने के रास्ते ढूँढ़ रही हूँ। लिखते लगता है पैरों में कीचड़ हुई जा रही है। जीवन को ठेलने वाले पैर कीच में छप-छप करते हैं, आगे नहीं बढ़ते।

× × ×

आगे के दिन। एक असुविधाजनक स्थिति। आंटी से एकाएक ही रिश्ता बदल गया था। यह नहीं कि आयें, बुलायें, दुखड़ा रोएँ और हल्की होकर चली जायें। वह मुझे समय देने लग गयी थीं। मेरे निकट अपनी उपस्थिति को प्रतिबन्धित करने लगी थीं।

यह अनुग्रह अखरने लगा था। जवाबदेही का तनाव पैदा करने लगा था। क्या वह इस दलदली पारस्परिकता को देख पा सकती थीं?

उस शाम मैं टहलकर आयी तो बाहर बरामदे में ही आंटी बैठी मिल गयीं। उनका प्रश्न था, "कुछ लिखा?" उनकी आँखें चमकने लगी थीं। क्या किसी पूरी होती अपेक्षा की आंच से?

"कुछ भी तो नहीं लिखा।" एक सरसराता सा उत्तर उन्हें थमाकर मैं निकल आना चाहती थी—सारा दिन लिखने में उलझने की बात उनसे कहने की इच्छा नहीं थी।

"क्यों, कल तो तुम तड़के उठ गयी थीं। चाय भी जल्दी पी ली थी।"

"आपको कैसे पता?"

"मुझे?...मुझे सब पता रहता है।" चेहरे पर एक विजित सी मुस्कान, जिसने मुझे क्षुब्ध ही किया। मेरी गतिविधियों पर इस तरह उनकी जासूसी आँख मुझे अप्रिय लगी।

"चलो कोई बात नहीं।" उन्होंने माफ़ी जैसी दी, "आज रात को लिख लेना।"

मैं कुढ़ गयी। लपककर सीढ़ियाँ चढ़ गयी।

किसी न किसी सन्दर्भ से मुझे ठेलने के लिए आंटी कोई न कोई पुल तलाश ही लेती रहीं। सुबह के कामों से अभी निवृत्त भी नहीं हुई थी कि आंटी हाथ में ट्रे लिए अवतरित हुईं।

"लो, यह कढ़ी चावल है। लाने की जल्दी थी कि कहीं तुम खाना बनाने बैठ ही न जाओ। पकाने का समय बच जायेगा। पर देखती हूँ तुम तो अभी से रसोई में घुसी बैठी हो।"

बताया कि शाम को चारों मित्र आयेंगे, यहीं खायेंगे तो अप्रसन्न जैसी दिखी थीं, फिर संयत होते राय दी थी, "मित्रों का आना अच्छा तो लगता है पर समय कितना निकल जाता है। जाड़ों में रात को अच्छा-ख़ासा काम निपट सकता है।"

उत्तर देने की इच्छा मेरे भीतर नहीं जनमी। शाम को ज्योति, अनिल, असद और सौरभ आये थे। खाना-पीना, गप्प-सड़ाका चला। जब तक वे गये, साढ़े बारह बज चुके थे। सोने की कितनी ही कोशिश की, निष्फल गयी। किसी रसीले उपन्यास की शरण ली। पढ़ते-पढ़ते आँख लग गयी। बत्ती खुली छूट गयी।

सुबह सरसराते आते आलस्य से निपट ही रही थी कि आधी सीढ़ियाँ चढ़कर आवाज़ को बुलंद करते आंटी ने मेरा फ़ोन आने की सूचना दी।

नीचे आंटी खाने की टेबल पर बच्चों के कई फ़ोटो फैलाये बैठी थीं। मैं सहम गयी थी। अतीत की गुफा में उनका इतना दबंग पाँव।

आंटी पराजेयता से मुक्त लगीं। सँभली हुई। दो फ़ोटो उन्होंने निकालकर मुझे दूर से दिखाये, "यह दोनों तुम्हारे कमरे के लिए। आज फ्रेम करवाऊँगी।"

"क्यों?" मुँह से निकलता-निकलता बच गया था।

"सामने देखती रहोगी तो नैन-नक़्श खींचने में आसानी रहेगी। वैसे भी तुमने कमरा बड़ा सूना और बदरंग जैसा कर रखा है।"

सिर पीट लेने की इच्छा हुई। यह अज्ञानता है या अधीरता? ऐसी निरीह आक्रांता के समक्ष हथियार डाल देने के सिवा रास्ता क्या है?

"कितनी तो चीज़ें मेरे कमरे में सजी हैं।" मैंने उन्हें याद दिलाया। शरद की कविता का चित्रांकन, जो ऐन मेरी मेज़ के ऊपर लगा था। दायीं दीवार पर दाँते का एक अलभ्य प्रिंट और टैगोर का बस्ट।

"इसका मतलब है तुम्हें नहीं चाहिए।" वह बुझ गयीं।

"इसका कोई मतलब नहीं। आप जो चाहें करवा लीजिए।"

फ़ोन पर भैया थे। मद्रास से सब लोगों के लौट आने की सूचना दी थी।

व्यस्त न होऊँ तो मिल जाऊँ उन्होंने कहा था।

चाय नाश्ते के लिए फिर आंटी का आग्रह। मैंने रुकने से इंकार ही किया। 'काम की जल्दी होगी,' उन्होंने इंकार का यह अर्थ लगाया।

मैं भीतर से चिढ़ गयी। बैठ गयी। अच्छा है अपनी आँखों देख लें कि समय का मैं क्या उपयोग कर रही हूँ।

चाय के साथ चिउड़ा और टोस्ट। पकौड़ों का प्रस्ताव, ''नहीं आंटी, मुझे सिर्फ़ एक कप चाय चाहिए।''

चाय का कप। फिर चुटकी से नमक की तरह बुरक दिया गया वही प्रसंग।—''कल सारी रात तुम्हारी बत्ती जलती रही थी। इतना काम नहीं करना चाहिए। सेहत ख़राब हो जायेगी।''

जानती हूँ सेहत की चिन्ता खोखली है। असल बात सारी रात काम करने और फल का जायज़ा लेने की है। उनकी आँखों में एक उत्सुक चमक झिलमिलाया करती है जैसे मैं उन्हें लपककर कह ही दूँगी। उनकी फल कामना का उत्तर दे ही दूँगी।

भीतर एक गुम सा क्षोभ। नसों में तपिश जैसी रेंगने लगती है। जानबूझकर ही चलने की तत्परता मैंने अपनी मुद्रा में पैदा की।

उन्होंने एक और वाक्य उछाला था, ''यह भी एक संयोग है कि हम इतना पास-पास रहते हैं। एक-दूसरे को इतना देखते-सुनते रहते हैं। आसान नहीं हो जाता लिखना?''

''नहीं, कोई ज़रूरी नहीं।''

उनके चेहरे पर एक अचम्भा जैसा लिख गया था, पर आगे और पूछकर उन्होंने किसी संदिग्ध जगह पर पैर रखना ठीक नहीं समझा होगा। शायद अचेत ही ऐसा रहा होगा।

फिर अचेत ही उनकी गति दर्दीले क्षेत्रों की ओर चल निकली थी। मैं उस पगडंडी को सामने बैठे देख पायी थी। वही लहूलुहान स्मृतियाँ। अनुपस्थिति की दाह। भौचक्का भविष्य। मुँह पर पल्लू रखकर वह सुबकने लगी थी। देखते ही देखते उनका चेहरा पिघलने लगा था। छल-छल दृष्टि। बाल रंगना छोड़ देने से सिर पर कच्चे नारंगी रंग की लटें उलझी हुई थीं। इतने आवेगों के बीच कटी-पिटी वह मुझे बेहद दयनीय लगी थीं।

मैंने संकल्प की रस्सी से फिर से अपने को कसा।

× × ×

लिखने बैठती हूँ। उठ जाती हूँ। टहलती हूँ। खाती हूँ। सो जाती हूँ। पन्ने फाड़ती

हूँ। नया पन्ना लगाती हूँ। काले की जगह नीला, नीले की जगह हरा, हरे की जगह लाल पेन उठाती हूँ, कुछ नहीं फलता। कितने ही आरम्भ, मध्य और अन्त सिसकते हुए। डस्टबिन के हवाले होते हुए।

मन में क्यों कोई टेर नहीं। जड़ता है परम, पथरीली। कोई संवेदन नहीं, क्या इसीलिए पीड़ा भी नहीं। ज़हन में सूचना है एक–क्षति की। चेहरा है एक–मृत्यु का, सर्वग्रासी, विकराल। आगे जाकर एक लम्बा रेगिस्तान आ जाता है–किसी दूसरे की नहीं अपनी लाचारी का। इस छोरहीन शून्यता का कहीं मैं भी हिस्सा तो नहीं–निस्सम्बन्ध, निस्संवेदन, निपूती।

मैं आंटी से नहीं अपने से जूझ रही थी। आंटी तो मेरे कर्म पर लगाया एक प्रश्नचिह्न थीं, या फिर आरोप के गड़ासे की धार कि इतनी बड़ी घटना और इतनी असंवेदनशील तुम। कब से लिखती आ रही हो, इतना भी नहीं सधता।

एक अजीब खड़खड़ाता सा रिश्ता उनसे बन चला था जिसने बीच के लहराते पारावार को सोख लिया था। मैं जितना ही उनसे बचना चाहती थी, वह उतनी ही तरल होकर मेरे चारों ओर के हर सूराख़ में घुस आना चाहती थीं। उनकी देखी-अनदेखी चेष्टाएँ जारी रहतीं। किसी न किसी बहाने से पीछा करते रहना। पल-पल का हिसाब रखना।

इस बार के उनके प्रश्न ने तो मुझे लगभग बदहवास ही कर दिया था। बोलीं, "इधर तो तुम कई दिनों से लम्बा-लम्बा बैठ रही हो। वैसे तो मैं समझ गयी हूँ। यह भी जानती हूँ तुम मुझे अभी बताना नहीं चाहती। अब शायद तुम उपन्यास ही लिखना चाह रही हो बच्चों पर...ठीक भी है, हम लोगों जैसे ऐसे अभागे तुम्हें और कौन मिलेंगे?"

"देखिए, क्या बन पाता है?" मेरे कथन का अनिश्चय उन्होंने नहीं देखा। उत्सुक सी बोलीं, "थोड़ा-बहुत सुनाओ तो सही, क्या लिख रही हो? आगे-पीछे का, हम लोगों के बारे में कभी कुछ पूछा भी नहीं तुमने?"

मन में आया था कह दूँ। सच का उद्घाटन कर दूँ...पर वह सच था क्या?

"ज्योति के घर से आऊँगी तो सुनाऊँगी।" मैंने उन्हें अपने फ़ैसले की एकाएक सूचना दे दी थी।

वह उखड़ गयीं। "ज्योति के घर जा रही हो? वहाँ तुम्हारा काम क्या ख़ाक होगा? तुम दोनों मिलती हो तो सारी-सारी रात बातें करती रहती हो।"

"करना होगा तो हो जायेगा।" मैंने उन्हें तसल्ली दी थी। "सूचना भी दी थी कि दो-एक दिन ज्योति के घर रहकर मैं भैया के घर जाऊँगी। थोड़े दिन रहूँगी। क्या आप अख़बार वाले को मना कर देंगी कि तीन सप्ताह तक अख़बार न डाले।"

"इतना लम्बा?" फिर उन्होंने सकारात्मक सिर हिलाया और चलने को तत्पर हुईं।

कुछ कहने के लिए ही मैंने उनसे कहा था, "अपना ध्यान रखियेगा।" पर कहना ग़लत हो गया था। उनके चहरे पर दर्द खींच आया था।

जान रही थी–जाना पलायन है। अपराध भाव की, आत्म साक्षात्कार की जकड़ीली कारागार। जो क़ैद आंटी की दी हुई थी उससे बचना आसान था। जगह भर बदल देने से बचा ज़ा सकता था, पर अपने सामने?...वहाँ तो सभी गवाक्ष खुले थे।...सब कुछ रोशनी से भरा हुआ स्पष्ट फिर भी कोई आरम्भ नहीं। मैं सिर झुकाए खड़ी थी, लाचार। एक माँग की बन्दिनी।

× × ×

बीस दिन तो ज़रूर बीते होंगे। भैया के घर आंटी का फ़ोन आया था कि मैं जो कुछ भी कर रही होऊँ, छोड़कर वापस चली आऊँ। घर में कुछ ज़रूरी काम है।

उनके स्वर की उपालंभविहीन आत्मीयता मुझे भिगो गयी। भीतर से निरापद सा कर गयी।

काम था–एक स्कूल खोलने की उनकी योजना का छोटा सा उद्घाटन। बच्चों की बरसी पर अंकल शिलान्यास जैसी कुछ छोटी सी रस्म कर देना चाहते थे, और अब तो मन्त्री जी से तिथि भी मिल गयी थी, "जानती हो, दोनों चीज़ों में जोड़ बिठाने में दम ही निकल गया। सब कुछ कितना जल्दी-जल्दी करना पड़ा।" आंटी ने ख़ुलासा किया था।

किसी मालदार खां साहब की बहुत बड़ी बिकाऊ हवेली को अंकल ने ख़रीद लिया था और उसमें बच्चों का स्कूल खोल देने का निर्णय लिया था। मैंने देखा, फ़िलहाल तो बाग़-बग़ीचे, बाहर का मैदान, बड़े गोलाकार दालान और आउट हाउस सब कुछ वैसे का वैसा ही खड़ा था। सिर्फ़ बीच के बड़े हॉल से जुड़े कमरों के बीच की दीवारें तुड़वा दी गयी थीं और उसे ख़ूब बड़े कक्ष में तब्दील कर दिया गया था।

"स्कूल के नक़्शे के मुताबिक़ बाद में यही लायब्रेरी हॉल रहेगा।" देवेन ने बताया था। देवेन अंकल का छब्बीस वर्षीय भांजा है।

कैसे ऐसे? इतने चुपचाप। अंकल ने इतना कुछ व्यवस्थित कर लिया। ऐसा कोई संकल्प उनके मन में अर्से से रहा होगा।

क्यों कभी आज तक अंकल पर ध्यान नहीं गया। वह भी तो इन त्रासदियों के इतने ही सन्तप्त भागीदार हैं।

शायद वह अपने को बचा लेने में पूरी तरह माहिर हैं। अचानक मिल जायें

तो चेहरे पर एक अधखिली सी मुस्कान जड़ लेते हैं जिसके चलते सामने वाला वहीं का वहीं रुक जाता है, पीड़ित प्रदेशों में पैर नहीं रखता। कौन जाने यह मुस्कान निजी प्रदेशों में प्रवेश की निषेधाज्ञा है या नियति ने जो दिया उसकी खुली अवमानना।

आंटी से मिली तो लगा, भीतर से ओतप्रोत हैं, पिछले प्रसंग को भूली हुई। सँभली सी। तनाव शान्त हुआ था जैसे परीक्षाओं के एकाएक स्थगित हो जाने पर होता है। उनका सामना करने की झिझक लुप्त होती लगी थी। दोनों को, बीच में कोई दूसरी वस्तु धरी मिल गयी हो जैसे।

मुझे देखते ही अंकल उत्फुल्ल हुए। कपड़े बदलने की क्रिया को स्थगित करके, मेरे निकट की कुर्सी का हत्था पकड़कर खड़े हो गये थे।

''ठीक लगा?'' उन्होंने बिना किसी भूमिका के पूछा।

''बहुत-बहुत ठीक...बहुत अच्छा।'' मैं अपने कथन को वज़नदार बनाने की इच्छा में केवल शब्दों की आवृत्ति करती रह गयी थी।

अंकल ने मेरा कहना नहीं सुना। वह एकाएक किसी दूसरे अन्तरिक्ष में चले गये थे। फिर सोचते से बोले, ''इससे अच्छा कुछ और मेरी समझ में नहीं आया। मैं ही क्यों अपनी मुट्ठी में इतना कुछ भरकर जीने के लालच में पड़ा रहूँ? मुक्त क्यों न हो लूँ! क्यों न ले लेने दूँ सबको सब कुछ।'' अपने कथन के समर्थन में अचेत ही उन्होंने अपनी हथेलियाँ खोल दी थीं।

कुछ कहने की ज़रूरत है मुझे ऐसा नहीं लगा। वैसे भी अब वह कुर्सी का हत्था छोड़कर पीठ के पीछे दोनों हाथ बाँधे टहलने लग गये थे।

''...और एक बात तुम्हें बताना चाहता हूँ—विशेष। इस सारे संकल्प में तुम भी कहीं हो। तुम्हें न देखता होता तो ऐसा कुछ सोच ही न पाता।''

''मैंऽऽऐं?'' मैं आसमान से गिरी थी।

''हाँऽऽ! तुम। तुम मेरे इस घर में रहोगी...देखती-समझती रहोगी। इतनी विद्वान तुम...,शायद मुझे विदुषी कहना चाहिए था,...नहीं?'' एक अकृत्रिम सा हास्य उनके चेहरे को छू गया, जो इन सब दिनों में चिपकी रहती मुस्कान के नक़लीपन से बरी था।

कहना तो चाहती थी—मैं अन्ततः कहाँ रहूँगी यह मुझे भी क्या पता है, पर ऐसा कहना? उनके सपने को घायल करना मैंने नहीं चाहा।

''खाना खाया?'' अब उन्होंने अपनी टाई की नॉट ढीली करनी शुरू की।

''नहीं, थोड़ी देर बाद खाऊँगी।'' मैंने पर्स से अपनी चाबी निकालने की चेष्टा की।

तब तक आंटी ने लपककर तीन थालियाँ मेज़ पर रख दीं। अंकल के साथ बैठकर खाने की आज तक कभी कोई स्थिति नहीं रही। एक अटपटा अकल्पित जैसा अवसर। विरोध करना चाहती थी पर लगा कुनमुनाना तक ग़लत हो जायेगा।

खाते-खाते अनायास ही मैं कल के उत्सव के बारे में बात करने लगी।

"उत्सव कैसा?" अंकल की आवाज़ में तेज़ी थी। मैं संकुचित हुई। "कल का सारा इन्तज़ाम तुम देख लेना। देवेन भी साथ रहेगा।" उन्होंने एक सपाट स्वर में कहा। उनका चेहरा छूँछा और निर्भाव था।

× × ×

अगले दिन। बनने वाले स्कूल के अहाते में हलचल। ईंट-गारे के ढूहों के आगे तान दिया गया एक पर्दे जैसा शामियाना। उद्घाटन की औपचारिकता उसी लम्बे कक्ष में होने को है।

अभी-अभी लम्बे कक्ष में तैयारी के सभी सोपानों का निरीक्षण करती आयी हूँ। भीतर से कहीं हिल गयी हूँ। कक्ष की दहलीज़ पर पैर रखते ही सामने दीवार पर दिखा था एक दृश्य—दो बहुत बड़े तैलचित्र। एक अंकल के पिता का है, एक पुत्र का। दो मृतकों के। बीच में दो फ़ुट का अन्तराल छोड़कर दोनों चित्रों को एक समान्तर ऊँचाई पर टाँग दिया गया था। चित्र इतने सजीव कि बोल पड़ेंगे। ज़िन्दगी के मर्म को संजोए बैठी पुतलियाँ गोलकों से उठकर आयेंगी और देखने वाले का कलेजा छेद देंगी। उनमें संचित है एक तीखी प्रहारक मुखरता।

ऐसी अपूर्व कलाकृतियों को देखकर ख़ुश होना चाहिए था, पर विमूढ़ हो गयी। डर गयी। ऐसी जीवनहीन सजीवता। झूठ का सच से भी ज़्यादा विश्वसनीय उद्घाटन।

एक अबूझ सी कातरता मेरे भीतर लड़खड़ाने लगती है, "क्या अंकल ने इन्हें देखा है?" मैं देवेन से पूछती हूँ।

"नहीं, अभी नहीं। अभी-अभी तो अनपैक करवा के टंगवाए हैं...। हैं न लाजवाब?" देवेन एक विजित भाव से उत्तर देता है "जानती हो, आर्टिस्ट तो इन्हें छोड़ना ही नहीं चाहता था। आख़िर तक उसे कोई न कोई दोष नज़र आता रहता है और इधर अब उद्घाटन की तिथि...बड़ी मुश्किल से मन्त्री जी से तारीख़ तय हो पायी है।"

"पर मन्त्री क्यों?"

"मन्त्री क्यों नहीं। ऐसी ही रस्म है। इसी में शोभा है।" देवेन समाधान दे देता है। मेरा मुँह कड़ुवा जाता है। आयेंगे मन्त्री। बोलेंगे मन्त्री। किसके बारे में?

उनके बारे में जिन्हें देखा तक नहीं। उनके पास तो भाव और अभाव नाम की दो स्थूल श्रेणियाँ हैं। जिसकी ज़रूरत हो उसे उठाकर सिर पर रख लो। झुनझुने सा बजा दो।

लगा, देवेन उत्सवता में है। स्थिर है। वह मुझे और अधिक सूचनाओं से संपृक्त करता है। भाभी और बच्चों के चित्र भी बनवाने दिये हैं। अभी तैयार नहीं और यह देखो पटिया...यह पटिया अंकल ने कब से अपने दफ़्तर में बनवाकर रख छोड़ी थी। इसे भी आज इसी हॉल में टंगवाने की सोच रहे हैं।

मैं धातु की लम्बी पटिया पर खुदा गीता का यह श्लोक पढ़ती हूँ—

न जायते म्रियते वा कदाचिन्नायं भूत्वा भविता वा न भूयः।
अजो नित्य शाश्वतोऽयं पुराणो न हन्यते हन्यमाने शरीरे ॥

''अच्छा आइडिया है न?'' देवेन मुझसे पूछता है।

मेरे सामने शब्द तैरते हैं ...'न हन्यते हन्यमाने शरीरे'। यानी शरीर के नाश होने पर भी इसका नाश नहीं होता। किसका? पर शरीर ही तो था जो अपना था, आत्मीय था, सम्बन्धी था। ब्रह्मांड में उसकी तात्विक स्थिति क्या है यह बात किसी सन्तप्त को कितनी सान्त्वना दे सकती है? नहीं जानती क्या सच है...क्या कुछ भी सच है?...असल में क्या सच है?

तभी आंटी लपकती सी अन्दर आयी हैं। आते ही एकाएक थम गयी हैं। चित्रों को देखते ही औचक विस्मय में ठिठक जाने का उनका पहला आवेग। खुले का खुला रह जाता मुख। फिर लौटना, सिमटना, बोल पड़ना, ''क्या कमाल है! बनाने वाले ने क्या चीज़ बनायी है।'' फिर एक तृप्ति और प्रशंसा की दीप्ति उनका मुख बुहार गयी। उन्हें विमुक्त कर गयी।

अगले ही क्षण वह किसी अनिवार्यता के हाथों में थीं। मुझसे बोलीं, ''सुनो, यह कपड़ा पकड़ो। इसमें से तीन फ़ुट पर्दा तुम्हें सीना है, शिलान्यास की तख़्ती का। नाप लेना। थोड़े ही टांके हैं। यह काम तुम्हें ही करना है। पहला तो तुमने किया नहीं। ज़रूरी नहीं समझा। तुम्हारी मर्ज़ी है।''

उनका एक गर्म सा उच्छवास मुझे छूता निकल गया। कहना चाहती हूँ कि यह नहीं कि मैंने किया नहीं, पर यह कि मुझसे हुआ नहीं, पर नहीं कहती। बसन्ती रेशम का टुकड़ा उनके हाथ से ले लेती हूँ और सीने बैठ जाती हूँ।

जानती हूँ इस काम में पहले जैसी लाचारी नहीं होगी। सूई जहाँ छेदेगी वहीं सिएगी। भोंकने और सिलने में एक क्रमगत निश्चयात्मक रिश्ता है। बाक़ी सब कुछ क्रमहीन, अनिश्चित है—मृत्यु, घटना, दुर्घटना, रचना।

आंटी की प्रतिक्रिया मुझे राहत से भर गयी है। घाव अँकुरा चले हैं, मुझे लगा। आंटी को चित्र चित्र जैसे लगे हैं। ज़िन्दगी की दौड़ से छिटककर दीवारों की स्थिरता के हवाले हो जाने वाले। क्या वह काली सुरंग में से गुज़र चुकी हैं? घुल-धुल चुकी हैं?

और अंकल?

अंकल शायद एक बन्द किताब हैं जिसके पन्ने कभी दूसरों के सामने नहीं खुलते। एक शौर्य भाव उनके चेहरे पर सतत चिपका हुआ। एक कवच जैसा मढ़ा हुआ। उनका कौन सा हिस्सा बेध्य है कोई नहीं जानता। क्या सब कुछ स्वीकार है उन्हें? नियम और क्रम को रौंदती हुई मृत्यु भी?

देवेन से पूछती हूँ तो देवेन होंठ तरेरता है, ''मामा तो सदा के ऐसे हैं—बहुत घमंडी। बड़े ख़ुद्दार। हार नहीं मान सकते। क़िस्मत भी छेड़कर देखे तो धता बता देंगे। उनकी बहुत ऊँची नाक है। कोई ताज्जुब नहीं कि उन्हें इस बात में भी शर्म महसूस होती हो कि नियति ने उन्हें इस तरह उघाड़ दिया है। ऐसा घाव देकर पिछले जन्म का कुकर्मी होने का ठप्पा मार दिया है। सिमटे रहते हैं।''

देवेन के शब्दों में एक घिनौनी जैसी गन्ध है, जो मुझे अप्रिय लगती है। मैं उसकी बात को काटती हूँ, ''यह तो अच्छा ही है।''

''अच्छा क्या है? इंसान है तो कहीं तो, कभी तो टूटता है?''

''टूटना दिखाना होता है क्या?''

वह सोच में पड़ जाता है। मैं एक आख़री जैसी निगाह चारों ओर डालती हूँ। सफ़ाई, टेबल, मेज़पोश, फूलदान, पानी के गिलास, अक्षत, चन्दन, फूल, घी, रूई, माचिस, अगरबत्तियाँ।

''कुछ रह तो नहीं गया?'' मैं देवेन से पूछती हूँ।

''दीवट रह गया है, वह मामा लायेंगे और यह रहे हार।'' देवेन ने दो बहुत बड़े उन्नाबी गुलाबों के हार मेज़ पर रखे, ''मैंने मामा से कह दिया है कि हार तो मन्त्रीजी के आने से पहले ही पहना देने चाहिए। उस समय कहाँ सीढ़ी रखी जायेगी और तोंदल मन्त्रीजी ऊँचाई से गिर गये तो? क्या सीन है?'' देवेन उस कल्पना से हँसने लगता है।

''वैसे भी ऐसा ही करना अच्छा है। मन्त्री को क्या लेना-देना? उनके लिए तो सब कुछ रस्मी है। भाग्य सराहें—चार दिन के राजकाज में शिलालेख पर नाम खुद गया।''

× × ×

शाम साढ़े पाँच उद्‌घाटन का समय। चार बज चुके हैं। हवेली के बाहर पड़े कूड़े

के ढेर हटवाए जा रहे हैं। नालियों के पास चूना बुरका जा रहा है। सीढ़ियों पर गमलों की क़तारें सजवा रहे हैं अंकल।

निपटे होंगे तो ही ऊपर आये होंगे। मैंने उन्हें अचानक ही कक्ष के द्वार पर उगते देखा—अवसन्न, अवाक। पैर दहलीज़ के आधे बाहर, आधे अन्दर। हाथ में थमा लम्बा चमचमाता दीवट मैंने उन्हें ज़मीन पर रखते देखा। उनकी आँखें चित्रों पर गड़ी हुई थीं। बाँहे झूल गयी थीं।

पता नहीं कब तक यों ही खड़े रहते। भूले रहते। पीछे से दौड़ते आते किसी बच्चे की टक्कर ने उनकी मुद्रा भंग की। मुक्ति दी, या छीन ली कौन जाने। बच्चों के लिए तो सब कुछ खिलवाड़ है।

अपने को ठेलते उन्होंने दीवट उठाया और चित्रों को देखते-देखते मन्त्रबिद्ध से चलते चले आये। चाल ऐसी जैसी गंगातट की मीलों लम्बी थुलथुल रेती पर सदियों से अकेले चल रहे हो। आये तो मेज़ पर दोनों हाथ टिकाकर नीचे की ओर सिर डाले खड़े रहे। कक्ष की हवा में टंगी एक चुप्पी।

"मामा!" देवेन ने धीरे से आवाज़ लगाई।

मैंने पीछे से देवेन की क़मीज़ पकड़कर उसकी उपस्थिति वहाँ से वापस खींच ली। मुझे लगा, यह हस्तक्षेप अवांछनीय है। उस अचानक चुप पड़ गये अन्तराल में कुछ बह रहा है...कहीं न कहीं...किन्हीं आत्माओं के बीच।

पानी का टब लाये व्यक्ति ने अपनी आवाज़ से उनकी मुद्रा भंग की।

"देवेन, हार नहीं लाये?" वह हड़बड़ाए।

"आ चुके हैं मामा।"

देवेन का उत्तर उन्होंने नहीं सुना। बस मुझसे पूछा, "क्या तुम भी ऐसा सोचती हो, हार मुझे ही पहना देना चाहिए, वह भी मन्त्रीजी के आने से पहले?... यों देखा जाये तो मन्त्रीजी को क्या!" एक सूखी झील उनकी आँखों में सिमटकर बैठ गयी थी।

उनकी आवाज़ की टूटन से देवेन सहम गया। धीरे से बोला, "मन्त्री दीप प्रज्वलित कर देंगे...बस हो गया।"

"बस हो गया।" अंकल के होंठों में दोहराये जाते अस्फुट स्वर। फिर फूलों की पंखुड़ियों को चुटकी में दबाना और छोड़ देना। दबाना, छोड़ देना

अंकल किस निर्वाक भाषा से पकड़ में आ रहे थे।

देवेन ने आगे बढ़कर चित्रों के नीचे अल्यूमीनियम की चौकी वाली सीढ़ी खोल दी। उन्होंने नहीं देखा। कुछ भी नहीं देखा। वह देख ही नहीं रहे थे। क्या कर रहे थे, कैसे पता। एक सघन जैसी थिरता। अचानक ही आंटी उधर आन

निकलीं। इस हड़बड़ाए प्रवेश से वह एकाएक सँभल गये। दूर जाती पगडंडियों पर से लौट आये। खँखारते आंटी से बोले—

"तुम बाहर का काम पूरा करवाओ। मैं अभी आता हूँ।"

आंटी ने नहीं माना। उन्हीं की बग़ल में आकर खड़ी हो गयीं, "क्यों, मैं तुम सबके बीच क्या खड़ी नहीं हो सकती?"

उन्होंने एक घायल निगाह पत्नी पर फेंकी फिर कड़ुवाहट से बोले, "कौन यहाँ लड्डू बँट रहे हैं?"

वह हमेशा की तरह झट आहत हुईं। फिसफिसाने को हो आयीं, "लड्डू क्या बंटेंगे अब। इस जनम में तो कभी नहीं।"

मैं उन्हें कन्धों से घेरकर बाहर ले गयी। काम में उलझाने की व्यस्तता में पड़ गयी। शिलान्यास की पटिया के दोनों ओर कीलें लग चुकी थीं। पर्दा थमाया। लगाने में उलझाया।

× × ×

लौटी तो सामने था—एक थमा हुआ चित्र। आंटी की इस छोटी सी अनुपस्थिति में अंकल सीढ़ी पर चढ़कर दोनों चित्रों पर मालाएँ चढ़ा चुके थे और ख़ुद?

अब उनका माथा उन दो चित्रों के बीच के कोरे अन्तराल पर टिका हुआ था। एक बाँह पिता के, दूसरी पुत्र के चित्र पर फैली हुई। पीछे से दिखाई देती उनकी पीठ हिल रही थी, बेतहाशा। बेहिसाब।

दृश्य थमा हुआ था।

क्रॉस! स्मृति ने चट इतिहास के झोले में हाथ डाल दिया। स्तब्ध कर दिया।

कैसे आगे और पीछे की दोनों पीढ़ियों ने उन्हें सलीब पर टाँग दिया है। निर्वासित कर दिया है। दोनों बाँहें काटकर ज़िन्दगी के दर्दों के बीच उन्हें अकेला करके फेंक दिया है। और तो और पनपने को प्रतिबद्ध तीसरी पीढ़ी भी इस साज़िश में शामिल है। एक बंजर भविष्य की सौगात देकर गयी है।

यह तो अंकल का जीवट है कि नियति के आदेशों को वह अपनी सज्जित मुस्कानों से परे ठेल रहे हैं। स्कूल का निर्माण करवा रहे हैं कितने ही बच्चों के भविष्य को सम्मान से जीने की ज़मीन दे रहे हैं। खोकर भी दे रहे हैं अंकल। दुख की आत्यन्तिकता उनके पुरुषार्थ की भट्ठी में पिघलकर सार्वजनिक हो जाना चाहती है।

बाहर...उठता सा शोर...बढ़ती आती पदचापें...आवाज़ें। एक घबराहट मेरे भीतर सघन होने लगती है।

ज़रा ही देर में परिदृश्य बदल जायेगा। लोग जमा हो जायेंगे–अंकल के परिचित, मित्र, सम्बन्धी, सहकर्मी।

अब डायस पर लगी इन कुर्सियों में से बीच की किसी कुर्सी पर अंकल को स्थापित हो जाना होगा। फिर बयानबाज़ी शुरू होगी। बीती बातों को दोहराया जायेगा। खुरंड खुरचे जायेंगे। फिर स्थिति और नियति की मार से बिलबिलाते किसी एक अभागे की तरह उन्हें आभूषित किया जायेगा। अपनी गठरियों में जितनी दया और करुणा भरकर लाये हैं लोग, उन्हें उन पर ढुलका दिया जायेगा।

कैसे सह पायेंगे अंकल। कितना लज्जित होंगे। उन्होंने अपना आवरण अपनी पत्नी तक के सामने नहीं खोला। उन जैसे व्यक्ति का इस तरह सरेआम अभिषेक। एक निजी दुख का इतना वीभत्स समाहार।

मैं उद्विग्न हूँ। यहाँ से भाग जाना चाहती हूँ। उस परिदृश्य में हिस्सा लेना नहीं चाहती। मैं अपने भीतर आरक्षित रखना चाहती हूँ अंकल की आन्तरिकता।

मेरे भीतर झर-झर-झर कुछ झर रहा है। मुखर होना चाहता है। कहना चाहता है, इस सारे आडम्बर के विरुद्ध उस अकेले सिपाही की गाथा जो नियति की विराट विमुखता के सम्मुख खड़ा है–अकेला। साबुत। ज़िन्दगी को अपना सब कुछ दे देने को उत्सुक। इतना प्रस्तुत।

"मामा...मामा नीचे आइए...लोग आने लगे हैं...नीचे तो आइए न मामा।"

देवेन रुआँसा हुआ जा रहा है। क्या देवेन की ऐसी आवाज़ से इतना तीव्रतर हो गया अंकल का रोना, सिसकना, हिचकियाँ लेना।

अब...एकाएक...

एक तेज़, गूँजती हुई हूक उन्होंने कन्धे सिकोड़कर अपने शरीर में दबोची। फिर सामने मुँह घुमाए बिना ही नीचे की सीढ़ी पर दायाँ पैर रखा। फिर अगली नीची पर बायाँ। फिर दायाँ...

देवेन जानता है। मैं जानती हूँ कि अंकल नहीं चाहते आँसुओं से तर-बतर उनका ऐसा चेहरा कोई देखे। देखना ही हो तो सामने से देखे–जहाँ स्कूल है। समारोह है। निर्माण है।

□□